COLLECTION SÉRIE NOIRE
Créée par Marcel Duhamel

PATRICK HOFFMAN

CHAQUE HOMME, UNE MENACE

TRADUIT DE L'ANGLAIS (ÉTATS-UNIS)
PAR ANTOINE CHAINAS

nrf

GALLIMARD

Titre original :
EVERY MAN A MENACE

Pour Kathy Coyne

PREMIÈRE PARTIE

Sortir de prison, c'est comme se faire enlever une dent malade : on est content d'en être débarrassé, mais on ne peut s'empêcher de passer la langue à l'endroit où elle se trouvait. Cette fois-ci, Raymond Gaspar avait tiré quatre ans. On l'avait bouclé dans un établissement de Tracy du nom de maison d'arrêt Deuel, ou MAD. Le seul horizon qu'il se vit offrir en termes de réinsertion sociale consistait à entretenir le circuit de distribution de la came. À la fin de sa peine, il était devenu une espèce d'entraîneur de football. Il indiquait aux joueurs où se placer, quoi faire. Il n'était pas entraîneur principal. Celui-là, c'était plutôt son chef : un type qui répondait au nom d'Arthur.

Raymond s'était acoquiné avec Arthur parce que l'un de ses oncles avait bossé avec lui. Dès que Raymond avait été transféré de San Quentin à la MAD, son oncle lui avait dit d'aller trouver le dénommé Arthur. « Ne t'inquiète pas, l'avait-il rassuré, il n'y aura qu'un Arthur dans la cour de promenade. » Une affirmation on ne peut plus exacte. Arthur avait affiché un grand sourire quand il avait appris qui était Raymond.

Il s'avéra que l'homme était un contact précieux au sein de la MAD. Il pesait lourd, et pas uniquement dans l'établissement, où il faisait profil bas. Son influence s'étendait bien au-delà des murs de la prison. Il appartenait au clan des Blancs, mais collaborait également avec les Noirs et les Latinos. Pour autant que Raymond sache, Arthur était le seul type dans tout le système carcéral californien à pouvoir contacter aussi bien la Fraternité aryenne que les Black Panthers, et à obtenir qu'ils bougent. Son patron était de cette trempe-là.

Raymond était incarcéré pour avoir tenté de vendre un bateau volé à un type de San Francisco. Il s'était retrouvé au beau milieu d'une enquête qui n'avait rien à voir avec lui. La poisse. Ils l'avaient arrêté à la sortie du parking de la Sixième Rue. La fouille du véhicule leur avait permis de dénicher trente grammes de meth. Une journée catastrophique. Non seulement ils possédaient des enregistrements où on l'entendait parler du bateau – ce qui les avait conduits à l'embarcation dissimulée dans un box de Richmond –, mais par-dessus le marché, ils avaient la came. Deux mois plus tard, son avocat échoua à obtenir une nullité pour vice de forme. L'enjuponné était un simple commis d'office, mais n'avait pas démérité. Raymond avait cependant été contraint de passer un marché. Il avait écopé de quatre ans.

Arthur avait probablement estimé qu'un bateau volé faisait de Raymond une sorte d'homme d'affaires. Alors, au lieu de l'envoyer sur le terrain ou de l'employer comme homme de main, il l'avait bombardé superviseur. Il s'agissait d'un travail plutôt sympa : il fallait organiser les livraisons, assurer l'approvisionnement, et montrer à Arthur que tout baignait dans l'huile ; qu'il n'avait nul besoin de s'approcher de la drogue, et encore moins de se livrer à de quelconques manœuvres d'intimidation physique.

Raymond était sûr d'avoir vu une étincelle briller dans les yeux de son patron quand il lui avait annoncé que sa date de libération approchait. Un comportement inhabituel, chez Arthur. « J'ai un petit problème dont j'aimerais que tu t'occupes », lui avait confié le vieil homme, tandis qu'ils étaient assis en bordure du terrain de handball, dans la cour sud. Quelques hommes avaient pris place en leur compagnie. Arthur était un type balaise. Une grosse tête, de larges épaules. Il se tenait à présent voûté, les coudes sur les genoux. Avec son accent rural – il avait grandi dans une ferme du Colorado –, il avait expliqué à Raymond qu'il entretenait un petit business secondaire, du côté de San Francisco.

« J'ai une nana qui me prend une quantité d'ecstasy chaque mois, et qui la vend à un autre type. Quinze ou vingt kilos par livraison, du solide. J'ai monté l'affaire, tout roule. Elle me donne un petit pourcentage à chaque fois. » Il fit un geste de la main, comme s'il secouait l'eau de ses doigts. Raymond aurait volontiers demandé des précisions sur le pourcentage, mais n'en eut pas besoin car Arthur l'informa d'office : « Le truc, c'est que dix pour cent, c'est un peu juste. » Il lança un coup d'œil à Raymond, afin de s'assurer qu'il avait toute l'attention requise. Raymond opina du chef, l'invitant à continuer.

« Je voudrais que tu recadres l'une des deux parties, peut-être les deux. À moins que tu ne comptes te ranger des voitures ou une connerie de ce genre. Du style "Dieu m'a donné la foi". »

Raymond secoua la tête.

« La situation est assez délicate, poursuivit le vieil homme. Sur ce coup-là, on ne peut pas se contenter d'éjecter une pièce du jeu. » Il fit une grimace qui suggérait que l'idée même le révulsait. « Non, impossible. Je veux que tu ailles là-bas… et que tu examines la situation pour moi. C'est dur d'avoir une vue d'ensemble à partir d'ici. » Il désigna les murs avant de se tourner vers Raymond. Celui-ci sentait un malaise grandissant s'insinuer en lui, sans qu'il puisse s'en expliquer la cause.

« Alors je dois juste aller jeter un coup d'œil ?

— Tout à fait. Un simple coup d'œil. Tu prends contact avec ces deux casse-bonbons, tu évalues le problème. Arrondis les angles comme tu sais le faire, de façon à ce que la prochaine transaction se déroule bien. Je te donnerai la moitié de mes dix pour cent. Trente mille environ, histoire que tu partes du bon pied. Si on doit remettre ça le mois suivant, je te filerai le quart. Deux virgule cinq, soit quinze mille et quelques. Un matelas confortable. » Il sourit, et Raymond répondit à son sourire. Quinze mille dollars par mois représentaient en effet une coquette somme.

« Même si on se contente d'observer, conclut Arthur, ta présence ne fera pas de mal. Tu t'es bien débrouillé jusqu'ici et j'en dois encore une à ton oncle, alors… »

Il tendit le poing et Raymond cogna dedans.

Quel délice de descendre du bus et de poser le pied sur le trottoir de Mission Street ! L'après-midi touchait à sa fin. Il faisait froid et humide à la gare routière, mais l'atmosphère paraissait radieuse aux yeux de Raymond. Il marcha jusqu'au

Prita, un hôtel à l'intersection de la Dix-Neuvième et de Mission, où il séjournait lorsqu'il était en ville. Pour entrer au Prita, il fallait d'abord sonner à la porte d'entrée, puis à une seconde porte au sommet d'un escalier douteux. On communiquait avec le réceptionniste via un guichet en Plexiglas sale. Les couloirs empestaient la cigarette et le crack. On pouvait payer à la journée, à la semaine, ou au mois. Dans chaque chambre, un lit, une petite télévision et un verrou à la porte. Raymond s'acquitta d'une semaine.

Quand il entra dans la chambre, il s'allongea et réfléchit au pétrin dans lequel il était en train de se fourrer. Arthur lui avait résumé la situation. Gloria Ocampo, une femme originaire des Philippines, réceptionnait la marchandise sous forme de poudre tous les mois. Elle la recevait par bateau en provenance d'Israël et revendait le tout à un certain Shadrack Pullman. Comme Arthur avait monté l'affaire de A à Z, il prélevait ses dix pour cent sans coup férir. « Méfie-toi de la gonzesse, avait-il conseillé à Raymond. Elle est vicieuse, parano et très maligne. » Il s'était tapoté le crâne du bout de l'index. « Un Serpent avec un S majuscule, tu comprends ? Ne la laisse pas t'embobiner. »

Raymond s'était également renseigné sur Shadrack.

« Il a séjourné ici, indiqua Arthur en désignant la prison. Un type réglo, mais un tantinet excentrique. Il a des ascendants indiens, tu vois ? Du genre à te faire savoir ce qu'il pense, d'une façon ou d'une autre. Un peu trop expansif, mais réglo. » Arthur fit un geste vague, manière de signifier que Shadrack ne poserait pas de problème.

« Seulement, ajouta le vieil homme, si on doit se débarrasser de quelqu'un en priorité, ce sera Shadrack. Parce que s'attaquer à Gloria reviendrait à foutre un coup de pied dans la fourmilière. » Il secoua la tête, visiblement peu enclin à envisager cette possibilité. « Mais on ne sait jamais. Elle pourrait y passer aussi. »

Raymond demanda alors comment il devait se présenter.

« Je discute avec Gloria régulièrement, répondit Arthur. Je prends des nouvelles, je la remercie pour ses paiements ponctuels… La dernière fois, elle m'a raconté que Shadrack devenait bizarre. C'est le mot qu'elle a employé : bizarre. "D'accord, j'ai dit. J'envoie quelqu'un pour lui parler, mettre les choses au clair." Elle a répliqué avec son accent oriental : "Non, ne t'inquiète pas." Et moi : "Si, pas de problème." Le fait est que ce genre de réflexion implique une réaction. Contente-toi de tenir ton rôle. Dis-lui que tu es là pour veiller à mes intérêts, pour t'assurer que tout baigne. Elle va sûrement te demander combien tu touches : explique-lui que tu gagnes deux virgule cinq pour cent sur ma part. »

Raymond voulut savoir si son arrivée allait provoquer des remous.

« Peut-être bien que oui, peut-être bien que non, fit Arthur. Mais qu'est-ce qu'ils y peuvent ? Tu travailles pour moi. Ils ne vont pas prendre le risque de me contrarier. »

À présent, allongé sur le lit de la chambre d'hôtel, Raymond soupesait les différentes options qui s'offraient à lui. Il pouvait prendre en charge la transaction, menacer l'un des partenaires ou lui coller aux basques, mais la meilleure solution consistait encore à les laisser continuer comme avant, à prendre ses deux et demi pour cent sans trop se mouiller. Il n'avait aucune intention de « foutre un coup de pied dans la fourmilière » s'il n'y était pas obligé.

Quelques heures plus tard, Raymond arpentait Mission Street. Il s'acheta un téléphone prépayé. Le trottoir était bondé, mais il se sentait seul, nerveux. La ville avait changé, elle paraissait plus opulente. Lorsqu'il revint au Prita, il envoya un texto à Gloria Ocampo.

Elle lui répondit dans l'instant qu'elle passerait le voir à 8 heures. L'espace d'une seconde, Raymond se demanda dans quoi il s'embarquait.

Il avait vaguement prévu d'utiliser l'argent qu'il gagnerait pour monter une affaire honnête. Acheter des outils, se lancer dans la menuiserie ou un truc de ce genre. Pourtant, il n'envisageait pas de raccrocher totalement, ni d'oublier l'existence louche qu'il avait menée jusqu'à présent. Il aimait gagner du fric grâce à la drogue et à des combines illégales. Une manière de prendre son pied. Il avait toujours vécu ainsi et n'était pas prêt à renoncer. La menuiserie, ce n'était pas fondamental.

Gloria Ocampo se présenta à 8 heures tapantes. Elle ne correspondait pas à ce que Raymond avait imaginé. Il s'attendait à rencontrer une fêtarde, mince et vêtue d'un jean moulant, et non pas une quinquagénaire légèrement enrobée, les yeux entourés de larges cernes qui lui donnaient l'air fatigué. Elle était tout de même mignonne. Jolis habits, parfum agréable.

En entrant dans la chambre, elle examina les lieux comme pour s'assurer qu'elle était bien seule, puis elle se planta devant la fenêtre, les yeux tournés vers la lumière extérieure.

Finalement, elle se tourna vers Raymond. « Tu viens de

sortir ? » Elle avait un fort accent, conformément aux précisions d'Arthur.

« Oui. Aujourd'hui. » Le dénuement de la chambre embarrassait Raymond. Il s'essuya le visage.

Gloria plongea la main dans la poche de sa veste et en sortit une enveloppe, qu'elle présenta à son interlocuteur. Raymond vit qu'elle contenait trois cents dollars. Des billets impeccables.

« C'est tout ce que j'ai pour l'instant. Je te donnerai la suite plus tard. »

Raymond haussa les épaules, empocha la somme. La soif le taraudait. Il se passa la langue sur les lèvres. Il aurait volontiers demandé à Gloria si elle était la petite amie d'Arthur, mais craignait de passer pour un dragueur. Il contempla son corps, s'imagina coucher avec elle, puis détourna le regard, brusquement conscient du silence qui s'installait. Il sentit son cœur battre dans sa poitrine et songea qu'il commençait déjà à être dépassé par les événements.

« Comment va Arty ? s'enquit Gloria.

— Bien. » Raymond n'avait jamais entendu Arthur se faire appeler ainsi.

« Pourquoi t'envoie-t-il ici ? »

L'authentique curiosité d'Ocampo interpella Raymond.

« Je dois surveiller un de tes partenaires. Vérifier que tout se déroule sans accroc. »

Elle acquiesça avant de marcher jusqu'à la porte, restée entrouverte, pour fermer le battant. Elle pointa le doigt sur son oreille, puis en direction du plafond. « Pas de paroles inconsidérées. Qu'a-t-il dit à propos de ce partenaire ?

— Que le garçon se comportait de manière imprudente.

— Shadrack n'est pas un garçon. Et son comportement n'a rien d'imprudent. Il est irrationnel, comme un sans-abri qui parle tout seul, tu vois ? Beaucoup de gens ne sont pas satisfaits de lui. » Elle dévisagea Raymond un moment, le temps d'avoir toute son attention, puis continua : « Ces gens-là veulent savoir si tu es la bonne personne pour régler le problème. Tu comprends où je veux en venir ? Ils n'ont pas envie que tu prennes une décision et que tu t'arrêtes à mi-chemin. »

Cette réaction ne correspondait pas à ce que Raymond avait envisagé. Il pensait que Gloria verrait son ingérence d'un mauvais œil, qu'elle défendrait Shadrack, qu'elle affirmerait pouvoir se débrouiller sans lui. De plus, Raymond n'avait jamais entendu parler de « gens ». Que devait-il en déduire ? En tout cas, Gloria avait piqué son intérêt. Il l'examina une seconde, se souvint aussitôt qu'il devait se montrer impassible. *Assieds-toi, respire, laisse venir.*

« Je m'inquiète, poursuivit Gloria. J'ai peur qu'il fasse capoter toute l'affaire. Il faut que tu interviennes. Tu arrives à point. » Elle haussa les sourcils, cherchant une réponse dans les yeux de Raymond.

Il sentit sa nuque le brûler. Depuis toujours, il s'enorgueillissait de jauger ses interlocuteurs à leur juste mesure et, en cet instant précis, ses détecteurs à embrouilles étaient au rouge. « Tant mieux.

— Maintenant, dis-moi vraiment pourquoi Arthur t'envoie. »

Elle détourna la tête, ôta quelque chose d'entre ses dents, puis reporta son attention sur Raymond. « Pourquoi t'envoie-t-il à la place de l'autre gars ? »

Raymond n'avait aucune idée de ce qu'elle racontait. « Il pense sans doute que je suis diplomate, que je suis doué pour atténuer les frictions. Mais je ne suis sûr de rien. Tu devrais lui poser la question. »

Une expression similaire à un sourire se peignit sur son visage. « Demain, c'est dimanche. Lundi, tu viendras avec moi pour obtenir de nouveaux papiers d'identité. » Raymond fit mine de protester, mais elle leva un doigt pour lui intimer le silence. « Tu auras une nouvelle carte. Arthur me l'a demandé. Mardi, tu iras chez Shadrack et on verra bien quelle sorte d'individu tu es. » Une franche sympathie illumina brièvement ses traits, puis elle le salua et quitta la chambre.

Dès qu'elle fut partie, Raymond envoya un texto à Arthur. Un codétenu s'occupait du téléphone pour lui. *Nouveau numéro. Rencontré la fille. Elle coopère.*

Lundi, après une entrevue avec son contrôleur judiciaire, Raymond retourna à l'hôtel pour envoyer un message à Gloria. Elle vint le chercher dans une camionnette marron clair, conduite par un jeune Asiatique dont la lèvre supérieure s'ornait d'une fine moustache. Celui-ci jeta à peine un coup d'œil à Raymond quand il embarqua. Il y avait des miettes par terre, comme si on avait coupé du pain à l'intérieur. Raymond s'assit à l'arrière. L'agitation diurne le rendait nerveux.

Ils roulèrent jusqu'à une zone industrielle bordée de clôtures en fils barbelés au sud de San Francisco. Quelques semi-remorques stationnaient sur les bas-côtés ombragés. Lorsque le minivan s'arrêta, Gloria tendit une enveloppe à

Raymond. Sept cents dollars, qu'il devait donner à un dénommé Javier.

« Ne t'inquiète pas, dit-elle. Vas-y. » Elle désigna un bâtiment, dont le garage était ouvert. On aurait cru une carrosserie.

Quand il entra, Raymond nota l'installation d'une rangée de moniteurs reliés à des caméras de surveillance, dans un bureau sur la droite. Il se vit en noir et blanc sur l'un des écrans. Plus loin, deux hommes travaillaient, voûtés sur une portière. L'un d'eux se retourna, alerté par la présence du visiteur.

Raymond indiqua qu'il cherchait un certain Javier, et l'homme murmura quelques mots en espagnol à son camarade. Ce dernier se dirigea vers une porte dans le fond du hangar. *Pourquoi est-ce que je rentre dans cette combine ?* s'interrogea Raymond.

L'homme à qui il avait adressé la parole restait là, un sourire plaqué sur le visage, hochant la tête comme s'ils venaient de plaisanter ensemble. Son regard obliqua vers le parking. Raymond s'obligea à rester calme. Il inspira profondément, relâcha les épaules.

Peu après, un troisième homme émergea de la pièce du fond, les sourcils arqués en une question muette. Il portait un bleu de travail identique à ceux de ses collègues. Raymond présenta l'enveloppe. L'homme compta les billets et, le visage incliné : « Qui t'envoie ?

— Gloria. » Il désigna un point vague par-dessus son épaule.

Javier guida son invité jusqu'à l'arrière du hangar, où les attendait un fond bleu. Un appareil photo se dressait déjà au sommet d'un trépied, prêt à l'usage. Javier installa Raymond au bon endroit, examina le viseur et ajusta le pied. Le flash de l'appareil scintilla trois fois.

« De vraies cartes, avec hologrammes. On t'appellera quand ce sera prêt. »

Au moment où Raymond regagnait le parking, il se rendit compte qu'il n'avait pas laissé son numéro à Javier. Il continua à marcher.

« C'était quoi, ce bordel ? s'énerva-t-il dès qu'il monta dans la camionnette.

— On a besoin d'un plan de secours », fit Gloria. Elle se servait du rétroviseur passager pour souligner sa bouche d'un rouge à lèvres carmin, et le regarda sans s'interrompre.

Ils effectuèrent le trajet retour dans un mutisme pesant. Raymond éprouvait un sentiment très désagréable. Il avait l'impression qu'on lui avait forcé la main. Il détestait qu'on l'ait pris en photo et il détestait qu'on lui ait dit quoi faire. Il se souvenait de l'avertissement d'Arthur concernant Gloria : une vicieuse, une parano très maligne. Était-elle en train de le manipuler ?

Elle lui donna une seconde enveloppe au moment où il se préparait à descendre. Mille dollars. Son silence buté lui parut tout à coup immature mais il correspondait à ce que voulait Gloria, songea-t-il.

« De la part d'Arthur, dit-elle simplement.

— Merci. » L'espace d'un court instant et sans qu'il comprenne pourquoi, il eut envie de pleurer. Par chance, ce sentiment disparut aussitôt.

Lorsqu'il mit le pied sur le trottoir, Gloria précisa : « 56 Colby Street, compris ? C.O.L.B.Y.

— D'accord. 56 Colby Street.

— L'adresse de Shadrack Pullman. Va le voir demain soir. »

Colby Street se situait à la perpendiculaire de Silver Avenue. Raymond prit un taxi pour s'y rendre, ce qui, après quatre ans de taule, avait la saveur du luxe. Il arriva une heure avant le coucher du soleil. Par sa simplicité, la maison semblait analogue à toutes celles du quartier. Il en scruta un moment la façade avant d'approcher. Un garage au rez-de-chaussée, un portail à l'avant, et un escalier menant à l'habitation proprement dite. Des stores en plastique obstruaient les fenêtres du premier étage. On remarquait la saleté des murs même dans ce coin pouilleux.

Il sentit son estomac se contracter quand il appuya sur la sonnette. Au bout de quelques instants, il entendit cliqueter une série de verrous, puis une chaîne de sécurité, et la porte s'ouvrit enfin. Celle-ci se trouvait dans une encoignure dérobée à la vue.

« Qui c'est ? aboya une voix peu amène.

— Raymond Gaspar. L'ami d'Arthur. »

Un silence. Raymond étudia l'escalier. De la poussière et des cheveux sur les marches, des taches sombres sur les murs. Son cœur se mit à battre un peu plus fort.

« Quel est le mot de passe ? »

Gloria n'avait jamais mentionné un quelconque mot de passe. « Arthur », répondit Raymond avec tout l'aplomb dont il était capable.

Bien qu'il ait beaucoup entendu parler de Shadrack, Raymond ignorait totalement à quoi il ressemblait. L'homme qui descendit l'escalier mesurait un mètre quatre-vingt-dix pour quatre-vingts kilos. Il portait un jean défait, pas de chemise, et ses longs cheveux bruns commençaient à se dégarnir sur le dessus. Un Blanc avec un soupçon d'orientalisme au niveau du visage, estima Raymond. Non, pas oriental. Raymond se souvenait que Shadrack avait des origines amérindiennes.

Celui-ci paraissait en colère. Raymond ignorait s'il l'avait entendu la première fois, aussi répéta-t-il le nom d'Arthur lorsque Shadrack fut au bas des marches.

L'Indien approcha directement du portail et baissa les yeux sur son visiteur. Raymond recula d'un pas.

« Le mot de passe n'est pas "Arthur". »

Il avait les yeux fiévreux, ne regardait pas Raymond en face et semblait faire le point sur l'horizon. Il colla son visage à la grille, observa la rue pour vérifier que Raymond était seul. Enfin, il reporta son attention vers l'horizon.

« Comment on t'appelle ? Ray, Raymond ou Raymondo ?

— Eh bien, Ray ou Raymond.

— Merde. Allez, entre. » Il ouvrit le portail pour laisser passer son hôte.

Raymond dépassa Shadrack et commença à gravir l'escalier. Parvenu en haut des marches, il se retourna pour attendre l'Indien. Celui-ci lui fit signe d'avancer. Raymond prévoyait déjà d'envoyer un coup de coude dans la gorge de ce fumier s'il tentait quoi que ce soit. Le vestibule conduisait au salon. Les lumières étaient éteintes mais une grosse télévision diffusait un documentaire animalier, le son coupé. À mesure que Raymond s'accoutumait à la pénombre, il distinguait partout des piles de livres, de cartons et de magazines. Un mannequin représentant une femme était appuyé contre le mur, chauve et pâle. On lui avait écrit dessus au marqueur, comme si un gosse s'était amusé à gribouiller la poitrine et le visage. L'enaroit puait la crasse.

« Chut, murmura Shadrack dans le dos de Raymond. Tourne-toi. »

Raymond obéit. L'homme tenait un revolver. Un frisson d'épouvante parcourut l'épiderme de Raymond mais il parvint à rester calme. Un examen plus attentif de l'arme lui permit de constater qu'elle était factice. Le canon ne comportait qu'une minuscule ouverture. Il ne fut pas tranquillisé pour autant. Son cœur continuait à battre la chamade.

« File-moi ton permis de conduire », ordonna l'Indien.

Raymond fouilla la poche de devant, sentit l'élastique qui lui servait de portefeuille et, après avoir séparé l'argent du permis, tendit le document à Shadrack. L'Indien recula jusqu'à la porte d'entrée pour l'examiner à la lumière du jour finissant. Il regarda alternativement Raymond et la photo correspondante, puis baissa son revolver.

« Raymond Gaspar. C'est Arthur qui t'envoie ?

— Il m'a dit de vérifier auprès de toi que tout se passait bien.

— J'ai l'air d'avoir besoin d'aide ?

— Non, pas toi. Tout va au poil de ce côté-là.

— Tu faisais quoi, à Tracy ? Tu étais son garde du corps ?

— Quelque chose comme ça.

— Tu ne ressembles pas à un garde du corps.

— C'est-à-dire que je suis plus doué pour la réflexion que pour l'action, si tu me suis.

— Tu es un intello ?

— Non. Je dis juste que je ne suis pas un bagarreur. »

Shadrack pointa l'arme sur le visage de Raymond et appuya sur la détente. Une giclée d'eau lui aspergea le cou.

La colère déferla dans la poitrine et les entrailles de Raymond. En prison, ce petit jeu aurait valu une sacrée raclée. Il était prêt à dérouiller cet imbécile. Son visage s'empourpra dans l'obscurité.

« Je plaisante, mon gars. » Shadrack balança son jouet à son invité. Il s'approcha de lui, les mains levées en signe de reddition. « Tire-moi dessus, si tu veux. »

L'odeur de ses aisselles frappa Raymond en plein visage. Il se détourna et posa l'arme sur la télévision.

« Désape-toi », embraya aussitôt Shadrack.

Raymond demeura immobile.

« Tu enlèveras tes fringues avant qu'on discute de quoi que ce soit, pigé ? »

La lumière s'alluma, la porte émit plusieurs claquements. Raymond accommoda sa vision juste à temps pour voir Shadrack actionner deux verrous, et fixer une lame de protection blindée. Il balaya le salon du regard. Un fusil à canon scié, authentique celui-là, reposait sur une table contre le mur. Plus près de Shadrack que de lui.

« Laisse-moi t'expliquer, fit l'Indien. Là d'où je viens, quand un étranger se pointe, c'est à lui de prouver qu'il est digne de confiance, pas l'inverse. » Sa voix se réduisit à un grondement sourd. « Tu comprendras donc que la prudence l'emporte sur la pudeur. »

Raymond observait son interlocuteur, il le regardait respirer ; sa poitrine se levait, s'abaissait.

« Moi, j'ai déjà enlevé ma chemise, précisa l'Indien. Tu

pourrais porter un micro. Les Fédéraux, Gloria, ils aimeraient bien écouter ce qu'on a à se raconter. Allez, vide tes poches. »

Raymond s'exécuta.

« Bien. À présent, tourne-toi. »

Raymond pivota à cent quatre-vingts degrés. Shadrack palpa ses poches arrière.

« Pose tes trucs par terre. »

Raymond sortit sa clef d'hôtel et son argent, qu'il lâcha sur la moquette.

Shadrack entreprit alors de fouiller la veste. D'abord les poches extérieures, puis la poche de poitrine.

« Enlève ta veste. Balance-la ici. »

Raymond obéit une nouvelle fois, sans geste brusque.

« Maintenant, vire ta chemise. Elle va avec le reste. »

Raymond fit face à Shadrack. L'expression de l'Indien semblait signifier qu'il voulait simplement en terminer avec ces formalités, alors Raymond ôta sa chemise.

« Les bottes aussi. »

Raymond se déchaussa sans quitter son interlocuteur des yeux.

« Et les chaussettes.

— Arrête ta comédie.

— Tu es un étranger, mon gars. Je ne te connais ni d'Ève ni d'Adam. Si tu es vraiment un copain d'Arthur, tu sais que je ne plaisante pas, tu connais ma réputation. Tu crois que je laisse des inconnus pénétrer chez moi ? Comme si je ne savais pas à qui j'avais affaire ? Comme si j'ignorais le b.a.-ba ? Merde. Ne m'oblige pas à me demander à quel point tu es débile. »

Raymond ressentit une pointe de vexation.

« Avant que je te parle des affaires qui nous concernent, Arthur et moi, tu peux être sûr que je vérifierai si tu portes un micro. Non que… » Shadrack marqua une hésitation. Il leva les yeux au ciel comme s'il s'adressait à un intervenant extérieur. « Non que je trempe dans quoi que ce soit d'illégal, figure-toi, mais parce que je respecte la vie privée d'Arthur. C'est clair ? Alors déshabille-toi et qu'on en finisse. Ou tu te plies à la procédure, ou je te flanque à la porte. »

Raymond se débarrassa donc de ses vêtements. Il en avait mal à l'estomac. Shadrack l'examina sous tous les angles, il l'obligea à écarter les bras, à soulever ses testicules… Il fit remarquer à Raymond qu'il devait avoir l'habitude, puisqu'il sortait juste de taule. L'ancien détenu se sentit glisser dans l'état second qui permet de supporter l'humiliation des fouilles. Au bout de quelques minutes, Shadrack s'éclipsa dans le couloir et revint avec un T-shirt blanc encore dans son plastique. Peut-être avait-il tout un assortiment de vêtements neufs réservés aux conversations confidentielles ? Pendant que Raymond déballait son T-shirt, Shadrack dénichait un vieux pantalon de survêtement bleu. Il en estima la taille avant de le donner à son invité. Raymond resta pieds nus et ses habits furent entassés dans un sac-poubelle noir. Il jeta un coup d'œil au fusil.

Une fois que Shadrack eut fermé le sac, il effectua un ménage sommaire sur le divan sale et invita Raymond à s'asseoir. Il prit ensuite un poste de radio sous la table basse. Les parasites envahirent la pièce avant qu'il tombe sur une station diffusant de la musique mexicaine. À l'image de

Gloria, il pointa d'abord le doigt sur son oreille, puis sur le plafond, du genre « ils écoutent ».

« Maintenant, dis-moi exactement pourquoi Arthur t'a demandé de venir. »

Raymond sentit son estomac se nouer. Il réfléchit un instant. « Notre homme est content des liens que vous avez établis, toi et Gloria. Votre association fonctionne, elle est profitable à tout le monde, mais Arthur a eu vent de certaines rumeurs. » Shadrack haussa un sourcil. Il ouvrit la bouche pour parler, mais Raymond le fit taire d'un geste de la main. « On lui a dit que tu agissais de façon étrange. » Une pause. Raymond laissa les mots infuser avant de reprendre : « Pas étrange étrange, mais assez quand même pour inquiéter certaines personnes. D'où ma présence. Je dois simplement me renseigner, vérifier que tout baigne, rien de plus. C'est l'histoire d'une semaine. Je surveille les transactions, je lui fais mon rapport... Il craint juste qu'un climat délétère... » Raymond ne finit pas sa phrase.

« Et il t'autorise à pénétrer dans le sanctuaire des Sept Dieux pour une broutille pareille ? émit l'Indien.

— Je ne sais pas de quoi tu parles. »

Les chansons mexicaines continuaient à retentir via les baffles de la radio. L'angoisse dans la poitrine de Raymond s'était accordée à son souffle. Chaque respiration en augmentait les effets. Il commençait à avoir vraiment peur. Shadrack se leva, le surplombant, le visage crispé de colère. L'énergie dans la pièce s'altéra sensiblement.

« Tu penses que tu peux débarquer ici, tenter d'entrer en communication avec moi par l'intermédiaire d'un langage humain ? » Il appuya l'index sur le sternum de Raymond, geste que celui-ci fut bien incapable d'interpréter. L'Indien marmonna alors des paroles incompréhensibles, comme s'il s'exprimait à l'envers, dans un vernaculaire inconnu.

« Tu ne maîtrises pas le dialecte des Sept L, n'est-ce pas ? dit-il finalement en se balançant d'un pied sur l'autre.

— Je crains que non. » Raymond avait envie de vomir. Son front se nimbait de sueur. Shadrack le dominait, coupait toute possibilité de fuite.

« Tu n'es qu'un petit garçon, poursuivit l'Indien. Quel âge as-tu ? Cinquante-cinq ?

— Trente-deux.

— Alors le... le... » Shadrack se mit à bégayer et changea brusquement de sujet : « On est amis, toi et moi ? » Il paraissait sincèrement préoccupé par cette question.

« J'aimerais qu'on le soit. »

L'Indien s'assit à côté de son invité. Raymond remarqua la transpiration sur son visage. Shadrack haleta, comme s'il tentait de reprendre possession de ses moyens. « Rappelle-moi quelle est ta mission, déjà ?

— Je viens en ami. Je suis là pour donner un coup de main, vérifier que tout se passe bien.

— Tu es une sorte d'assistant ?

— Exactement.

— D'accord, je vois. Attends une minute. » Il bondit du divan et quitta le salon. Raymond fixa la porte par laquelle il avait disparu, puis son regard dévia sur la table où reposait le fusil à canon scié. Il songea à partir, mais quelque chose le retint. *Prendre une grande inspiration, se décontracter.*

Shadrack revint au salon avec une bouteille de collyre. « Ouvre la bouche.

— Non merci, je n'ai pas soif.
— Ouvre la bouche, mon ami.
— Qu'est-ce que c'est ?
— Du LSD, allez, une lichette.
— J'ai un test urinaire la semaine prochaine.
— Ils ne cherchent pas l'acide. Vas-y, mec. » Raymond vit qu'il souriait largement. Il avait les dents espacées et inclinées. Ses molaires étaient recouvertes d'or.

« Ce n'est rien du tout, mon pote », insista l'Indien. Il laissa tomber quelques gouttes dans son propre gosier. « Maintenant, fais voir ton clapet. On va célébrer ton intronisation. »

Raymond ouvrit donc la bouche. Shadrack envoya une bonne giclée sur sa langue. Raymond manqua s'étouffer.

« Ne crache pas ! » cria l'Indien. Il sautait sur place, s'esclaffait. Finalement, il se jeta sur Raymond et l'enlaça. « Putain d'enfoiré ! Tu es cinglé, tu sais ça ? »

Shadrack voulait maintenant aller faire la fête. Il laissa Raymond remettre ses vieux vêtements. Lui-même enfila un pantalon noir et un pardessus froissé dans les mêmes tons, ainsi qu'un T-shirt blanc à col en V. Il aspergea ses longs cheveux de laque, prit un chewing-gum, en proposa un à Raymond. Ensuite, il s'empara d'une serviette noire de médecin et accompagna son invité au bas des marches, vers le garage.

« Tu es sûr que tu veux conduire ? s'inquiéta Raymond.
— Parfois oui, parfois non. »

Shadrack possédait une Toyota grise d'une normalité que Raymond trouva rassurante. Les effets de la drogue ne s'étaient pas encore déclarés. Raymond éprouvait une certaine satisfaction, malgré sa nervosité. Lui et Shadrack s'entendaient bien, ils avaient sympathisé. Peut-être qu'il allait quand même assurer.

Shadrack ouvrit la porte du garage. Le monde extérieur, l'air frais, le béton, la lumière des lampadaires se rappelèrent au souvenir de Raymond.

Ils montèrent dans la voiture, attachèrent leur ceinture. Shadrack recula en douceur, attentif à ne pas accrocher les rétroviseurs latéraux. Raymond lui demanda à nouveau s'il était sûr de pouvoir les mener à bon port, et l'Indien prétendit y arriver les yeux fermés.

Ils roulèrent jusqu'à Mission Street. Raymond était encore tendu, il ne planait pas, mais l'atmosphère devenait festive. Les gens du quartier avaient l'air heureux, bien habillés. Les couleurs vives, la musique fusaient de toutes parts. Même les clochards s'amusaient. Shadrack restait concentré sur sa conduite. Raymond songea qu'une telle sortie constituait une parfaite manière de fêter sa libération.

La soirée se tenait en bordure de Dolores Park. « L'homme que tu vas rencontrer est l'un des dignes fils des Sept Dieux », dit Shadrack quand ils furent garés. Raymond ne parvint pas à déterminer si son interlocuteur était sérieux ou non. Ils gravirent les flancs abrupts d'une colline, expérience que Raymond trouva charmante et étrange. L'air s'engouffrait à grandes goulées dans ses bronches, il sentait sa poitrine s'ouvrir. La drogue commençait à agir.

Il n'avait plus pris d'acide depuis l'adolescence. La maison dominait la chaussée de ses trois étages, ainsi qu'un palace majestueux. Les façades semblaient neuves, très propres.

Shadrack sonna. Il désigna une caméra au-dessus d'eux. Raymond éprouva un inexplicable et fugace sentiment de timidité.

Une voix retentit dans un haut-parleur. On aurait dit un homme tentant de se faire passer pour une femme. « Qui c'est ?

— Livraison spéciale », affirma Shadrack en regardant l'objectif.

Ils attendirent. L'Indien posa sa mallette par terre, se passa la main dans les cheveux et inspira profondément.

La porte s'ouvrit avec une telle brusquerie que Raymond faillit tomber à la renverse. Un type propre sur lui, habillé comme un homme d'affaires, se tenait dans l'entrée. Quarante ans, blanc. Il portait une chemise bleue, aussi nette que s'il avait été au bureau et boutonnée jusqu'au menton. Ses traits, sa silhouette dégageaient toutefois une impression de mollesse. Il adressa un large sourire à Shadrack.

« Ce bon docteur ! »

L'Indien rectifia, indiquant Raymond du pouce : « Ces bons docteurs ! Nous avons tous les deux notre diplôme. »

Puis il avança et les deux compères se donnèrent l'accolade. Ils se tapèrent dans le dos, comme pour accomplir quelque salut cabalistique.

Lorsqu'ils s'éloignèrent l'un de l'autre, l'homme d'affaires se tourna vers Raymond. « Comment va ? Je m'appelle Brendan Moss. » Il tendit la main, les yeux écarquillés à la façon d'un lutin facétieux. Raymond ne put retenir un tressaillement quand il lui serra la main : sa paume était trempée.

« J'étais occupé à faire la vaisselle, se justifia Brendan.

— Entrons », fit Shadrack. Il les invita à monter et, au

moment où Raymond passait près de lui, il murmura sur un ton d'avertissement : « Tiens-toi bien, mon gars. »

Ils arrivèrent dans une vaste salle. La hauteur de plafond stupéfia Raymond, de même que les imposantes fenêtres, les meubles neufs et modernes. Il s'était attendu à une beuverie de motards, pas à semblable raout. Les gens tournèrent la tête vers lui, le toisèrent. Raymond se figea jusqu'à ce que les regards se détournent et que les conversations reprennent. Moss l'attrapa par le bras et l'entraîna vers le bar. « Servez un verre à monsieur », cria-t-il. Les gens souriaient sur son passage. L'idée qu'à peine trois jours auparavant, Raymond portait encore un uniforme de prisonnier, dormait dans un hangar surpeuplé et mangeait du thon en boîte lors des grandes occasions lui paraissait insensée.

Le barman, un Asiatique, portait une chemise blanche et une cravate noire. Ils échangèrent un sourire. L'espace d'un instant, Raymond fut certain qu'ils se connaissaient. La petite voix qui lui chuchotait qu'ils s'étaient déjà croisés quelque part sonnait étrangement à ses oreilles. Le sourire de l'Asiatique s'estompa. Il quêta du soutien auprès de Moss, mais celui-ci cherchait quelqu'un des yeux, la main toujours posée sur le bras de Raymond. Il s'adressa à l'employé sans le regarder : « Donnez-lui un verre. »

Raymond observa l'Asiatique. Celui-ci cachait mal son agacement. « Que désirez-vous, monsieur ?

— Une Budweiser. » Ce fut la seule boisson qui lui vint à l'esprit.

« Nous n'avons que des Peroni, monsieur. »

Raymond acquiesça prudemment. Il sentait la chaleur de la main de Brendan se diffuser dans son bras, mais lorsqu'il baissa les yeux, il se rendit compte que l'homme d'affaires l'avait planté là. Il tenta de localiser Shadrack, sans succès. Les lumières avaient baissé, conférant une atmosphère tamisée à la soirée. Il s'agissait sans doute d'une réception, estima Raymond d'après la qualité de l'habillement des invités. Il se retourna vers le barman avec un soupir. Celui-ci soumettait une bouteille de bière à son approbation. Raymond fit signe qu'elle lui convenait et le loufiat remplit un verre.

Il sentait qu'il avait les mains moites, ses oreilles bourdonnaient. Où diable était passé Shadrack ? Une cheminée crépitait à l'autre bout de la salle. Raymond se dirigea vers le foyer.

Il s'était absorbé dans les enchevêtrements des flammes bleues et orange depuis un temps indéterminé, lorsqu'on lui saisit le bras. Il crut d'abord que Moss revenait prendre soin de lui, mais au moment où il leva les yeux, il vit une jeune femme qui lui demandait s'il était de service.

Raymond s'étonna : « De service ?

— Est-ce que vous travaillez ici ? » Elle avait un accent étranger et ne cessait de regarder par-dessus son épaule en parlant.

« Vous voulez dire dans cette maison ? » Raymond sentit le sol bouger en cercle sous ses pieds. La femme avec qui il venait de nouer conversation lui sembla soudainement plus vieille. Son épais maquillage avait fait illusion, songea-t-il, mais elle était beaucoup plus âgée que ne le laissait supposer un premier examen. Il réalisa qu'ils se trouvaient au milieu d'un groupe de gens installés sur des chaises et recula pour s'éloigner. Une invitée, sur sa droite, caressait un petit chien assis sur son giron, comme un nouveau-né. Elle avait de longs cheveux blonds et ce tableau aurait pu être charmant si Raymond n'avait remarqué qu'elle donnait le sein à son animal de compagnie. Elle vit que l'inconnu l'observait et se couvrit la poitrine, le fusillant du regard.

Les gens étaient maintenant plus nombreux. Il se rendit compte qu'il avait toujours son verre de bière à la main et entreprit de le vider. Il essaya de bouger un peu, en rythme avec la musique, mais se sentait aussi gracieux qu'un ours déguisé en humain. Il bouscula quelqu'un. Un verre de vin rouge se répandit par terre, le verre se brisa. Applaudissements dans la foule. Un homme râblé avec des traces de maquillage sur la figure se fraya un passage jusqu'à lui et se mit à scander : « Ennemi, ennemi, ennemi… »

Le pas hésitant, Raymond retourna au bar pour réclamer un torchon. Une jolie brune s'écarta pour le laisser passer et Raymond fut pétrifié. On lui agrippa le bras avant qu'il puisse lui adresser la parole.

Moss : « Ne vous inquiétez pas, ce n'est pas grave. » Ses longs cils paraissaient factices. Il attira Raymond à lui. Son corps avait la flaccidité d'un rembourrage. En plus, il était mouillé, luisant de transpiration.

« Où est Shadrack ?

— Venez, répondit Moss. Il vous cherche également. » D'autres invités balançaient à leur tour leur verre par terre. Raymond entendit les coupes se fracasser au sol. Quelqu'un avait badigeonné l'un des murs d'excréments ou de boue. Tout le monde parlait en même temps. Le chien allaité par la femme talonnait maintenant Raymond. Sa gueule rougie paraissait ensanglantée. Ils dépassèrent un sans-logis dans le couloir. Celui-ci avait de longues dreadlocks, la face couverte de piercings. « Désolé, mon pote », bafouilla le clochard.

Moss continuait à attirer Raymond. « Venez. » Son visage ressemblait à présent à celui d'une poupée à la mâchoire pendante. « Votre ami est là. » Il désigna une porte au bout du couloir. Une lumière incendiaire filtrait sous le panneau de bois. Brendan mit une main dans le dos de Raymond et, d'une poussée, l'incita à avancer.

Quand ils entrèrent dans la chambre, ils trouvèrent Shadrack installé sur une chaise, dans une attitude de roi sur son trône. Deux femmes élégantes, assises sur un lit situé à droite, étudiaient Raymond d'un œil paisible. Elles semblaient plutôt bienveillantes.

« Je l'ai trouvé », déclara Moss sous l'apparence sereine et indulgente d'un ange. Les cheveux de l'Indien cascadaient sur ses épaules. Il se tenait très droit, pensif. Impossible que ce soit l'homme dont il avait fait la connaissance en début de soirée, s'avisa Raymond.

« Où étais-tu passé, mon ami ?

— J'ai renversé du vin, avoua Raymond.

— Tu sais ce qu'on dit. » L'Indien invita Raymond à s'asseoir auprès des deux femmes. L'une d'elles se poussa pour lui faire de la place. Raymond trouvait qu'elle ressemblait à une Japonaise.

Penchée au-dessus d'une glace pour sniffer une ligne, elle suggéra : « Vin renversé est à moitié pardonné. » Elle donna le miroir à Raymond.

« Je ne peux pas. Je suis en conditionnelle.

— En conditionnelle ? » La Japonaise s'approcha pour le regarder de plus près. L'autre fit de même.

« C'est un bon gars, souffla Shadrack. Ne vous affolez pas. Il a simplement volé quelques bateaux. »

Raymond n'avait jamais mentionné cette affaire devant l'Indien. Il attendit d'avoir une explication, mais Shadrack se contenta de l'observer, la face illuminée d'un sourire radieux. Puis il ferma les yeux et posa les doigts sur ses tempes. Raymond ferma lui aussi les yeux. Derrière ses paupières closes, il eut une vision très claire de son patron, Arthur, en prison. Celui-ci chantait : « Si j'avais un marteau, je bâtirais une ferme, et j'y mettrais mon père, ma mère, mes frères et mes sœurs… »

« Ton frère », dit Shadrack.

Raymond ouvrit les yeux. L'Indien souriait toujours. La Japonaise avait pris sa main. Elle la serrait entre ses doigts.

« Mesdames, fit l'Indien. Laissez donc M. Gaspar s'allonger un peu. » Les femmes se levèrent. « Ôtez-lui ses chaussures. »

Les femmes lui retirèrent ses bottes. Raymond était un peu gêné d'exhiber ses chaussettes. Il se sentait nu. Shadrack ouvrit sa mallette de médecin, dont il retira une grosse émeraude, ou ce qui y ressemblait. Elle avait la forme d'une plume. Il sortit d'autres pierres, de différentes tailles, de différentes couleurs : pourpre, jaune, orange, marron.

« Tu vas encore devoir enlever ta chemise », s'affligea l'Indien.

Raymond s'exécuta avant de se rallonger. Une pulsation tambourinait dans sa tête. *Si j'avais un marteau…* Les femmes lui prirent de nouveau les mains, commencèrent à lui masser les phalanges. Shadrack vint s'asseoir près de lui. Le sommier s'affaissa légèrement.

« Bénissez cet enfant sur la terre comme aux cieux. Délivrez-le du mal. » Il déposa une pierre sur le front de Raymond. Ses paupières s'alourdirent.

« Bénissez-le dans son cœur et dans son âme, car il est le Septième Fils. » Il mit une pierre au bas du cou de Raymond.

« Bénissez cet enfant de la vérité, cet enfant du péril, cet enfant de la bravoure. »

Raymond sentit les pierres froides toucher sa poitrine.

« Bénissez cet enfant de la nutrition, qu'il repose en paix. »

Shadrack laissa une dernière pierre sur le ventre de son protégé.

Dans ses rêves, Raymond vit des émeraudes ciselées dans des formes inconcevables, il vit l'univers et ses mécanismes mystérieux, le cosmos pareil à un système vasculaire, l'intérieur des étoiles imbriquées comme les pièces d'une maison, combinées en une seule entité. Puis tout disparut.

Le lendemain, il s'éveilla au son d'une porte qu'on malmène. Il regarda autour de lui, désorienté. Le tambourinement se poursuivit. Quand il se leva du lit, il eut l'impression que son corps était brisé en mille morceaux. À mesure que le rêve s'estompait pour laisser la place à la réalité, il se rendait compte qu'il était toujours défoncé.

« Qui est là ?

— Gloria. » Il récupéra sa chemise, son pantalon, se recoiffa d'un geste rapide.

« Il est 2 heures de l'après-midi, s'inquiéta-t-elle dès qu'il ouvrit la porte.

— Je me reposais, dit Raymond en s'effaçant pour la laisser entrer. Juste une petite sieste. » À la façon dont elle marchait, il conclut qu'elle avait peur. Sa posture ne trompait pas. La voix de Shadrack résonna dans son esprit. *Tu crèves de trouille*. Il ne se rappelait pas l'avoir entendu prononcer ces paroles.

« Tu l'as rencontré ? » demanda Gloria.

Il ne s'était écoulé qu'une journée depuis leur dernière entrevue, mais Raymond avait l'impression qu'ils ne s'étaient plus parlé depuis une éternité. Il hocha la tête avec sobriété. Oui, ils s'étaient rencontrés. Brusquement, il avait chaud aux joues, au cou. Il voulait prendre l'air, sortir de cette chambre.

« Comment t'a-t-il accueilli ? voulut savoir Gloria.

— Il m'a emmené à une fête. » Sa langue semblait prise dans du ciment, sa bouche était sèche, abîmée, sale. Gloria avait laissé la porte ouverte. Il jeta un coup d'œil dans le couloir. Le chauffeur asiatique patientait à trois ou quatre mètres de là, occupé à envoyer un message sur son portable. Il leva la tête quand Raymond apparut, et celui-ci ferma la porte.

« Qui est ce type ? demanda-t-il à Gloria.

— Mon chauffeur. »

Raymond secoua la tête. « Shadrack m'a obligé à prendre de l'acide. »

Un sourire de Gloria, les yeux au ciel. « Évidemment.

— Je crois que je plane encore.

— Je vois. » Elle s'exprimait comme si tout tombait sous le sens. « Quand je serai partie, va à l'épicerie, achète une brique de lait et bois-la entièrement. Tu reviendras sur terre. » Raymond approuva. « J'ai besoin que tu retournes là-bas aujourd'hui. Transmets-lui un message : "Le bateau est parti." Non, dis-lui plutôt : "Le bateau a pris la mer." Rien de plus. "Le bateau a pris la mer." Tu l'annonceras comme si c'était une bonne nouvelle, il sera content. On tient à ce qu'il soit content, n'est-ce pas ? »

Elle donna trois cents dollars de plus à Raymond et le laissa planté au milieu de la chambre.

Quand Raymond était étudiant et qu'il habitait avec sa mère à Santa Rosa, celle-ci avait perdu son boulot de serveuse. Le patron l'avait accusée d'avoir volé quarante dollars dans la caisse, elle qui n'avait jamais dérobé un centime de sa vie. Son licenciement eut de fâcheuses conséquences : elle dut tailler dans les dépenses pour pouvoir continuer à payer le loyer. À l'époque, elle vivait seule avec son fils, le père de Raymond étant mort d'une crise cardiaque lorsqu'il avait deux ans.

L'été où elle avait été virée, Raymond allait entrer en deuxième année de fac et il faisait une poussée de croissance. Quand les cours avaient repris, il s'était senti mal à l'aise dans ses vêtements trop justes, mais était parvenu à sympathiser avec un boutonneux nommé Couchi Ortiz. Couchi était un fumeur de joints, un marginal, mais il aimait bien Raymond. Il lui avait appris à voler des voitures. Ils allaient dans le comté de Marin et dégottaient des Toyota qu'on pouvait ouvrir avec des cintres. Couchi connaissait un type à Vallejo qui achetait les bagnoles cinq cents dollars pièce. De l'argent facile. Raymond avait commencé à se payer ses propres habits : des blousons Forty-Niners, des Levi's, des Nike... La totale.

Un jour, après les cours, un étudiant friqué baptisé Vance

Mueller s'était précipité sur lui et l'avait étalé d'un coup de poing dans le nez. Puis il s'était agenouillé et avait continué à le frapper. Ce type était une véritable teigne, à moitié cinglé. Il avait sacrément dérouillé Raymond.

Deux mois plus tard, Raymond, Couchi et un de ses amis faisaient une virée en caisse volée. Dr. Dre rappait dans le poste et ils s'envoyaient des vannes comme les adolescents savent le faire. Ils arpentaient l'autoroute 37, dans les collines entre Novato et Vallejo, lorsqu'une voiture de patrouille les avait interceptés. L'officier qui les avait obligés à s'arrêter prétendait qu'ils roulaient trop vite. Il avait consulté le fichier des véhicules recherchés. Ce fut la première arrestation de Raymond.

Aujourd'hui qu'il était assis dans cette chambre d'hôtel miteux, Raymond se demandait si les choses auraient pu tourner différemment. Peut-être aurait-il connu une autre destinée si sa mère n'avait pas été accusée de vol. Il aurait eu des fringues correctes à se mettre, il n'aurait jamais rencontré Couchi. Il n'aurait rien fait de mal.

Raymond retourna chez Shadrack plus tard dans la journée. La même angoisse l'étreignit quand il se présenta au domicile de l'Indien. Celui-ci l'accueillit habillé de pied en cap, cette fois. Raymond le vit descendre les marches avec un mélange de suspicion et de mauvaise humeur. Il y avait de la confrontation dans l'air. Son rythme cardiaque accéléra.

« Gaspar le coupable, dit Shadrack. Le roi des espions.

— Qu'est-ce qui t'est arrivé hier ? Où étais-tu passé ? »

Raymond faisait de son mieux pour instaurer un climat de complicité.

« C'était une sacrée fiesta. » L'Indien avança jusqu'au portail, scruta la rue comme la veille. « Tu as pété une durite à cette soirée. Merde. »

Raymond détecta les effluves de marijuana avant d'arriver en haut de l'escalier. Un Noir était installé sur le divan, habillé à la mode. Chemise boutonnée jusqu'au col, joli pantalon, chaussures sympas. Quarante ans peut-être, en léger surpoids, avec une petite moustache et une barbiche. Il adressa un signe distrait à Raymond avant de retourner à son joint.

Shadrack fit les présentations : « Ray, John. John, Ray. » John se fendit d'un nouveau signe de tête puis se leva, comme s'il allait partir.

L'Indien le retint. « Non, John, reste. »

Raymond parcourut la pièce du regard. Encore plus cradingue que dans son souvenir. La pagaille et les empilements étaient même devenus dangereux. La drogue le rendait peut-être paranoïaque.

« Lève les mains », fit Shadrack. Il fouilla les poches de Raymond, où il trouva les trois cents dollars. « Ça sort d'où ?

— De nulle part. C'est juste de l'argent. »

Shadrack pivota vers le Noir. « John, tu vois ce flingue sur la table basse ? Braque-le sur lui. »

L'intéressé tira sur son pétard, se pencha et s'empara du fusil à canon scié. Il pointa l'arme sur Raymond. La pièce tanguait devant ses yeux. Shadrack marcha jusqu'à une lampe dans un coin. Il tint les billets devant la lumière.

« Qui t'a donné ce fric ?

— Un ami. » Raymond avait tellement peur qu'il ne trouva pas d'autre réponse.

« Cet ami, ce ne serait pas une nana des Philippines, la même taille que toi ? »

Raymond opina du chef.

« D'accord, dit Shadrack en s'approchant de Raymond, le visage à deux centimètres de lui. Je n'aime pas cette gonzesse.

— Elle n'est pas comme nous. Elle s'éclate moins. »

Un sourire étira les lèvres de l'Indien. « Pose le fusil, John. » Il remit les trois cents dollars dans la poche de Raymond.

« Pas de problème, alors ? demanda ce dernier.

— Oh non, aucun problème. Entre toi et moi. J'ai compris qui tu étais la nuit dernière, c'était transparent. Tu assures, Raymond. Tu es un enfoiré qui assure, mais je te répète ce que je t'ai dit chez Brendan : tu crèves de trouille. Tu suintes la peur à un degré que je n'ai jamais vu. Cette peur te tuera.

— Je n'y peux rien.

— Eh bien si, figure-toi. D'abord, tu as la possibilité d'arrêter de te comporter en esclave. Cesse de vénérer le roi Arthur, on dirait que tu te prosternes devant le Seigneur en personne. "Oui, Arthur, oui, grand maître, oui, oui, oui", tu saisis le topo ? » Il marqua une pause, secoua la tête. « Ensuite, tu pourrais te casser, ne jamais revoir ce type. Laisse-moi te demander quelque chose, franchement : combien il te paye ?

— Rien pour l'instant. Tu connais la musique, demain un meilleur boulot, et cetera et cetera.

— Tu y crois, John ?

— Je ne sais pas, fit le Noir. Je ne connais pas ton pote et je ne connais pas Arthur non plus, alors c'est dur de se prononcer.

— Eh bien moi je le connais, Arthur. Il n'est pas du style à envoyer un mec en mission sans le rétribuer. Combien il te file, Raymond ?

— Vingt mille. Si tout se passe bien.

— Tu veux dire si je me fais doubler ?

— Ce n'est pas le genre d'Arthur. » Les événements s'enchaînaient trop vite. Raymond avait du mal à réfléchir. Il désigna le Noir. « Avec tout le respect que je te dois, hors de question de parler affaires devant un inconnu.

— Tu te trompes une fois encore, mon gars. John, ici présent, est parfaitement à sa place. Pas toi. Tu peux discuter sans crainte, c'est mon associé. Maintenant, écoute : si Arthur te donne vingt mille – une somme qui me semble plausible –, je peux t'offrir bien plus.

— Pour quoi ?

— Pour nous dire comment il compte s'y prendre.

— Tu es parano. On va continuer à suivre la procédure. Le bateau a pris la mer.

— Gloria nous a déjà prévenus. » Shadrack baissa la tête comme s'il était déçu.

Raymond avait l'impression de ne pas être à la hauteur sur ce coup-là. La pièce sentait le renfermé. Il décida de reprendre la main. « Écoute, je bosse dans le circuit depuis un moment, je sais comment les choses fonctionnent. Donc je te pose la question : est-ce qu'on peut travailler ensemble ? Je ne suis pas là pour m'amuser, alors arrêtons ce petit jeu. Personne ne va doubler personne. Tu auras ta part, comme toujours, et l'histoire s'arrête là. On va se calmer. Contente-toi de rester toi-même, mais en étant un peu plus normal, d'accord ? Je vais être payé, tu vas être payé, et Arthur sera content. Tout le monde y trouvera son compte.

— Je t'avais dit qu'il assurait, fit Shadrack en s'adressant à son ami.

— Ouais, répondit le Noir. Tu l'avais dit. »

L'Indien se tourna vers Raymond. « Rappelle-moi ton expression : personne ne va doubler personne ?

— C'est ça.

— Donc, si jamais tu entends qu'ils comptent me doubler, tu penseras à l'offre que je t'ai faite, hein ? » Shadrack ne souriait plus. Il était devenu sérieux comme un pape.

Raymond jeta un coup d'œil à John : celui-ci contemplait le sol, les yeux écarquillés. On aurait dit qu'il venait de trouver sur la moquette une réponse à ses interrogations secrètes. Quelque part dans l'appartement, une horloge accomplissait son décompte sec et régulier.

Shadrack claqua des doigts ; il pointa l'index sur John à la façon d'une arme à feu. « Ce type-là connaît les Sept Langages et ressent la même chose que toi, là, dans la poitrine. Les émotions le submergent, il ressemble à un poète entraîné dans une histoire d'amour. »

Ce jour-là, ils emmenèrent Raymond en virée dans la camionnette sombre de John. Le Noir conduisait, avec Shadrack à ses côtés, tandis que Raymond demeurait assis à l'arrière. Ils s'engagèrent sur Silver Avenue, puis obliquèrent sur Palou avant de traverser la Troisième en direction des collines de Hunters Point.

Ils se garèrent sur Harbor Road et ordonnèrent à leur

passager d'attendre. Raymond les vit marcher jusqu'à un immeuble à un étage, devant lequel se tenait un groupe d'adolescents. John échangea deux ou trois mots avec eux et la porte s'ouvrit. Le quartier était calme. Du linge pendu à une corde entre deux immeubles ondulait sous le vent. Des papiers gras voletaient çà et là.

Lorsque Shadrack et John revinrent, le premier déclara : « Bon sang, elle l'a bien ferré, celui-là.

— Il faut ce qu'il faut », approuva le Noir.

Ils se rendirent ensuite à Oakland. John agissait en professionnel : il respectait les limitations de vitesse, marquait tous les stops, les deux mains sur le volant, l'œil braqué sur le rétroviseur. Un Asiatique les attendait au croisement de Harrison et de la Septième, dans Chinatown. Il grimpa sur la banquette arrière et vit Raymond : « Merde, c'est qui ce type ?

— Il est avec nous, expliqua Shadrack tandis que, d'une main experte, John s'insérait à nouveau dans la circulation.

— On dirait une saloperie de flic.

— Allons, ne dis pas de bêtises. Huang, je te présente Ray. Ray, voici Huang. » L'Asiatique avait environ trente-cinq ans, habillé comme un rappeur : survêtement, chaîne et montre en or. Ses cheveux commençaient à tomber. Il lui serra la main d'un air dédaigneux.

« Pourquoi tu as prononcé mon nom, putain ?

— Il est de la partie, répliqua Shadrack. Relax.

— Connerie ! » vitupéra Huang. Il resta un moment sur la banquette, à cligner des yeux, puis ouvrit son blouson pour sortir une enveloppe bleu clair de sa poche intérieure. Shadrack vérifia que personne ne les observait avant de s'en emparer. À l'intérieur, une liasse de billets. Ses lèvres remuèrent pendant qu'il comptait. L'opération prit un certain temps. Huang tapotait nerveusement sur son genou. Raymond remarqua qu'il avait les ongles aussi longs que ceux d'une femme.

« C'est bon ? demanda enfin l'Asiatique.

— Parfait. On se revoit dans quelques jours. »

Huang renifla. Raymond, lui, demeura coi. La camionnette cahotait sur la route. Trente secondes plus tard, ils étaient de retour au coin de Harrison et de la Septième. Huang mit pied à terre et s'éloigna.

Shadrack prit la parole : « Il est un peu soupe au lait. Mais il appartient aux United Bamboo. Tu connais ?

— Non.

— Des Taïwanais, mon gars. Beaucoup plus puissants que tes petits gangs de prison. » Il pivota vers John. « Prends la direction du lac. »

Sur les bords de Lake Merritt, des couples et des promeneurs isolés déambulaient. John stationna son véhicule au bord du trottoir et l'attente débuta. Raymond contemplait la nuque de Shadrack en silence.

Au bout d'un moment, l'Indien demanda au chauffeur : « Quelle heure tu as ?

— Ils ne sont pas encore en retard.

— Tu disais que leur famille est plus grande que…

— Ils sont bien implantés à Hunters Point. Quarante ou cinquante membres. Des cousins, des tantes, des oncles… On en trouve aussi à Fillmore. »

Raymond patientait, respirant calmement. Il faisait un

temps radieux, le soleil était de sortie sur Oakland, on voyait des mouettes s'élancer dans les airs, atterrir.

Lorsqu'une voiture se gara à côté d'eux, Raymond pensa d'abord que ses occupants cherchaient un endroit où s'arrêter. Il salua la passagère d'un mouvement de tête. La femme tendit le cou, leva la main et agita les doigts.

« C'est eux », dit John.

Shadrack sortit en fermant la portière derrière lui. Il marcha jusqu'à la voiture, s'installa à l'arrière. Raymond se pencha en avant pour tenter d'apercevoir le conducteur. Il put déterminer qu'il s'agissait d'un homme blanc, mais ses constatations n'allèrent pas plus loin car l'automobile démarra.

Il interrogea John : « Je dois monter devant ?

— Non, tu es bien où tu es.

— Qui sont ces gens ?

— De nouveaux clients.

— Tout le monde paye à l'avance ?

— Certains, oui.

— Ils alignent le fric avant de voir la marchandise ?

— Shadrack procède comme ça. Sa façon d'être est plutôt inhabituelle, tu as dû t'en apercevoir, mais il s'en sort mieux que les types normaux. » Le Noir ajusta le rétroviseur pour voir Raymond. « Autre preuve d'originalité : il t'a emmené avec lui. »

L'intéressé hocha la tête et reporta son attention sur le lac, pour voir s'ils en faisaient le tour.

« L'Indien a un drôle de sens de l'humour », reprit le chauffeur.

Raymond essaya d'estimer ses chances depuis la banquette. Il pouvait plaquer le Noir contre l'appui-tête et lui trancher la gorge. Il commençait à avoir chaud dans l'habitacle. Il appuya sur le bouton d'ouverture des vitres, mais rien ne se produisit.

John s'inclina pour mettre le contact. La vitre se baissa de quelques centimètres.

« Comment ça se fait que Shadrack vive dans un taudis pareil ? questionna Raymond.

— Certaines personnes aiment la saleté. »

Raymond ferma les paupières un instant. Il se sentait épuisé. Shadrack réapparut au moment où il succombait à la léthargie.

« Elle était habillée en blanc de la tête aux pieds, fit l'Indien en s'installant sur le siège passager. Je lui ai demandé si elle allait se marier et elle m'a répondu qu'elle l'était déjà. Unie devant le Seigneur pour gagner en spiritualité. J'avais peur qu'il m'arrive une tuile rien qu'en lui adressant la parole.

— Où on va maintenant ? voulut savoir le conducteur.

— Ça ira pour aujourd'hui. » Shadrack se tourna vers Raymond. « Tu as vu cette nana ? Aussi blanche qu'une bonne sœur de l'Église des Saints des Derniers Jours. »

La nuit était tombée quand, de retour en ville, ils s'arrêtèrent devant l'hôtel de Raymond. Un dealer vendait du crack sur le trottoir. Raymond sortit du véhicule et Shadrack lui donna un dernier conseil par la vitre ouverte : « Il vaut mieux être stupide et bien accompagné qu'intelligent et seul. »

Puis la camionnette noire disparut.

Raymond venait à peine de s'endormir quand Gloria frappa à la porte. On aurait dit qu'elle attendait précisément l'instant où il cédait au sommeil pour lui rendre visite. Comme elle entrait, il jeta un coup d'œil dans le couloir. Un autre homme, aussi jeune que le premier, patientait non loin de la porte.

« Tu ne l'invites pas à entrer ?

— Il ne travaille pas pour moi », siffla-t-elle. La sécheresse de sa repartie surprit Raymond. Il se rendait compte que Gloria pouvait rapidement changer d'humeur.

« Où étais-tu passé ? J'ai essayé de te joindre. »

Raymond alluma son portable. Cinq appels en absence depuis qu'il l'avait éteint.

« Où étais-tu passé ? répéta-t-elle.

— Chez Shadrack, comme tu le voulais.

— Et ensuite ? Où es-tu allé ?

— Tu m'as fait suivre ?

— Si je t'avais fait suivre, je ne te poserais pas la question. »

Raymond sentait l'énervement le gagner. Cette femme avait sérieusement besoin de quelques leçons de savoir-vivre. « On a été à Oakland.

— Je sais. Mais vous avez été voir qui ? »

Il n'avait pas envie de lui fournir trop de précisions. Pour la première fois, il se demandait si les craintes de Shadrack à propos d'une éventuelle trahison n'étaient pas justifiées. « On s'est d'abord rendus à Hunters Point, mais j'ignore avec qui l'Indien avait rendez-vous, je suis resté dans la camionnette. Ensuite on a été à Oakland pour rencontrer un Chinois avec une enveloppe épaisse. Il avait un nom à la con, du genre Hung ou Wong. Après, c'était une femme habillée en blanc, et on est rentrés. Fin de la tournée. Je n'ai pas eu d'éclaircissements sur l'identité de ces gens ou leurs activités. Ils ne m'ont rien dit.

— Qui ça, *ils* ?

— Shadrack et John.

— Qui est John ? » Le visage de Gloria exprimait la satisfaction d'être enfin parvenue à obtenir une forme de vérité.

« Un Noir. Je pensais que tu le connaissais. Ils sont associés.

— Un Noir qui s'appelle John », railla-t-elle.

Raymond sentait du mépris dans sa voix, mais la fatigue le rendait fébrile. Il trouvait son travail de plus en plus difficile à accomplir. « Il y a trop de va-et-vient entre vous tous, décréta-t-il. J'ai besoin de dormir, je n'arrive plus à penser correctement.

— Approche. » Il avança et Gloria passa un bras réconfortant autour de ses épaules. Il sentit son parfum. L'espace d'un instant, une énergie sexuelle circula entre eux, qui l'effraya. Il recula. Elle avait les yeux humides.

« Laisse ton téléphone allumé. Je repasserai plus tard. » Elle baissa le regard sur le lit. « Repose-toi. Tu n'as pas les idées claires.

— Je sais. »

Dès qu'elle fut partie, Raymond essaya de contacter Arthur. Duck décrocha. Il lui apprit qu'Arthur était à l'isolement. Un nouveau gardien l'avait attrapé en possession de drogue. Trente jours. Duck maudissait l'agent. Ils envisageaient de prendre des mesures à son encontre. Il demanda ensuite à Raymond si tout allait bien, puis s'il avait tiré sa crampe.

Un mois de mitard, songea Raymond. *Il vaut mieux être stupide et bien accompagné qu'intelligent et seul.*

Quelques heures plus tard, un martèlement à la porte l'éveilla de nouveau. Il s'attendait à revoir Gloria, mais ce furent quatre policiers en civil qui apparurent sur le seuil de la chambre. Ils portaient des sweat-shirts à capuche et des vestes en nylon. Badges au cou et flingues à la hanche.

« Raymond Gaspar ? s'enquit l'un d'eux.

— Ouais.

— Contrôle judiciaire. Vous me donnez vos papiers d'identité ? »

Raymond obtempéra. Ils le fouillèrent avant de lui faire poser les fesses dans le couloir. La chambre était clean, mais ils refusaient de partir. Ils retournèrent le lit, sondèrent le lavabo, puis revinrent dans le couloir pour examiner de nouveau ses poches. Finalement, deux flics quittèrent les lieux. Le binôme restant le força à demeurer sur son séant. Ils ne consentirent à imiter leurs camarades qu'au bout de quatre-vingt-dix minutes, c'est-à-dire à 1 heure et demie du matin.

Aucun des policiers ne répondit à ses questions. La façon dont ils avaient opéré suggérait qu'on les avait tuyautés.

Cette mésaventure l'empêcha de retrouver immédiatement le sommeil. Il se tourna et se retourna dans son lit jusqu'à sombrer dans une torpeur presque aussitôt interrompue par des coups secs à la porte. Cette fois-ci, il demanda qui c'était. Pas de réponse. Il finit par ouvrir pour découvrir un jeune Africain, apparemment sobre et vêtu d'un costume noir. Il toisa Raymond sans aucune gêne puis déclara qu'il s'était trompé de chambre. Il était 4 heures du matin. Quelqu'un, quelque part, avait décidé qu'il ne dormirait pas cette nuit.

Son téléphone sonna avant 9 heures. Les seuls numéros de son répertoire étaient ceux de Gloria et de Duck. L'écran affichait : *Numéro inconnu.* Il décrocha.

« C'est ton vieux copain », fit Shadrack. Raymond ne se souvenait pas de lui avoir donné ses coordonnées. « J'ai un léger problème. Je passe te chercher dans une demi-heure. Attends-moi devant l'hôtel. Au fait, tu as pris des nouvelles de ta maman ? »

Raymond répondit par la négative puis raccrocha. Il resta sur son lit, à se demander ce que l'Indien avait bien pu vouloir dire. Comme il n'avait rien d'autre à faire, il appela sa mère.

Elle lui expliqua en long, en large et en travers à quel point elle était heureuse qu'il soit sorti, qu'il devait trouver un travail, prendre un nouveau départ. Il lui assura qu'il passerait la voir dès qu'il aurait une situation stable. Peut-être pourrait-il obtenir une autorisation de la part du juge d'application. Avant de raccrocher, il voulut savoir si elle avait reçu de la visite. Non, lui dit-elle, mais il était arrivé un truc insensé pendant la nuit : on avait brisé quatre fenêtres du garage. Raymond sentit son pouls s'emballer.

Shadrack arrêta sa voiture devant l'hôtel trente minutes plus tard. Il avait les cheveux mouillés, lissés en arrière, et s'était rasé de frais. Raymond nota une petite égratignure au-dessus de la lèvre supérieure, là où la lame du rasoir avait entamé la peau. L'Indien avait toujours son regard de camé. Il se mordillait les lèvres comme un fumeur de crack. Tout en lui rendait Raymond nerveux.

« Tu as l'air crevé, mon gars. Qu'est-ce qui s'est passé ? Tu es sorti t'éclater la nuit dernière ?

— Descente de flics. En pleine nuit. » Il observa la réaction de l'Indien.

« Sans déconner.

— Ensuite, un Black m'a réveillé. »

Shadrack déboîta et ils prirent la direction de la Septième, vers Folsom. « Il voulait quoi, ce Black ? »

Raymond détecta un mince sourire dans la voix de son interlocuteur. « Je ne sais pas, il n'a rien précisé. Laisse-moi te poser une question : pourquoi tu m'as parlé de ma mère, au téléphone ?

— Parce que tous les bons fils appellent leur daronne quand ils sortent de prison. Ils prennent des nouvelles, s'assurent qu'aucune vitre n'a été brisée, aucune porte forcée, ce genre de choses.

— Gare-toi. »

Shadrack continua à rouler. Raymond tendit la main vers le volant et l'Indien écrasa la pédale de frein. La voiture s'immobilisa au beau milieu de la Septième. Un automobiliste klaxonna dans leur dos.

« À quoi tu joues, bordel ? s'énerva Raymond.

— Je n'y suis pour rien. » D'autres véhicules joignirent leurs protestations sonores à celles du premier mécontent. « Demande à la copine de ton patron, cette salope de Philippine… C'est elle la responsable…

— Tu délires. Comment tu saurais un truc pareil ?

— Elle me l'a dit.

— Vous ne vous parlez pas. » Il était sur le point de cogner l'Indien.

« Ça ne signifie pas que je n'entends rien.

— Mets-toi sur le côté, mec. » Raymond désigna le trottoir. « J'ignore ce que tu as en tête, mais… » Sa main droite le démangeait, il avait envie de frapper.

Shadrack s'exécuta. Une fois arrêté le long du trottoir, il sortit un portable de sa poche. Raymond croyait qu'il allait appeler quelqu'un, mais l'Indien enclencha la lecture d'un enregistrement. La voix de Gloria grésilla dans le haut-parleur. D'abord des paroles étouffées, quelques parasites, puis la Philippine mentionna l'adresse de sa mère : 1407 Spruce Street, à Santa Rosa. Shadrack appuya sur *stop*.

« Tu m'emmerdes, vitupéra Raymond. Je te jure que j'ai les boules.

— Ils en ont après moi. Ils vont essayer de me faire porter le chapeau, tu verras.

— D'où tu tiens cette information ?

— Merde. J'ai peut-être l'air fauché, mais je sais obtenir des renseignements.

— Connerie ! Gloria ne s'en prendrait pas à ma mère, reviens sur terre.

— Je ne sais pas de quoi elle est capable. Par contre, elle n'est pas du style à rester passive. Elle n'utilise pas forcément tous ses atouts, mais je peux te dire que cette carte-là, elle va s'en servir dans les quarante-huit heures. Essaye de me défendre, et elle prétendra que je suis entré par effraction chez ta mère.

— J'en ai marre de ces salades ! Qu'est-ce que tu veux ?

— De l'aide. » L'Indien regarda par la fenêtre un instant, puis : « Je te payerai. Dis-moi juste comment elle compte s'y prendre.

— J'ignore de quoi tu parles.

— Oui, pour le moment. Mais tu comprendras bientôt, crois-moi.

— Je n'ai pas l'intention de baiser qui que ce soit, mets-toi ça dans la caboche.

— Contente-toi d'être réceptif, murmura l'Indien. Ne perds pas de vue l'essentiel, reste lucide, ouvre les yeux. »

Raymond était trop fatigué pour argumenter davantage. Il avait mal au crâne, ses épaules l'élançaient à force de se contracter.

Shadrack voulut le réconforter. « Ne déprime pas. Je sais qu'à l'heure actuelle, tu as l'impression d'être dans un sacré panier de crabes, mais cette histoire n'est pas dirigée contre toi. Réfléchis : tu connais Arthur, cette négociation n'est qu'un plat sur la carte de son restaurant. Pour toi, c'est un business énorme, mais pour lui, c'est une affaire comme les autres. Idem en ce qui concerne Gloria. Elle a la mainmise sur tellement de business juteux qu'elle pourrait aussi bien être une déesse indienne à huit bras, tu saisis le topo ?

— J'imagine.

— Décontracte-toi. Tiens, prends exemple sur moi : je suis Monsieur Ecstasy, celui qui est parti des bas-fonds pour tutoyer les sommets. J'ai grandi dans un mobile home, mon gars ! » Raymond le dévisageait. Il n'arrivait pas à croire qu'il était assis dans une Corolla cabossée, à écouter de telles absurdités. « Je suis le boss de la Californie, tu piges ? J'ai vendu plus de cachetons qu'il y a de gens dans cet État. » La colère semblait croître à mesure qu'il parlait. Au bout d'un moment, il pointa le doigt vers une sacoche posée aux pieds de Raymond. « Ouvre-la. »

La mallette du docteur, celle qu'il avait apportée à la fête. Raymond n'avait pas remarqué sa présence depuis qu'il était monté dans la Corolla. Il mit la serviette sur ses genoux, défit le rabat.

Le sac était rempli de pierres taillées : diamants, saphirs, rubis, émeraudes. La valeur de cette collection avoisinait sans doute le demi-million. Des joyaux de toute beauté. Raymond enfonça ses mains dans le tas de cristaux aussi froids que du verre. Ils roulèrent sous ses doigts, émettant des cliquetis de billes.

« Pourquoi me montrer cette marchandise ?

— Je ne crois pas à l'argent. D'après moi, ça ne sert à rien, sauf à acheter des pierres précieuses. Celles-ci m'indiquent à qui faire confiance et elles te sont favorables. » L'Indien paraissait sérieux, mais ses yeux pétillaient de malice. Raymond ne pouvait se départir du sentiment que, sous une fine couche de gravité, Shadrack se payait sa tête.

« Arrête ton char.

— Les pierres ne mentent pas. La première nuit où nous nous sommes rencontrés, elles m'ont affirmé que tu étais le Septième Fils.

— Je ne comprends rien à ton charabia. »

L'Indien étudia un moment les traits de son interlocuteur puis déclara : « Allez, mon gars, temps mort. » Il fit le signe d'une pause avec ses mains. « En vérité, je pense que tu devrais envisager de te tirer de ce nid de guêpes, parce que le temps va virer à l'orage. Tu devrais boucler tes valises et partir loin. »

Raymond se sentait à l'étroit dans la voiture. Il demeura silencieux.

« Ne répète pas à Gloria ce que je t'ai dit.
— Ne t'inquiète pas, cette femme ne saura rien.
— Elle est tellement fêlée qu'elle a sans doute mis toute la ville sous surveillance. Cette voiture est peut-être truffée de micros. C'est la nana la plus indiscrète que je connaisse. Sa propre chambre est sans doute sur écoute, afin qu'elle puisse noter ce qu'elle raconte en dormant. »

Raymond plissa les yeux. *C'est pourtant toi qui viens de me passer un enregistrement.* Il fit taire cette réflexion : pas question de provoquer l'Indien. « Dingue de chez dingue, approuva-t-il. Mais dis-moi : qu'est-ce que tu comptes retirer de cette histoire ? »

Le regard de Shadrack se perdit dans le vide. « Je veux... Je veux que tout redevienne comme avant. Continuer à employer les bonnes vieilles méthodes, pas d'arnaque. Gloria et moi, on a bossé ensemble sur pas mal de plans. Il n'y a aucune raison que ça s'arrête.
— Eh bien alors tout le monde est d'accord.
— On l'était. Jusqu'à ce que Gloria commence à magouiller.
— Ce n'est pas faux, dit Raymond, bien résolu à ne pas contrarier le personnage. Pas faux. »

Shadrack déposa Raymond sous l'échangeur autoroutier. Celui-ci avait rendez-vous avec son contrôleur judiciaire. L'Indien promit d'appeler dans l'après-midi. Il pointa l'index sur Raymond.

« Ne cafte pas. »

Raymond secoua la tête et regarda la Corolla s'éloigner. Il appela son oncle Gene en chemin. Il l'informa de sa libération et lui demanda d'aller chercher sa mère. Tout allait s'arranger, mais il fallait qu'il l'héberge pendant quelque temps. Quand Gene lui demanda ce qui se passait, Raymond précisa simplement qu'il était en mission pour « le type ». Gene n'avait plus posé de questions.

Trois quarts d'heure plus tard, le contrôleur se pointa dans la petite salle d'attente et prononça son nom. Raymond l'accompagna dans son bureau. L'agent ouvrit son dossier et commença à l'interroger. Où habitait-il ? Avait-il effectué des démarches pour trouver du travail ? Quand le contrôleur fut arrivé au bas de sa liste, il leva les yeux sur Raymond. Un flic de Mission District, l'officier Bierdeen, avait appelé le bureau pour l'informer de la perquisition dans la chambre d'hôtel, la nuit précédente.

« Pourquoi ont-ils débarqué dans votre chambre, Raymond ?

— Aucune idée. Mais ils n'ont rien trouvé.

— Non, en effet. Pas cette fois. »

Raymond esquissa un geste pour se lever. Le contrôleur interrompit son élan. « Donnez-moi une autre adresse, au cas où vous quitteriez l'hôtel Prita.

— Je n'ai pas l'intention de bouger.

— Où pourrais-je vous trouver ? Chez votre mère ? Elle habite toujours Santa Rosa ? »

Raymond fixa l'agent pendant cinq secondes. « Oui, elle vit toujours là-bas. Mais je ne retournerai pas chez elle. J'irai sans doute sur la Sixième, à l'Alezan ou un établissement du même tonneau. »

Le fonctionnaire acquiesça, inscrivit quelques mots dans le dossier.

Raymond revint au Prita la tête basse. La ville semblait peuplée de visages grossiers, toutes sortes d'individus fumaient du crack, et il avait diablement envie de les rejoindre.

Une fois revenu dans sa chambre, il réalisa que Shadrack aurait pu prendre n'importe quelle nana avec l'accent philippin pour mentionner l'adresse de sa mère. Certes, le timbre ressemblait à celui de Gloria, mais comment en être sûr ? Même un avocat débutant vous dirait qu'une pièce à conviction de cet acabit ne tient pas la route devant un tribunal.

Plus il y pensait, plus Shadrack lui paraissait cinglé. Il n'y avait aucun complot visant à se débarrasser de lui. En tout cas, rien ne le laissait supposer. L'Indien avait sans doute demandé à une femme quelconque de lire l'adresse devant le micro, c'était tout. Alors, il allait rester en retrait et laisser les choses s'accomplir d'elles-mêmes.

Des coups à la porte mirent un terme à ces cogitations. Gloria. L'odeur de son parfum emplit la chambre dès qu'elle entra. Aucune trace du chauffeur dans le couloir.

« Vous vous êtes vus ?

— Oui.

— Alors ? » Elle levait le menton, si bien qu'elle toisait Raymond. On aurait dit une maîtresse d'école indignée.

Raymond joua cartes sur table : « Shadrack m'a dit que tu avais cassé les fenêtres de chez ma mère. »

Il contempla le défilé d'expressions sur le visage de son interlocutrice. D'abord un léger sourire, aussitôt disparu, puis les yeux qui scintillent, l'apparition de la colère. Impossible de déterminer à quel point elle était sincère.

« Cette fois, il va trop loin. » Elle brandit le poing, telle une guerrière levant une lance empoisonnée.

« Il est fou », dit Raymond.

Elle le regarda droit dans les yeux, comme s'ils parvenaient enfin à parler un langage commun. « Fou, oui.

— Il pense que vous voulez tous vous débarrasser de lui.

— Non. Pourquoi ferait-on une chose pareille ? » La fureur n'avait pas disparu de ses traits. « Je vais te faire une prédiction. » Elle feignit de réfléchir un instant avant de poursuivre : « Demain, il va te réclamer : "Raymond, je ne négocie plus qu'avec Raymond." Ce type va tout gâcher. »

Certains détails, dans ce discours, paraissaient rédigés à l'avance. Un sentiment de solitude accabla Raymond. Il n'avait qu'une hâte : en finir avec tous ces gens, avec leur monde de faux-semblants. Il voulait dormir. Ses épaules, sa tête lui faisaient mal, il avait faim, il mourait de soif. « Je ne comprends pas qu'il ait son mot à dire, si c'est lui qui achète.

— À cause de ton patron. Comme Arty veut le garder, je ne peux pas m'adresser à quelqu'un d'autre. Pour l'instant, il est seul en course, c'est aussi simple que ça. »

Lorsqu'elle fut partie, Raymond se demanda, pour la première fois depuis qu'il était arrivé à San Francisco, ce que cela coûterait de remplacer Shadrack.

Il s'acheta une bouteille de whisky et traîna en ville. Il se balada sous les buildings, parmi les glandeurs qui traînaient à l'extérieur. Au bout d'un moment, il eut le pressentiment qu'on le suivait. Il fit volte-face : le trottoir était désert, à l'exception d'une jolie poupée à une dizaine de mètres de lui. Il avait déjà vu cette femme. Pas moyen de se souvenir où. Il songea à aller lui parler, mais elle s'éclipsa dans une pharmacie. Il reprit sa marche.

Il rentra se coucher à 1 heure du matin. Lorsque le réveil afficha 3 heures, il fut à peine surpris d'entendre des coups à la porte. Encore le jeune Noir au visage impénétrable, encore une erreur de chambre. Quand ce dernier revint à 5 heures, Raymond sortit pour lui mettre une trempe mais le type s'enfuit.

Après cette histoire, son cœur pulsait furieusement. Il mit la tête dans son oreiller, voulut pleurer, mais seuls des gémissements émergèrent d'entre ses lèvres. De sales pensées tournaient dans son esprit.

Quand le téléphone sonna, à 6 h 45, le soleil venait à peine de se lever. Sa chambre paraissait recouverte de poussière. Shadrack lui envoyait un texto : *Dieu nous bénisse dans la sagesse et le péché*. Raymond ne comprenait foutre rien à ces élucubrations.

Deux heures plus tard, un nouvel importun se manifesta dans le couloir. La rage déferla dans ses veines : il était persuadé que le jeune Noir revenait à la charge. Cette fois-ci, il allait le choper. Tremblant de rage, il se leva de son lit aussi silencieusement que possible et se dirigea sur la pointe des pieds jusqu'à la porte. Il posa la main sur la poignée et ouvrit le battant à la volée.

Shadrack se tenait dans le corridor, sa mallette à la main. « Bon sang, qu'est-ce qui te prend ? »

Raymond secoua la tête. « Je croyais que c'était le Black.

— Quel Black ?

— Laisse tomber. Tu veux quoi ?

— Ce que je veux ? Drôle de manière d'accueillir tes visiteurs. Je t'ai apporté du café. » Il tendit une tasse, que Raymond accepta, puis examina la chambre. « Quelle taule de clochard !

— On ne peut pas dire que tu vives dans un palace non plus.

— Allez, habille-toi. »

Raymond enfila ses vêtements et se rendit à la salle de bains commune, au bout du couloir. Il se brossa les dents, s'aspergea le visage. Profondément épuisé, il ne s'interrogea même pas sur leur destination. Lorsqu'il revint dans la chambre, Shadrack était assis sur le lit, apparemment plongé dans d'intenses ruminations. La mine renfrognée, les épaules voûtées, il semblait perdu dans ses pensées. L'attitude d'un homme angoissé, songea Raymond.

L'Indien se leva. « Prends tes papiers avec toi. »

Ils marchèrent jusqu'à la voiture sous un soleil radieux. Shadrack avait dû se garer à Van Ness car il n'avait pas de monnaie pour le parcmètre. Pas de monnaie, mais une mallette pleine de pierres précieuses. Il prétendit avoir une course à faire, Raymond devait l'accompagner. Avant que celui-ci puisse réclamer des précisions, l'Indien prit les devants : il lui expliquerait tout quand ils seraient arrivés.

Ils mirent cap au sud, via l'autoroute 101. Shadrack penché au-dessus du volant, Raymond avachi sur son siège, essayant de grappiller quelques minutes de sommeil. Tandis qu'ils approchaient des quartiers sud, Raymond se souvint que Gloria ne l'avait jamais emmené récupérer la fausse carte d'identité. Il sentit la sueur couler sur son front.

« J'en ai marre. Dis-moi où nous allons. »

Shadrack désigna l'aéroport. « Là-bas.

— Tu ferais mieux d'arrêter de te foutre de moi. Vous ne me laissez pas roupiller. Gloria et toi, vous jouez avec moi. Je n'en peux plus, mec. Tu saisis ?

— Eh bien, nous avons presque terminé. Tu pourras bientôt dormir tout ton soûl. » Il fit un clin d'œil à Raymond.

« Hors de question que je prenne l'avion.

— Je ne te l'ai pas demandé. Maintenant, ferme-la. »

Raymond baissa les yeux sur la sacoche de gemmes à ses pieds. Si l'occasion se présentait, il embarquerait une bonne poignée de joyaux. La totalité, même. Il était temps d'éjecter ce salopard du jeu, se dit-il.

Ils quittèrent l'autoroute, insérés dans le flot des taxis qui se dirigeaient vers les zones de débarquement. Raymond, adossé à son siège, s'était résigné à prendre les choses comme elles venaient. Les yeux au ciel, il regardait les avions découper l'azur.

Shadrack s'arrêta au terminal de la United Airlines. On aurait dit une prison pour les riches. Après s'être assuré que personne ne les observait, l'Indien sortit une enveloppe de sa poche de poitrine. Elle était remplie de traveller's chèques.

« Prends-moi un billet.

— On peut réserver en ligne, maintenant. Sers-toi de ton téléphone, tu n'as pas besoin de moi. »

Shadrack chercha le regard de Raymond. Une voix féminine annonça un départ imminent dans les haut-parleurs. Un policier leur jeta un coup d'œil par la vitre de son véhicule de patrouille.

« Il me faut un billet, s'obstina l'Indien une fois que le policier eut repris sa ronde. Va au comptoir et achète un aller simple pour Mexico dans trois jours. Vendredi, compris ?

— Je dois payer avec ces trucs ?

— Parfaitement. Tu réserves à ton nom.

— À mon nom ? Je t'ai dit que je ne prenais pas l'avion. Je suis en conditionnelle, mec. Je ne peux aller… »

Shadrack leva le doigt pour l'interrompre : « Je n'ai jamais parlé de monter en avion, crétin, juste de réserver la place à ton nom. J'aurai un siège. On ne peut te condamner que si tu sors des États-Unis, pas si tu as simplement l'intention de le faire. Allez, vas-y. On annulera ta réservation et on mettra mon nom vendredi. Pour l'instant, je n'apparais pas sur les listes, pigé ? Si je donne mon blaze aujourd'hui, le FBI m'attendra le jour de l'embarquement. Vendredi, on ira au comptoir ensemble, on intervertira les billets pile avant le décollage. Personne ne s'apercevra de mon départ. Ce n'est pas la première fois que j'emploie cette technique. »

Raymond cligna des paupières. Cette histoire était cousue de fil blanc, mais l'image de Shadrack dans un avion, prenant son essor dans le lointain, l'intriguait énormément.

« Ouste, fit l'Indien. Et arrête avec tes questions à la con.

— Vendredi ? »

Shadrack opina du chef.

« En première classe ? »

Il réfléchit une minute. « S'il y a assez pour payer en chèques, oui. Bon, magne-toi, je vais faire le tour, je passe te récupérer. »

Raymond se rendit au guichet et réserva un aller simple pour Mexico. C'était la première fois qu'il achetait un billet dans un aéroport. Les traveller's chèques firent sourire l'employée. Elle compta en remuant les lèvres. Des passagers à l'air épuisé traînaient leurs valises dans le hall. La propre fatigue de Raymond avait disparu, il se sentait tout à fait réveillé.

Il attendit Shadrack à l'extérieur. Quand celui-ci arrêta la voiture, son visage affichait une telle gravité que c'en était presque risible, songea Raymond.

« Tu as réussi ? » demanda-t-il aussitôt que Raymond s'installa dans la Corolla.

Raymond lui tendit le billet. L'Indien l'examina attentivement avant de le glisser dans sa poche. Raymond n'était pas franchement rassuré. L'idée d'inscrire son patronyme sur une réservation ne lui paraissait pas brillante. Sans compter que Shadrack pouvait s'en servir contre lui. Il n'était cependant pas envisageable de protester. Il se contenta donc de rester assis, livré à son sort funeste.

L'Indien inspecta les environs avant de s'engager dans la circulation.

« J'ai connu un mec autrefois, commença-t-il tandis qu'ils revenaient sur l'autoroute, à l'époque où j'étais juste un gamin qui vendait de l'herbe à Eureka. C'était un de ces types au visage plat, redoutables dans une bagarre à cause des coups de tête. Il faisait peur à tout le monde. Le moindre camé changeait de trottoir quand il l'apercevait. On l'appelait Visage-Plat...

— Visage-Plat ou Visage-Pâle ?

— Plat, mon gars. Plat. » Shadrack bougea la main devant la face pour appuyer son propos. « Ou aussi Tronche-de-poêle, quelque chose comme ça. Un jour, une fille lui a planté une lame dans le bras et il a été obligé d'aller à l'hôpital. Il s'est chopé un staphylocoque qui a fini par le tuer. Mais le nœud de l'histoire, c'est que la fille l'a poignardé sans aucune raison. Elle était simplement dingue, tu vois ? Le mec le plus terrifiant de la ville, que dis-je, le plus terrifiant de la région, s'était fait couper le bras avant de crever d'une infection. » Il secoua la tête. « Alors ma question est la suivante : quand tu étais en prison, est-ce que tu pensais qu'Arthur était le mec le plus terrifiant du bloc ? »

Raymond n'aimait pas les sous-entendus de Shadrack. Son estomac se contracta. « Oui. Un vieux mec terrifiant.

— Et Gloria, elle, est une vieille fille terrifiante.

— Ça veut dire quoi ? Que Gloria va poignarder Arthur ? Qu'il va mourir d'un staphylo ?

— Elle va poignarder quelqu'un, oui. Elle en a l'habitude. » L'Indien pinçait les lèvres, comme un homme qui ne dit la vérité qu'à regret.

Tu es à la merci d'un cinglé, s'effraya Raymond.

« On termine le deal cette nuit ? »

Shadrack pivota vers lui. « Aussi sûrement que deux et deux font quatre. Ne t'inquiète pas, Monsieur le négociateur. Regarde cette camionnette. » Il désigna un van blanc juste devant eux, qui déviait de sa trajectoire et roulait hors de sa voie. Ils le suivirent un moment, au bout duquel Shadrack poussa un soupir. « Je préférerais faire affaire avec toi plutôt qu'avec Gloria et les Philippins. »

Raymond jeta un coup d'œil au conducteur. Sa tête oscillait avec les cahots de la route. Il songea au bateau volé, puis à sa mère, cachée quelque part en compagnie d'oncle Gene. Quand il avait douze ans, elle avait essayé de l'inscrire à Vrais Copains USA, pensant qu'il avait besoin de l'influence positive d'une présence masculine. Raymond était un garçon renfrogné ; il avait déclaré à sa mère qu'il ne voulait pas participer à ce programme. Sa vie aurait peut-être tourné différemment s'il l'avait suivi. Il s'imaginait travailler dans une banque ou à l'hôpital, une connerie de ce genre. Mais sait-on jamais : il aurait pu également hériter d'un bourreau d'enfants pour unique mentor.

Shadrack le déposa devant l'hôtel Prita. Il promit de le rappeler plus tard, et lui enjoignit de prendre une douche et de se raser.

« Est-ce que tu as pris un repas digne de ce nom depuis que tu es dehors ? Un steak ou autre chose ? »

Raymond avoua qu'il n'avait rien mangé de semblable.

Shadrack le toisa : « Alors je te conseille de te faire beau et de te nourrir un peu. La nuit va être longue. »

Dans l'escalier, Raymond croisa une prostituée noire. Celle-ci portait un jean et avait coiffé ses cheveux en arrière. Elle le salua d'un signe de tête et, après son passage, il l'entendit appeler : « Vingt-deux. » Elle le prenait pour un flic. En temps normal, il aurait été vexé. Mais il était trop préoccupé pour se soucier de la méprise.

Il s'attendait presque à trouver Gloria sur le seuil de sa carrée. Fausse route : personne ne guettait son retour. Le couloir sombre, désert, empestait la crasse et la cigarette froide. On avait scotché un message sur la porte en face de la sienne : *Fichez-moi la paix !*

Raymond s'allongea, essayant de faire le tri dans ses pensées. Ses chaussettes humides le grattaient, il avait l'impression d'avoir les pieds sales. Les muscles de ses épaules crispées étaient douloureux. Gloria allait appeler d'une minute à l'autre. Il ferma les yeux et l'image d'un serpent se forma derrière ses paupières. Le reptile noir et jaune agitait sa langue bifide. Son esprit vagabonda. Il vit Shadrack, les mains brûlées. L'Indien criait, levait ses extrémités meurtries. Ses dents avaient pris une teinte d'obsidienne. La vibration du téléphone dans sa poche mit un terme à ces visions cauchemardesques.

Gloria, d'un ton sec : « Tu es à l'hôtel ?

— Oui, je suis là. » Raymond se redressa sur son lit. Il était trempé de sueur. La chambre semblait avoir rapetissé, les murs paraissaient recouverts d'une peinture malpropre. Une voiture klaxonna à l'extérieur.

« Il ne veut plus négocier qu'avec toi, dit-elle. On l'a appelé et il a menacé d'annuler la transaction, sauf si c'était toi qui t'en occupais. "Je ne marche qu'avec Raymond Gaspar", voilà ses paroles. »

Raymond se demandait pourquoi Gloria cédait aux caprices de l'Indien. Cette réaction n'était pas logique. Elle l'informa qu'elle passerait le chercher à 19 heures.

Quand il raccrocha, il murmura pour lui-même : « On dirait que je vais de surprise en surprise. » Il imaginait déjà les réflexions s'il retournait à la MAD une semaine après son élargissement : *Eh oui, mon vieux, on peut sortir l'homme de prison, mais pas la prison de l'homme. Tu es censé prendre un aller simple, Gaspar, pas des allers-retours.* Et ainsi de suite. Il avait brusquement la sensation que l'existence se résumait à attendre dans des chambres sordides et à avoir peur tout le temps. Dans les années qui suivraient, des gens continueraient à frapper à sa porte pour l'empêcher de dormir. Les personnes de son entourage se feraient casser les dents. Le monde pourrirait jusqu'à la moelle.

Deux minutes après 19 heures, Gloria envoya un texto. Elle était devant l'hôtel.

Au moment où Raymond sortit, il lui sembla voir le jeune Noir qui le réveillait continuellement s'éloigner de la fourgonnette de Gloria. Cependant il n'en fut pas sûr car son visage demeura invisible. La portière latérale du van coulissa. Raymond jeta un coup d'œil à l'intérieur.

« Qui était le Black qui vient de partir ?

— Le Black ? Un type qui avait besoin de monnaie. » Gloria haussa les épaules. « On n'avait rien. » Elle avait pris place dans la rangée du milieu, habillée comme pour aller à un rendez-vous d'affaires : tailleur noir, collier de perles, maquillage abondant.

Trois hommes l'accompagnaient. D'abord le chauffeur moustachu, qui était le même que précédemment. Puis, sur le siège passager, un deuxième Philippin. Enfin, dans la rangée du fond, un dernier homme, plus âgé que les autres. Gloria ne fit pas les présentations. Elle se lança dans une imitation de Shadrack : « Uniquement Gaspar. Je n'achète la marchandise qu'à Gaspar. » Elle se poussa pour que Raymond puisse s'installer à côté d'elle. « Je t'assure que s'il n'y avait pas Arthur, Shadrack mangerait déjà les pissenlits par la racine.

— Où va-t-on ? » s'enquit Raymond lorsque la fourgonnette déboîta. Le parfum de Gloria dégageait des senteurs florales. Les yeux fermés, il se projeta dans un autre monde.

« L'Indien doit passer te prendre devant un restaurant d'Emeryville, fit Gloria.

— Je ne comprends toujours pas pourquoi cet enfoiré fixe ses conditions.

— Il donne beaucoup d'argent. »

Raymond attendit un complément d'information, mais son interlocutrice n'ajouta rien.

« Sur quelle quantité porte la transaction ? l'interrogea-t-il finalement. Quelle somme ? À quel tarif ? Tu ne m'en as jamais parlé. »

Gloria se mordit la lèvre. On aurait dit qu'elle cherchait un sens profond aux questions de son invité. Raymond savait maintenant décrypter ses expressions, la façon dont elle levait le menton pour le regarder par au-dessus, ses pauses avant de répondre.

« On vend deux cent vingt kilos », précisa-t-elle au bout d'un moment.

Raymond eut l'impression de recevoir un coup de poing au plexus. C'était beaucoup plus que ce qu'il avait envisagé. Dix fois plus. Arthur avait parlé de quinze kilos, vingt maximum. Il dut se faire violence pour ne pas laisser percevoir sa stupéfaction. Dix fois plus. Est-ce qu'Arthur était au courant ?

Il adopta une voix plate : « À quel tarif ?

— Cinq point six.

— Cinq millions six ? »

Arthur allait prélever plus de cinq cent mille dollars, sur ce coup-là. Et Raymond calcula que sa part s'élèverait à presque trois cent mille biftons. Son cœur se mit à battre la chamade.

« Cinq point six, confirma Gloria.

— Je dois compter ?

— Non, pas la peine. Tu évalues la somme au volume, tu feuillettes quelques liasses, histoire de vérifier l'authenticité des billets. Il est dingue, mais il paye toujours rubis sur l'ongle.

— Et ensuite ?

— Une fois que tu as l'argent – fais bien attention que ce soit après, pas avant – tu lui donnes cette adresse et cette clef. La came est planquée dans un garde-meuble, à Vallejo. » Avec l'accent philippin, elle disait *Ballejo*. « Ce sera tout. »

Elle lui confia une clef en métal et un morceau de papier, sur lequel était rédigé à la main : *556 Lemon Street, n° 342, Vallejo*.

« Quand ils auront payé, ils te raccompagneront au restaurant. On t'attendra là-bas. Voilà, tu auras terminé. Transaction effectuée. Tout le monde à la maison jusqu'au prochain arrivage. »

Le van cahota sur la route pendant un moment, puis Gloria reprit : « Il est raciste, tu sais. Il m'a traitée de salope bridée. Voilà pourquoi tu es là, Monsieur le réparateur. »

Monsieur le négociateur, Monsieur le réparateur.

À South Van Ness, ils s'engagèrent sur la bretelle d'accès à l'autoroute. Raymond contempla les vitres blindées de la prison lorsqu'ils passèrent près de l'établissement pénitentiaire. Il se figura les hommes en combinaison orange, assis dans leurs cellules, à respirer un air vicié et à maudire les initiatives stupides qui les avaient conduits entre quatre murs. La circulation était dense, mais les voitures roulaient bien. Dans ses tripes, les contractions nerveuses se poursuivaient. *Dix fois plus !* Nul doute qu'Arthur serait ravi d'apprendre la nouvelle.

Très doucement, comme pour elle-même, Gloria fredonnait une chanson qui ressemblait à un vieux tube disco de Stephanie Mills : *Something in the way you make me feel, it feels so good to me…* L'espace d'un instant, Raymond se demanda si elle n'était pas défoncée. Il se tourna pour voir l'homme installé derrière lui : un Philippin maigre aux joues marquées par la petite vérole. Leurs regards se croisèrent et l'homme lui adressa un sourire. Ils arrivaient à présent à l'extrémité de Bay Bridge.

Gloria se pencha vers le chauffeur. « Sors ici. » Le conducteur s'engagea sur la voie de décélération.

Ils arrivèrent en vue d'un Buffalo Grill. Le chauffeur arrêta le van sur le parking, à un endroit d'où l'on pouvait voir l'entrée. Il coupa le contact.

Gloria s'adossa à son siège. « Maintenant, on attend. »

Raymond examina l'aire de stationnement, son regard s'attarda sur les voitures occupées, sur l'entrée du restaurant, à la recherche d'individus pouvant ressembler à des flics. Le conducteur envoyait des textos sur son portable. Raymond se fit la réflexion qu'il aurait plutôt dû surveiller les environs, se tenir prêt à démarrer.

D'étranges pensées se succédaient dans son esprit. Il n'avait rien mangé. Que dirait Gloria s'il sortait de la fourgonnette pour aller prendre un casse-dalle ? Cette perspective lui était suggérée par le souvenir d'un ami d'enfance, un garçon nommé Rusty, qui avait souillé son pantalon sur un parking semblable à celui-ci. Le gamin s'était mis à pleurer juste après.

Le téléphone de Gloria s'alluma. Elle lut le message puis regarda Raymond. « Cinq minutes. »

Il s'appliqua à respirer calmement. Son front était trempé de sueur. Il avait besoin de se relaxer. Chose inédite pour lui : malgré la peur, malgré l'angoisse, il éprouvait également une forme d'optimisme. La fin de son calvaire approchait.

L'homme assis derrière Raymond prononça quelques mots en filipino, et celui installé sur le siège passager se tourna. Raymond pensait contempler un visage décontracté, au lieu de quoi il lut sur les traits de son vis-à-vis une tristesse qui le mit mal à l'aise. Le passager regarda Raymond droit dans les yeux quand il répondit à son compagnon.

« Qu'est-ce qu'ils racontent ? » fit Raymond sur un ton qu'il espérait léger.

Gloria désigna l'homme dans son dos. « Il pense que tu es quelqu'un de très important. » Elle montra ensuite le passager. « Et lui se sent honoré d'être dans le même véhicule que Monsieur le réparateur. »

L'homme à l'arrière et Gloria éclatèrent d'un rire froid, violent, presque un aboiement. « En vérité, tempéra-t-elle comme si Raymond s'était vexé, ils ont échangé des banalités. Le premier a dit “tu me dois ceci”, le second “tu me dois cela”... Ces deux-là sont toujours en train de se disputer. » Le type de devant ne se joignit pas au rire de ses camarades. « Imbécile », dit Gloria.

Tous les cinq pivotèrent quand une voiture de police passa en trombe sur la route. Gloria se composa immédiatement une physionomie d'innocente. Raymond posa le regard sur son collier. Il rêva un bref instant de le lui arracher, puis de prendre son visage et de déposer un baiser sur ses lèvres. La dernière fille qu'il avait embrassée s'appelait Emily et habitait Tenderloin. Un client sortit du restaurant, un portable à l'oreille, un gros sac de nourriture à la main. Il ressemblait à un camionneur et marmonnait des propos inaudibles. Raymond le vit mettre la main dans sa poche. Une voiture garée émit un *bip*. Il s'y installa et, quelques secondes plus tard, il s'éloignait du parking.

« Les voilà », annonça Gloria alors que la camionnette noire de John entrait sur l'aire de stationnement et cherchait une place. « Attends. »

La portière conducteur s'ouvrit pour laisser passer John. Le Noir se tenait très droit, le torse bombé, et marcha directement jusqu'au restaurant. Sa posture souple et calme suscita l'admiration de Raymond. John se rendit à la caisse et parla à une serveuse rousse.

« Est-ce que Shadrack l'accompagne ?

— Il te mènera à lui », expliqua Gloria. Ils continuèrent d'observer le Noir pendant un moment. Gloria à nouveau : « Quand il sortira, tu iras à sa rencontre. Ne lui parle pas avant d'être dans la camionnette. Installe-toi devant. »

Le partenaire de Shadrack émergea finalement du restaurant avec un café, et retourna directement à son véhicule.

Raymond échangea un dernier regard avec Gloria. Celle-ci ne laissait rien paraître. Alors il ouvrit la portière, mit pied à terre, referma derrière lui et avança sur le parking.

Pour une raison mystérieuse, une déclaration de Gloria lui revint en mémoire : elle avait assuré ne pas connaître John. Une pensée contrariante, mais il était trop tard pour y remédier. L'instant suivant, il était dans la camionnette.

Une délicieuse odeur de tabac à pipe embaumait l'habitacle. John tourna la clef de contact. « Attache ta ceinture. »

Il déposa le gobelet dans un compartiment du tableau de bord prévu à cet effet.

Raymond lança un ultime regard en direction de la fourgonnette des Philippins – lumières et moteur éteints – jusqu'à ce qu'elle disparaisse de son champ de vision. Ensuite seulement, il se tourna vers John. « Tu vas bien ?

— Je ne me plains pas, qu'est-ce que ça changerait ? »

Raymond effleura la clef dans sa poche, hocha la tête, et s'absorba dans la contemplation de la route. Les lumières du tableau de bord luisaient d'éclats céruléens. John actionna une commande sur le volant et la radio s'alluma. La voix d'un commentateur sportif emplit l'habitacle. « Ce soir, Draymond Green est bien parti pour remporter le trophée du meilleur joueur de basket de l'année », annonça la voix. De retour sur l'autoroute 80, ils s'éloignèrent de San Francisco.

« Où on va ? interrogea Raymond.

— Rencontrer le grand manitou. »

Quand il était nerveux, Raymond avait l'habitude d'explorer ses dents l'une après l'autre avec le bout de sa langue. Il entama donc cette inspection minutieuse, les yeux fixés sur le rétroviseur pour voir si Gloria leur collait aux basques. Il n'apercevait que des lumières jaunes dans le miroir.

« Ils ne nous suivent pas », précisa John.

Le match de basket continuait. John réagissait parfois à une action spectaculaire d'un mouvement de tête ou d'une brève crispation. Lorsque les pubs défilèrent, il baissa le volume presque au minimum. Il avait branché le régulateur de vitesse. La voiture roulait sur la voie du milieu, ne commettait aucun excès. Il examinait le rétroviseur toutes les dix secondes.

« Tu as déjà essayé les cachetons ? » voulut savoir Raymond. Lui-même s'offrirait volontiers un remontant lorsque tout serait terminé. Cela faisait longtemps qu'il n'avait pas fêté un nouveau départ.

« Bon Dieu non, murmura John. Et puis le produit qu'on achète, ce n'est pas des cachets, mais de la poudre. »

L'homme semblait de mauvaise humeur. Raymond le dévisagea. Le Noir laissa faire, les yeux braqués sur la route. La façon qu'il avait d'éviter son regard gênait Raymond. Il avait envie de sauter de la camionnette.

« Quand est-ce qu'on arrive ?

— Bientôt. »

Les paroles de Shadrack lui traversèrent l'esprit. *Depuis la première nuit où on s'est rencontrés, je lis en toi comme dans un livre ouvert.*

John mit le clignotant et ils obliquèrent sur Willow Avenue. Raymond tâta ses poches. Son cœur manqua un battement quand il crut avoir oublié son téléphone, mais sa main se posa aussitôt sur l'appareil, dans la poche gauche. Il caressa de nouveau le morceau de papier et la clef. Le Noir s'engagea sur une route que Raymond ne connaissait pas. Ils traversèrent une zone pavillonnaire balayée par les vents, où apparaissaient à intervalles réguliers des maisons beiges aux volets clos. Chaque tournant aggravait la nervosité de Raymond.

John finit par se garer dans une allée, devant une maison semblable à toutes celles du quartier. Une lumière à l'intérieur teintait les stores en orange. Le conducteur ouvrit la portière. Raymond se laissa une seconde avant de prendre une grande inspiration et de l'imiter.

Pour la première fois depuis sa libération, il leva la tête et aperçut les étoiles dans le firmament. Son regard erra sur les rues, les maisons. Pas âme qui vive, silence total. Le fond de l'air était frais.

John s'était déjà approché de la maison. « Viens. » Il ouvrit une contre-porte métallique puis se tourna vers Raymond, le visage noyé dans l'obscurité. Raymond n'arrivait même pas à distinguer le blanc de ses yeux. Il avait l'impression que le Noir attendait une autorisation pour entrer. L'angoisse augmentait d'instant en instant.

« Qui va là ? demanda Shadrack depuis l'intérieur du pavillon.

— Nous », dit John.

Lorsque Raymond arriva à la hauteur de John, celui-ci mit la main sur son épaule pour l'inciter à avancer. Shadrack les attendait dans l'entrée. Son visage exprimait l'ennui ou l'indifférence. Raymond dut se mettre en travers pour franchir le vestibule. Shadrack détourna la tête à son passage, comme pour se protéger d'une odeur désagréable.

Le salon ne comportait aucun ameublement. La moquette dessinait un creux là où, manifestement, on avait autrefois placé un divan. Raymond détecta une odeur de cigarette. Il marcha jusqu'au centre de la pièce, se tourna vers Shadrack. Il émanait de cet homme une tristesse évidente. La fatigue transparaissait dans ses yeux, aux coins affaissés de ses lèvres. Raymond sentit un frisson lui traverser la poitrine.

L'Indien désigna un couloir qui s'enfonçait dans la maison. « C'est par là. » La bouche de Raymond s'assécha. Il voulait demander à Shadrack ce qui n'allait pas, mais en était incapable. Il attendit que l'Indien passe devant, mais celui-ci lui fit signe d'avancer.

Une lueur rouge filtrait sous la porte au bout du corridor, lui-même recouvert de moquette et plongé dans l'ombre. Raymond sentait la présence de John et de Shadrack derrière lui. Il brûlait d'envie de faire demi-tour, de les contourner, de retrouver la nuit à l'extérieur, mais se sentait privé d'énergie, impuissant. Quelque chose clochait salement. Il se mit à prier, acte qu'il accomplissait rarement. À mesure qu'il progressait dans le couloir, à mesure que les ténèbres se refermaient sur lui, il invoquait Dieu, il le suppliait de mettre un terme à cette situation intolérable. L'effroi avait atteint son paroxysme.

Quand Raymond s'arrêta devant la porte entrebâillée, Shadrack lui ordonna de continuer. Il poussa le battant. Shadrack et John, juste derrière lui, l'obligèrent à entrer. Il regarda par terre. Sa vision accommoda immédiatement, mais il fallut un moment à son esprit pour réaliser qu'une grande bâche s'étalait à ses pieds, du genre de celles qu'utilisent les peintres en bâtiment.

Shadrack, dans l'embrasure : « Désolé, mon gars. Je t'appréciais vraiment, tu dois me croire. »

Raymond perçut un mouvement sur sa droite. Il tourna les yeux et reconnut le chauffeur de Gloria, le Philippin à moustache. Celui-ci pointait un pistolet sur sa tête. « Non, non, non », protesta Raymond. Il entendit la détonation, sentit sa tête vaciller comme s'il avait reçu un coup. L'impact du sol contre sa cage thoracique lui coupa la respiration. Il vit son sang et des morceaux de sa cervelle sur la bâche en plastique.

DEUXIÈME PARTIE

« Bonjour, mon ami », dit M. Hong à quelques centimètres de l'oreille de Semion Gurevich.

Semion avait pris ses quartiers à une table du fond, dans l'un des clubs qu'il possédait à Miami. Dressée sur une estrade, cette table offrait une vue plongeante sur la piste de danse. La basse pulsait dans les haut-parleurs, les lumières peignaient tout en rouge.

Semion s'adossa à son siège. « Assieds-toi donc. » Il désigna la banquette, où étaient déjà installés deux femmes et un homme. Les femmes avaient mis leurs plus beaux atours, s'étaient pomponnées pour la soirée. Hong leur jeta un coup d'œil avec un sourire timide avant de décliner l'invitation. Semion songea qu'il ressemblait parfois à un type qui remporte constamment la cagnotte du tiercé. Un gagnant perpétuel.

Hong était plus âgé que Semion. Il se pencha de nouveau à son oreille et chuchota : « Comme d'habitude. Marché au poisson, dans la semaine. Envoie ton homme à mon bureau, avec les documents. » Semion savait que « marché au poisson » se rapportait à un entrepôt situé en dehors de Chiangmai, en Thaïlande. Il savait également que « documents » signifiait argent, et « bureau », cabinet d'avocats de Hong à Miami.

L'Asiatique recula. Il baissa les yeux sur Semion. « C'est bon ?

— Impeccable, vieille canaille. Tu sais que je t'aime ? Et ton costume est super.

— Merci. » Il salua les autres invités d'un signe de tête, tapota l'épaule de Semion et s'en fut.

Semion réfléchit un moment aux heureuses circonstances de sa vie. L'homme assis en face lui adressa un clin d'œil.

« Qui était-ce ? demanda l'une des femmes, une blonde.

— Un agent immobilier. Riche comme Crésus. Je l'adore. »

Dans soixante-dix-neuf jours, Raymond Gaspar se ferait tuer.

Semion Gurevich avait trente-cinq ans. Il était né à Rostov-sur-le-Don, en Russie. Sa famille avait immigré en Israël quand il avait trois ans. Les Gurevich s'étaient d'abord installés à Kiryat Ono, puis à Ashdod, dans le Rova Guimel : un quartier assez dur auquel Semion avait toutefois réussi à s'adapter. En dépit d'un comportement turbulent, il avait terminé le lycée avec d'assez bonnes notes. Il jouissait également d'une excellente condition physique, si bien que, peu après le bac, il avait été incorporé dans l'Armée de défense d'Israël. Au bout de six mois de parcours du combattant, d'exercices de tir interminables, de plats insipides et de dortoirs surpeuplés, on l'avait affecté près de la frontière égyptienne. Il passait ses journées partagé entre la tension et l'ennui, à faire des choses qui l'auraient barbé même aujourd'hui : casser le nez d'un vieil Arabe à coups de crosse, envoyer des grenades assourdissantes sur des groupes de gamins… Il avait néanmoins survécu à cette période.

Semion avait toujours évolué à proximité de la drogue. Ashdod était gangrené par l'héroïne. Il en avait fumé quelquefois au lycée, avait sniffé de la cocaïne lors des fêtes, avait également vendu un peu d'ecstasy en terminale… Il était donc naturel qu'il côtoie la poignée de soldats de son unité qui vendaient de l'héroïne. « On participe à l'œuvre divine en vendant notre came aux Arabes », se justifiait souvent l'un de ses camarades. À cette époque-là, ils se faisaient juste de l'argent de poche.

Après l'armée, il avait emménagé à Tel-Aviv. Un mois plus tard, il songeait déjà à créer un réseau. Il avait gardé des contacts parmi les soldats et ses amis d'enfance à Ashdod. Il fit bientôt son beurre en vendant de la brune importée du Liban. Ses parents l'avaient élevé dans la tolérance, ce qui lui fut très utile : il put ainsi travailler avec des Arabes, des Africains, des Bédouins, des Juifs et des Russes sans distinction, dans le respect mutuel. Il savait se débrouiller et vénérait l'argent. Avec un compte en banque garni, il se sentait puissant.

Passé les premiers temps, Semion n'avait plus eu besoin d'arpenter les rues en personne. Il se contentait de s'asseoir et de gérer ses équipes. Lors d'un été particulièrement caniculaire, il était entré en conflit avec un gangster russe du nom d'Abram Gorin. Les vendeurs de Semion avaient gagné du terrain, ses équipes s'étaient renforcées et son territoire s'était étendu sur deux pâtés de maisons à l'ouest, vers Sderot Har Tsinyon. Un périmètre que Gorin s'était arrogé.

Semion et Gorin ne jouaient pas dans la même catégorie : le second travaillait à l'international et il avait une certaine réputation. Un soir, alors que Semion sortait d'un bar de Rosh Pina après avoir bu un peu trop de bières, un Russe élégant et chauve l'avait abordé. Il s'était planté en face de lui et avait posé la main sur son épaule. Le geste n'avait rien d'hostile ; il ressemblait à l'accolade affectueuse d'un oncle à son neveu. En russe, l'homme lui avait rapporté que M. Abram Gorin ne désirait plus qu'il vendît son produit à Neve Sha'anan. Il avait regardé Semion avec de grands yeux bleu clair. « Tu as compris ? » Semion ne parlait pas très bien la langue de Pouchkine, mais il avait parfaitement saisi l'allusion. Incapable de prononcer la moindre parole, il avait hoché la tête.

Le matin suivant, au réveil, il ressentit un mélange de culpabilité et d'effroi. Que s'était-il passé au juste ? C'était comme si on lui avait annoncé qu'il avait un cancer. Tel jour il était en bonne santé, et vingt-quatre heures plus tard il ne l'était plus. Cependant, et malgré l'accablement, l'incrédulité l'emporta : il n'ordonna pas à ses hommes de cesser toute activité dans le quartier concerné. Six jours plus tard, son ami Schmuel Teper – un boute-en-train rondouillard – fut poussé sous un autobus. Il survécut, mais dans une chaise roulante.

Au bout d'une semaine, le Russe élégant revint à la charge devant le domicile de Semion. L'heure n'était pas très avancée mais le soleil chauffait déjà les rues poussiéreuses. L'homme était resté courtois. Il avait simplement souri, puis, après un examen des alentours pour s'assurer qu'ils étaient seuls, avait appelé Semion du doigt. Lorsque celui-ci s'était approché, le Russe lui avait conseillé, sur le ton d'un service amical, de quitter Israël. Quand Semion avait acquiescé, le Russe lui avait assené une claque dans le dos. Fin de l'entretien.

Le lendemain, Semion convoqua son équipe. Chose rare : tous les membres étaient invités à son appartement. Il leur expliqua qu'il fallait prendre des vacances. Abram Gorin en personne avait insisté. « On la met en veilleuse, dit Semion. On fait profil bas en attendant que ça se calme. » Il s'attendait à des protestations, à des appels à la guerre, mais nul ne broncha. Trois mois plus tard, il déménageait à Miami.

Plusieurs de ses amis, d'anciens militaires israéliens originaires de Russie, comme lui, vivaient déjà en Floride. Ils l'aidèrent à trouver un appartement à South Beach, dans une tour dominant Biscayne Bay. Il n'avait pas apporté beaucoup d'affaires avec lui : un sac de vêtements, un ordinateur portable, un rasoir et une brosse à dents. Son compte en banque était plutôt rempli.

L'un de ces amis s'appelait Isaak Raskin : un petit homme à la mâchoire carrée, au menton volontaire que l'on associe en général aux acteurs hollywoodiens. Il se préparait à ouvrir une boîte de nuit baptisée Ground Zero et Semion investit une partie de son argent dans l'établissement. Le club connut un certain succès. Au cours des quatre années suivantes, ils en inaugurèrent trois autres. Durant cette période, on aurait pu croire que Semion en avait terminé avec le trafic, mais Isaak avait des relations dans le transport maritime et il commença à évoquer la possibilité de monter un circuit.

Ils s'y prendraient autrement, précisa-t-il. Pas de vente à la sauvette aux Arabes et aux Noirs. Pas d'héroïne non plus.

Aucune rivalité entre gangs. Ils allaient jouer les intermédiaires et viser une niche : le marché de l'ecstasy.

« Écoute-moi, disait Semion à Isaak sur le ton d'un professeur ivre, on devra rester modestes. Quand tu prends trop d'envergure, tu attires l'attention des mauvaises personnes, crois-moi, je sais de quoi je parle. On se fait notre petit business et on n'est pas trop gourmands. »

Isaak, de son côté, fronçait les sourcils et hochait la tête en signe d'approbation inconditionnelle.

Un autre ami juif de Semion, David Eban, le présenta à des Belges qui possédaient un laboratoire de fabrication dans la région flamande, à Gand. Eban accepta de transporter le produit jusqu'à Rotterdam via la frontière germanique. Isaak avait un cousin qui travaillait comme commandant en second sur les cargos allant du port hollandais à celui de Virginie. À chaque voyage, il pouvait embarquer dix kilos de MDMA pure dans le double-fond d'une valise. Un troisième Israélien, Mark Orlov, se chargeait de réceptionner la marchandise en Virginie. La part du cousin d'Isaak s'élevait à 7,5 % : un prix ridiculement élevé pour une mule. Mais Semion et Isaak ne tenaient pas un commerce ordinaire. Moins de dix hommes impliqués, aucun amateur.

Semion maintint le cercle des dealers à sa portion congrue. Il les payait bien, ne leur parlait jamais, ne les rencontrait pas davantage : cette besogne échoyait à Orlov. Bien sûr, les vendeurs désiraient toujours plus de marchandise. Au bout de deux ans, Semion et Isaak brassaient presque deux cent cinquante mille dollars par mois.

Ils jouèrent sur du velours jusqu'à un jour glacial de

novembre où la police fédérale débarqua à grand fracas dans le mobile home où le chimiste belge avait établi son laboratoire clandestin. David Eban évita l'arrestation de justesse en fuyant l'Europe. Il leur fallait une nouvelle source d'approvisionnement.

Ce fut Isaak qui dénicha la filière thaïlandaise. L'un de ses plus vieux amis, Moisey Segal, vivait à Bangkok. Isaak décrivit son ami comme un criminel endurci, nanti de solides connexions. Quand Semion demanda si l'on pouvait faire confiance à Moisey, Isaak baissa la tête et leva les mains dans une posture d'imprécateur : Moisey Segal était l'homme de la situation.

« Je le connais par cœur, fit Isaak. On se fréquente depuis la maternelle. J'en réponds comme de moi-même. »

Ils se rendirent ensemble à Bangkok. Moisey ressemblait davantage à un batteur de groupe punk qu'à un malfaiteur : mince, séduisant, tatoué et le crâne rasé. Semion avait un a priori négatif – pour lui, Moisey était un vantard – mais il fut, presque à son corps défendant, séduit par le personnage.

Ils demeurèrent neuf jours dans un hôtel voisin de Sukhumvit. Moisey paraissait authentiquement intrigué par Semion. Il lui posait question sur question, écoutait les réponses avec une rare intensité. Outre cette curiosité de surface, Semion détectait chez lui un mécontentement fondamental. Il l'appréciait d'autant plus. Chaque fois qu'Isaak lui demandait quand se manifesteraient ses contacts, Moisey commençait par balayer cette interrogation d'un revers de main, signifiant par là qu'il s'agissait d'un détail sans importance, puis il hochait la tête comme si, finalement, cette exigence était parfaitement légitime. Il consultait la messagerie de son téléphone, toujours vide, et s'essuyait le nez, reniflait, haussait les épaules. « Rien, alors on doit attendre. »

Ils buvaient tous les jours. Moisey les emmenait faire la tournée des bouis-bouis, des rades en terrasse et sur les toits. La quatrième nuit, dans la chambre d'hôtel d'Isaak, il leur proposa de fumer du yaba. Les amphétamines locales se présentaient sous forme de cachets rouges au goût de chocolat. Moisey écrasa un comprimé avec son briquet avant de chauffer la poudre sur un emballage de chewing-gum. Ils aspirèrent les volutes toxiques sur le papier aluminium grâce à une paille. Quand ils eurent leur dose, Moisey froissa l'emballage, balança la paille sous le lit. Il leur cria : « Sans déconner ! C'est le pied ! »

Il les conduisit ensuite dans un bar à hôtesses. Avant d'entrer dans l'établissement, il leur fit sniffer du Viagra en poudre sur sa carte-clef. Semion savait qu'il aurait une gueule de bois de tous les diables le lendemain mais, pour une raison mystérieuse, il était incapable de refuser les offres de leur guide. Isaak, de son côté, avait l'air de trouver ces excès absolument normaux. Il parlait, riait, s'amusait dans l'insouciance la plus complète.

Ils firent venir un groupe de filles à l'hôtel. Semion se retrouva en tête à tête avec l'une d'elles. Il la baisa trop longtemps et fut incapable de trouver le sommeil ensuite. Une lumière grise filtrait à travers les stores. Affalé sur un fauteuil, il regarda la télévision en buvant tandis que la prostituée dormait sur le lit.

Le jour suivant fut réservé à leur convalescence, et le lendemain, Moisey leur annonça calmement que ses contacts avaient appelé. Ils rencontreraient quelqu'un dans deux jours à Chachoengsao, une localité industrielle de l'Est. « C'est un Birman, précisa-t-il. Alors attention : ces mecs ne plaisantent pas. »

Ils prirent un taxi pour sortir de la ville. Une fois arrivés, ils demandèrent au chauffeur de les attendre en laissant tourner le compteur. Le restaurant où ils avaient rendez-vous était une vilaine échoppe en plein air. Des poulets rôtissaient sur une broche, des mouches bourdonnaient dans l'atmosphère. Semion ne voyait pas comment une transaction pouvait se dérouler dans un lieu aussi minable et il commençait à envisager la possibilité d'un piège, maudissant intérieurement Moisey. Une serveuse leur désigna alors un homme plutôt bien mis de sa personne, assis seul à une table.

La première chose que Semion remarqua fut sa coupe de cheveux impeccable. Il avait la quarantaine, portait un fin sweat-shirt sur une chemise, et paraissait assez aisé. Quand ils approchèrent, il se leva avec un sourire et leur serra la main.

« Nana, dit-il. Je m'appelle Eugene Nana. »

Semion pensait qu'ils allaient rencontrer un groupe de personnes, qu'on les fouillerait, peut-être même qu'on leur banderait les yeux et qu'on les conduirait dans un endroit secret. Rien de tout cela ne se produisit. Ils discutèrent de la pluie et du beau temps en anglais, puis commandèrent à manger, profitant du calme de l'après-midi. Nana prétendit qu'en dépit de son apparence déplorable, ce restaurant préparait la meilleure soupe de la région. Lorsque Isaak demanda à Nana s'il était birman, celui-ci ne put réprimer un tressaillement. « Nous sommes en Thaïlande. Je suis un Thaïlandais. » Il pianota sur la table comme s'il transmettait un message en morse. « Désolé, vous ne verrez jamais les Birmans. »

Il les interrogea finalement sur la raison de leur présence. Quand Semion parla d'ecstasy, Nana parut déçu. « Pas de meth ? »

Semion secoua la tête. Le Thaïlandais et Moisey échangèrent un regard. Ce dernier haussa les épaules. *Ils ont parlé de nous*, raisonna Semion. *Moisey l'a peut-être induit en erreur.*

Nana resta silencieux un long moment, immobile à l'exception du clignement des paupières. Il reprit soudain la parole : « Huit mille dollars américains, c'est le prix d'aujourd'hui pour un kilo de MDMA cristallisée. Un bon produit, pur à cent pour cent. Qu'en dites-vous ? » Il prit un mouchoir dans sa poche et se tapota le nez. « Quelle quantité voulez-vous ? »

Semion se livra à un rapide calcul mental. Ils payaient pratiquement le double en Belgique. Ils pouvaient revendre le kilo entre vingt et trente mille sur le sol américain. Ses traits se détendirent. « Nous aimerions... » Il dut se faire violence pour ne pas bégayer tandis qu'il doublait, puis triplait le volume qu'ils avaient initialement prévu. « Nous aimerions obtenir une trentaine de kilos par mois.

— Pas plus ? » s'étonna Nana.

Semion croisa le regard d'Isaak. Celui-ci hochait énergiquement le chef.

« Non, décréta Semion. Ce sera tout. Si la quantité est trop petite pour vous, nous pouvons nous adresser ailleurs.

— Ne vous inquiétez pas, dit Nana. Il n'y a aucun problème. Mettez la filière en place, ramassez l'argent, ensuite vous verrez s'il vous en faut davantage. Plus d'argent, plus de plaisir, plus de temps libre, plus de belles femmes. Vous aurez une existence de rêve.

— Évidemment. » Semion ressentait une pointe de fierté à avoir mené l'affaire aussi rondement.

Nana reprit : « Pourquoi se précipiter, d'ailleurs ? Offrez-vous donc quelques jours de réflexion.

— On doit établir un nouvel itinéraire maritime. »

Nana secoua la tête, du genre : *Ce n'est pas mes affaires.* « Quand vous serez prêts, dites-le à votre ami, il me contactera. » Il désigna Moisey. « Il sait comment me joindre. Nous avons quelqu'un à Miami, il s'appelle M. Hong. Un homme sûr, très précieux. Il s'occupera des détails pratiques sur place. Vous le payerez en liquide, il vous préviendra quand les commandes seront prêtes. En ce qui nous concerne, messieurs, nous ne nous reverrons pas, sauf si vous revenez manger de la soupe en Thaïlande. » Il montra une nouvelle fois Moisey : « Une fois que la machine sera bien huilée, je vous suggère également de ne plus appeler votre ami. Il faut... Comment dit-on en anglais ? Compartimenter les opérations. »

Durant le trajet de retour à Bangkok, Semion ne cacha pas sa surprise à l'idée que Nana ne se soit pas enquis de leur pedigree ou du sérieux de leur démarche. Moisey lui expliqua que ces vérifications avaient été effectuées en amont.

« J'ai dû leur dire d'où vous veniez. Ils n'auraient jamais accepté de vous rencontrer, sinon. Il y a des gens qui ont mené une véritable enquête sur vous, ils connaissent sans doute les noms de tous les membres de votre ancienne unité. Si vous avez eu une contravention à New York, ils ont le matricule du flic qui l'a rédigée. Ce sont des gens très consciencieux. »

Semion médita sur cet aspect des choses. Une légère pointe d'angoisse lui noua l'estomac.

Deux jours plus tard, Moisey lui présenta un Malaisien nommé Fariq. Celui-ci était propriétaire d'une société de pêche travaillant à l'export et basée à Laem Chabang, non loin de Bangkok. Ils se rencontrèrent dans un entrepôt, tandis que des employés en blouse banche déchargeaient dans l'indifférence la plus complète des caisses de calmars surgelés, emballés sous vide. Fariq les conduisit à l'étage, dans un bureau exigu qu'éclairaient de pâles néons. Contrairement à Nana, Fariq ressemblait à un authentique truand. Large carrure, presque cent cinquante kilos, tatouages sur le cou et les mains. Il portait une chemise hawaïenne ouverte sur une chaîne en or. D'importants cernes soulignaient ses yeux. Il avait la peau grise des gros fumeurs. Dès qu'il eut fermé la porte du bureau, il leur demanda dans un anglais très coloré si l'un d'eux avait déjà eu le plaisir de se faire masser par Moisey. Ensuite, il remplit quatre gobelets d'un whisky au rabais et trinqua avec eux.

Fariq fut lui aussi étonné de les voir préférer l'ecstasy à la méthamphétamine. « On gagne plus d'argent avec le cristal.

— Oui, répondit Semion, mais la meth donne plus d'ulcères. Les motards, les Mexicains, même les stups ont le nez dessus, de vrais méchants. Nous, on dirige simplement des boîtes de nuit. Tu sais, le disco, la house…

— Merde, grogna Fariq en désignant Moisey. Vous êtes pédés, comme lui. »

Il demanda un prix élevé. D'abord, il voulut savoir combien ils mettaient sur la table et Semion commit l'imprudence de lui répondre. Le truand eut une moue affectée : « Je prends mille dollars le kilo. » Ils essayèrent de lui faire baisser ses tarifs, mais c'était trop tard. Fariq pointa son énorme doigt sur sa poitrine : « Je dois payer le cargo, la chambre froide et les douaniers américains. Tout le monde va en croquer et à la fin il me restera des miettes. Vous voyez ce quai de débarquement ? » Il désigna l'escalier au bas duquel les employés s'activaient. « Vous voulez une société de pêche ? Vous voulez des poissons et des compartiments réfrigérés ? Allez-y. Vous aurez des calmars et... Laissez-moi vous expliquer un truc : trouver de la came en Thaïlande est un jeu d'enfant, la faire sortir du pays, c'est une autre paire de manches. Les flics, vous comprenez ? Vous savez ce qu'ils vous font quand ils vous pincent ? La peine de mort assurée. » Il arqua les sourcils, bougea la tête de haut en bas. « Ils vous mettent les pieds dans le ciment. » Il laissa passer un instant de silence, dans l'attente d'une réaction, mais comme rien ne se passait, il répéta : « Les pieds dans le ciment. On n'est pas en Amérique ici, ni en Israël. C'est la Thaïlande, mes amis. »

Les sirènes des chariots de manutention troublaient le silence. Semion sortit son téléphone et se livra à un calcul rapide : neuf mille dollars le kilo. Pour trente kilos, compter deux cent soixante-dix mille billets. Ils pouvaient revendre la marchandise en lot unique à plus de deux fois l'investissement de base, soit environ cinq cent cinquante mille dollars par chargement. La marge était plutôt confortable. Beaucoup plus que celle qu'ils faisaient avec les Belges, même si le transport s'avérait plus cher. Les deux hommes se serrèrent la main.

Ce soir-là, Moisey les emmena dîner au sommet d'un hôtel à la mode du district de Silom. Il insista pour régaler. Le repas fut excellent : steaks et bouteilles de bordeaux. Au moment du dessert, ils peaufinèrent leur plan : Moisey dirigerait les opérations depuis l'Asie. Ils ne pourraient communiquer avec lui qu'en passant par un intermédiaire, du moins au début, il fallait donc régler un maximum de détails avant leur départ.

Isaak leva son verre. « À Moisey, notre petit ange de Bangkok, qui malgré la distance restera dans nos cœurs ! » Semion crut voir une larme perler au coin de son œil.

Moisey sourit. « Aux nouveaux amis et à l'argent ! »

Semion voulut ajouter : *À la modestie et à la discrétion !* Mais il se retint. Il leva à son tour son verre et dit simplement : « *L'chaim.* »

Le surlendemain, Semion et Isaak étaient de retour à Miami.

Ils assignèrent un nouveau poste à David Eban, qui officierait désormais à San Francisco au lieu de la Belgique. Il se chargerait de réceptionner les calmars congelés. Eban travaillait consciencieusement, il était sérieux, rigoureux. Sa mission consisterait à se rendre jusqu'à un entrepôt d'Oakland, à signer un bulletin de réception auprès d'un employé asiatique de Fariq, et à balancer les céphalopodes dans son camion. Il se rendrait ensuite dans un autre entrepôt de location, à Fremont, laisserait son chargement sur le quai et reviendrait le lendemain, quand la cargaison serait décongelée. Il ouvrirait alors les emballages sous vide contenant la drogue. « Avant, j'adorais les mollusques, leur dira-t-il. Maintenant, je ne peux plus les encadrer. »

Les premiers temps, Eban effectuait un voyage par mois. Il conditionnait la came dans un compartiment secret du camion, suspendait une croix à son rétroviseur, paramétrait le régulateur pour rester en deçà de la vitesse prescrite, et laissait des jouets d'enfant traîner sur le siège passager.

Il fallait quatre jours pour aller de San Francisco à Miami. Au bout d'un moment, Semion et Isaak trouvèrent ces allers et retours trop risqués : la traversée des États-Unis constituait clairement le point faible de leur entreprise. Ils avaient besoin d'un acheteur à San Francisco.

Eban suggéra le nom d'un Russe qu'il connaissait sur place : Tyoma Chernov. Celui-ci avait de l'expérience. Lui et Eban s'étaient rencontrés en Belgique. Mais quand ils le contactèrent, il déclina leur offre au motif qu'il s'était rangé. Il proposa malgré tout de leur présenter une personne susceptible de leur convenir.

Chernov avait tiré deux ans à la MAD. Il envoya un message à Arthur et celui-ci brancha Eban avec Gloria Ocampo. Leur première entrevue se déroula dans un grill sur Van Ness Avenue, après quoi Eban prit l'avion pour Miami.

« Elle ressemble à une femme de ménage philippine, expliqua-t-il à ses deux acolytes. Mais elle est réglo, j'ai vérifié. Elle propose d'acheter le lot entier. Chernov se porte garant d'elle.

— Donc, on peut lui faire confiance ? demanda Semion.

— Bien sûr que non. Mais elle a de l'argent.

— Gloria Ocampo. Quel âge a-t-elle ?

— Assez vieille. Cinquante ans ? Soixante ? Une Philippine normale, rien à voir avec une camée. Vous vous attendiez à quoi ? Une nana aux cheveux bleus avec des tatouages ? Une motarde juchée sur une Harley ? Elle me paraît solide, elle a du pognon. Elle nous achète la marchandise, on revient, elle achète encore. Vous ne la verrez pas et elle ne connaîtra jamais votre nom.

— Vingt mille le kilo ? »

David fit un geste de la main. « Pas de problème. »

Voilà comment les choses se mirent en place. Lorsque les Birmans avaient une cargaison, ils envoyaient un mail à Hong, en indiquant sous forme codée le poids et le lieu de livraison. Hong allait trouver Semion dans l'une de ses boîtes de nuit, où le bruit rendait les enregistrements impossibles, et Semion relayait l'information à Orlov. Celui-ci se connectait au wi-fi d'un Starbucks, faisait parvenir un message crypté à Moisey via un intermédiaire en Israël, lui-même posté dans un cybercafé. Semion utilisait la même technique pour correspondre avec Eban sur la côte ouest. Leurs mots planaient dans les airs, de téléphones en satellites. Ils ne signifiaient rien pour personne, à l'exception des principaux intéressés.

Chaque mois, Orlov donnait la somme prévue au cabinet de Hong, à Miami. Semion ignorait où allait l'argent, mais si on lui avait demandé d'émettre une hypothèse, il aurait dit que les dollars transitaient par une série d'entreprises légales et de propriétés immobilières avant d'atterrir sur un compte en Birmanie ou en Chine. Ou alors on divisait la somme en petits dépôts de neuf cents dollars qu'une armée de vieilles Asiatiques disséminées sur le sol américain se chargeait de virer à l'étranger, sous forme de mandats internationaux. Semion savait que le fric circule comme de l'eau, qu'il emplit les espaces vides et trouve son chemin à travers la moindre fissure.

Il n'était pas rare que Semion s'éveille avec la gueule de bois. S'il avait emmené une fille chez lui, il la laissait lui préparer le petit déjeuner ou le convaincre d'aller manger à l'extérieur. Ensuite, il gommait les vestiges de son mal de crâne en se rendant à la salle de sport. Sa coach personnelle, une femme avec un piercing au nombril, lui faisait faire des squats, du gainage, et riait à ses plaisanteries.

Après sa séance, il appelait parfois Isaak. Les deux compères se rendaient alors à la marina. Bien qu'ils ne possédassent pas de bateau, ils avaient beaucoup d'amis plaisanciers.

Au moment du dîner, ils mettaient en galante compagnie le cap sur des établissements luxueux comme ceux du célèbre chef cuisinier Nobu Matsuhisa, où ils commandaient du thon gras au caviar, des tranches de poisson cru, des brochettes de bœuf agrémentées de bouteilles de champagne rosé brut Billecart-Salmon ou de saké. Les filles qu'ils invitaient n'étaient pas du genre à s'émerveiller d'un repas à quatre cents dollars. Quand les agapes se terminaient, ils montaient dans la Range Rover blanche de Semion – un véhicule de base : pourquoi attirer l'attention ? – et prenaient la direction de l'un de leurs clubs. Leur arrivée ressemblait à l'entrée de stars foulant un tapis rouge. Ils s'installaient dans le carré VIP où ils pouvaient sniffer de la coke, prendre de l'ecstasy ou des cachetons en toute discrétion. Ils étaient enviés aussi bien des hommes que des femmes, leurs noms figuraient dans les pages people des gazettes locales, mais en tant que gérants de boîtes de nuit ou, mieux, organisateurs de soirées. Ils posaient avec des DJ, des basketteurs, des rappeurs, des mannequins : le gotha mondain de la cité balnéaire.

Isaak habitait dans une tour plus belle, plus haute que celle de Semion, avec une vue identique sur la marina. Quand un appartement du dessus s'était libéré, Semion l'avait acheté comptant. Miami était le nouvel Eldorado : les Russes s'offraient des propriétés dans toute la ville, personne ne vérifiait la provenance des fonds. Les banques accueillaient les nouveaux clients avec des bouteilles de champagne. Les magasins de luxe ouvraient à tous les coins de rue et les Ferrari s'exhibaient au grand jour. La ville était devenue la Mecque du blanchiment d'argent.

Isaak avait deux sœurs et trois frères et, comme il était l'avant-dernier de la fratrie, l'indépendance avait façonné sa personnalité. Il était le genre d'individu à demeurer assis, un sourire aux lèvres, tandis que tous les autres réclamaient de l'attention. Son trait de caractère dominant correspondait à ce que les Américains appellent *cool*. Semion, par contre, était enfant unique. Il savait également rester calme, mais une certaine forme d'arrogance dictait parfois sa conduite. Sa haute stature, la vigueur de ses longs membres que terminaient d'épaisses mains lui donnaient davantage l'apparence d'un Russe que d'un Juif. Les traits de son visage commençaient déjà à s'affaisser et il prévoyait que, dans un futur proche, il ressemblerait à ses oncles au faciès lourd.

Considérant qu'ils avaient tous deux effectué leur service militaire dans le Sud – Semion à Nahal Oz et Isaak près du kibboutz Réïm –, leurs rencontres s'étaient souvent soldées par d'intenses beuveries à la mode des troufions. À la démobilisation, Isaak avait émigré sur le continent américain ; il n'avait revu son camarade que lorsque celui-ci était venu s'installer à Miami. Les deux hommes s'étaient toujours appréciés, mais ils auraient pu aussi vivre sans se fréquenter. Semion était un fils d'immigrant, immigrant lui-même, alors qu'Isaak était né en Israël, dans une famille de la classe moyenne supérieure de Haïfa. Un jour, Semion avait d'ailleurs résumé la situation en pointant le fait que son ami avait eu « un putain de scooter » durant son adolescence.

Malgré ces différences, les deux hommes s'entendaient bien et leur partenariat fonctionnait à merveille. Isaak s'occupait du suivi administratif des boîtes de nuit, très à l'aise avec les livres de comptes, les salaires, les histoires d'assurance, de licence, de gestion du personnel. Semion, de son côté, prenait en charge le trafic de drogue. Isaak le laissait procéder à sa manière. Les clubs constituaient une couverture idéale. Il arrivait que Semion éprouve quelque réticence à partager le fruit de son labeur illégal, mais dans ces instants-là, il se souvenait que la société de pêche était une idée d'Isaak. Et que, sans lui, il n'aurait jamais connu Moisey ; Moisey qui les avait présentés à Nana et Fariq.

Ils œuvraient loin des bombes et de la guerre, voyageaient en Jamaïque, aux Bahamas, au Brésil. Leur existence correspondait au rêve américain, version Miami, et ils la goûtaient à sa juste mesure. Pourtant, Semion Gurevich n'était pas tout à fait heureux. Il se sentait seul. Il voulait fonder une famille.

Ce fut à ce moment-là que sa route croisa celle de Vanya Rodriguez.

Il la rencontra à Ground Zero, le premier club que lui et Isaak avaient ouvert. L'esprit embrumé par l'alcool, il faisait la fête avec un type nommé Jimmy Congo et quelques amis. Jimmy racontait une anecdote interminable. Semion avait du mal à se concentrer, il avait la nuque raide, les épaules contractées. Ses yeux s'arrêtèrent au niveau du bar.

Elle portait des hauts talons rouges et une robe blanche. *Une voile gonflée par le vent*, songea-t-il. L'ecsta et la vodka qui circulaient dans son corps exacerbaient sa fibre poétique. Elle tenait un petit sac à main et, quand il en envisagea le contenu, l'image d'un bâton de rouge à lèvres se forma dans son esprit. *Si j'étais ce bâton, je magnifierais sa bouche.* Il vit ensuite une carte d'identité avec son adresse. *Elle habite quelque part, se couche dans un lit.* Il se figura les draps dans lesquels elle dormait, les serviettes avec lesquelles elle se séchait lorsque, nue, elle sortait de la douche. Ses cheveux bruns ondulés, sa peau cuivrée auraient pu dénoter de nombreuses origines : latines, italiennes, juives, arabes... Il se sentit irrésistiblement attiré. Un sourire se peignit sur ses traits.

Les autres filles installées au bar n'étaient qu'une tache floue. Il la fixait, le visage incliné. D'étranges émotions, mélange de peur, de joie et d'extase chimique, se frayaient un chemin jusqu'à son cœur. À un moment donné, il se rendit compte qu'il avait la bouche ouverte. Il se força à regarder ailleurs, en proie à un sentiment qu'il n'avait encore jamais éprouvé.

Lorsque la femme, par le jeu des mouvements de foule, vint plus près de leur table, il se versa une autre vodka, laissa tomber un glaçon dans son verre et, après avoir observé le cube flotter dans les remous transparents, étancha sa soif. Il savait qu'Isaak l'observait. La musique refusait de se taire et Semion se prit à regretter que le DJ n'interrompe pas le morceau en cours, pour qu'il puisse admirer cette créature en silence. Le regard de l'animateur accrocha le sien. L'employé pointa le doigt vers lui avec un grand sourire. *Vous êtes l'homme de la soirée.*

Qu'avait-elle de spécial ? Il la vit renverser la tête en arrière, un rire aux lèvres. Bien sûr, elle était éblouissante, mais pas seulement. Le bouleversement tenait également à ce moment précis, dans ce club. Semion avait l'impression que tout était calculé, arrangé par avance. Il but davantage pour tenter de se calmer.

L'homme assis à côté de lui, un Russe bruyant, racontait une blague sur un chien en quête de viande. L'assemblée s'esclaffa et Semion sourit par politesse. Il brandit son verre. « Santé ! » *Bande de trous du cul,* pensa-t-il.

Une nouvelle gorgée d'alcool et il se tourna vers elle. *Maintenant.*

Leurs regards se croisèrent durant ce qui lui sembla être une éternité. Il essaya de sourire, se sentit ridicule, abandonna la tentative. Les sourcils levés, il fit de son mieux pour conférer à sa bouche une apparence normale. Sans réellement en avoir conscience, il l'appela du doigt, à la façon dont l'homme d'Abram Gorin lui avait fait signe d'approcher quelques années auparavant. L'effet, cependant, fut différent : elle détourna le regard. Lui-même reporta son attention sur ses camarades et s'épongea le front. *Tu es laid, tu es idiot.* Il s'obligea aussitôt à adopter une attitude plus positive. *Non, tu es un boss, une majesté juive, un adorable monarque d'Israël.* Il s'humecta les lèvres, chercha l'approbation d'Isaak. *Un immense roi, un riche et immense roi.* Un sentiment de découragement l'accabla.

Quand enfin il eut la bravoure de se retourner vers la jeune femme, il constata qu'elle se dirigeait droit vers lui. Les secondes ralentirent, il prit une profonde inspiration, prêt à se lever pour l'accueillir. Il s'essuya le nez. Les épaules de la déesse bougeaient en rythme avec la musique. Il contempla sa robe blanche, son visage, sa démarche, la ligne de ses os, ses hanches… *Souviens-toi de chaque détail*, se dit-il. Il ne lui restait que quelques pas à franchir. Semion savait qu'il fallait sourire, mais il la joua relax. Ses yeux errèrent sur les consommatrices accoudées au bar. Les percussions dans les baffles s'accordaient à son pouls.

« Salut, enfoiré ! » fit-elle avec un accent prononcé. Et elle passa devant lui.

Isaak, occupé à envoyer un texto, leva les yeux de l'écran. Une exclamation fusa : « Oh, merde ! » Un sourire se dessina sur ses lèvres tandis qu'il secouait légèrement la tête. Il ouvrit grand les bras et ils se donnèrent l'accolade, s'embrassant sur les joues. Lorsque les effusions s'achevèrent, il garda un bras par-dessus les épaules de la jeune femme. Comme ils se tenaient face au groupe, Semion fit celui qui regardait ailleurs, l'air blasé.

« Tout le monde est un peu bourré », dit Isaak. Il enleva

son bras. Quand Semion considéra la nouvelle venue, celle-ci avança, très sérieuse. Elle tendit la main, pareille à une dirigeante de Wall Street.

« Bonjour, dit Semion. Désolé, mais je n'ai pas saisi votre nom.

— Vanya. Vanya Rodriguez. »

Semion sentit son cœur chavirer. Il voulut chercher du soutien auprès d'Isaak, mais celui-ci était occupé à parler à leurs amis.

« Et vous, comment vous appelez-vous ? demanda Vanya.

— Semion Gurevich.

— Simon ?

— Semion. » Il prit brusquement conscience qu'il avait manqué l'occasion de déposer un baiser sur ses joues ravissantes. *Est-ce que j'ai des pellicules ?* s'interrogea-t-il. *Est-ce que je perds mes cheveux ?*

Semion désigna Isaak. « Vous vous connaissez depuis longtemps ? »

Est-ce que j'ai mauvaise haleine ?

« Depuis avant-hier, répliqua la jeune femme. Ici, au club. »

Avant-hier ? Ils ont couché ensemble. Je vais le tuer.

« Vous êtes brésilienne ?

— Oui. De Rio. »

Il mit la main en cornet autour de sa bouche pour se faire entendre par-dessus la musique et plongea son regard dans le sien. Une grande vague de désespoir venait de le submerger. « Vous êtes ensemble, avec Isaak ?

— Non, vous êtes fou ? »

Ils se tenaient vraiment près l'un de l'autre et Semion

devait se pencher en avant pour communiquer. Leurs épaules se touchaient. Finalement, Isaak pivota et, se tapotant le nez, fit signe à Semion de le suivre au bureau. Semion déclina l'invitation. Vanya désirait-elle boire quelque chose ? « Oui, un Red Bull-vodka ». Avec l'accent, elle semblait dire : *un Led Bulle.*

Semion marcha jusqu'au comptoir et commanda deux boissons. En temps normal, les femmes ne l'intimidaient pas, mais avec Vanya, il ne voyait pas comment soutenir une conversation. Physiquement, elle ne différait pas beaucoup des filles de Miami, mais on devinait cependant qu'elle n'appartenait pas à la même catégorie. Il imaginait qu'elle allait le questionner sur ses centres d'intérêt et prévoyait d'évoquer une passion pour le septième art, avant de changer d'avis. *Pas les films, imbécile. Parle d'aide à l'enfance. Tu veux produire des documentaires sur l'aide à l'enfance.*

Quand il revint avec les boissons, elle était occupée à remettre du rouge à lèvres, le visage incliné vers un miroir de poche. Elle pressa ses lèvres l'une contre l'autre. « Je dois y aller dans cinq minutes. C'est l'anniversaire de mon amie. » Elle fit un mouvement de tête vers la sortie.

D'une certaine manière, Semion se sentit en terrain familier. « Je peux me joindre à vous, si vous voulez.

— Ce genre de soirée ne vous plairait pas. » Elle mit la main sur son bras, sirota son breuvage, et se haussa sur la pointe des pieds. Elle explora la boîte de nuit du regard. « Cet endroit est à vous ?

— Oui. Isaak et moi possédons cinq établissements à Miami. » *Arrête de te vanter, crétin.* « Amenez vos amies ici. »

Il s'humecta les lèvres. La discussion arrivait à son terme, il le sentait.

Elle le regarda droit dans les yeux. « Envoyez-moi un message un peu plus tard. Peut-être que je repasserai. »

Il inscrivit le numéro de la jeune femme dans le répertoire de son téléphone, puis lui montra l'écran. « C'est bien ça ?

— Vanya avec un Y, pas un I. À bientôt. »

Elle déposa un bref baiser sur sa joue et s'éclipsa.

Semion retrouva Isaak et ses amis dans le bureau à l'étage. Il se dirigea vers son vieux complice, s'adressant à lui d'abord en anglais puis en hébreu : « Qui c'est, cette fille ? Tu l'as baisée ? »

Penché au-dessus du secrétaire pour sniffer une ligne de MDMA, Isaak leva les yeux, haussa les épaules avec un sourire. « Non. »

Semion analysa la posture de son ami. Le haussement d'épaules le dérangeait. Il lui demanda de confirmer sa réponse d'un regard interrogatif.

« Non, répéta Isaak sans se départir de son sourire. Je t'assure. Ne t'inquiète pas, je te la laisse. Elle n'a probablement jamais couché avec personne. »

Les autres types présents au bureau éclatèrent de rire.

« Laisse tomber, dit Isaak. Prends un rail. » Il eut un mouvement de menton en direction du secrétaire parsemé de poudre. « Juste un rail, vas-y. »

Après avoir maudit intérieurement l'assemblée de fêtards réunis dans la pièce, Semion s'exécuta. Il aspira l'ecsta à travers un billet de cent dollars que lui tendit son ami. La poudre lui chatouilla le fond de la gorge. Il laissa le goût s'installer dans sa bouche.

« L'ultime vierge brésilienne », s'amusa Isaak. Nouveaux éclats de rire.

Lorsqu'ils redescendirent au club, l'ambiance changea. Semion aimait tous les noctambules, n'hésitait pas à passer de groupe en groupe, à saluer les arrivants. Les femmes jouaient de leurs charmes, il jouait des siens, sans cesser de penser à Vanya. Il vérifiait à intervalles réguliers le défilement du temps sur son portable. Dans une heure, il textoterait. Mais chaque fois qu'il contemplait l'écran, à peine une minute s'était écoulée depuis la consultation précédente.

Le délai qu'il s'était fixé étant achevé, il lui envoya ces deux mots : *Tu reviens ?*

Pas de réponse. Au prix d'une maîtrise de soi héroïque, il s'abstint d'insister. Ce silence lui convenait tout à fait. Il aimait les défis.

À 5 heures du matin, après avoir consulté son smartphone pour la énième fois, il prit deux Xanax avec un Alka-Seltzer et rentra se coucher. *Voilà ma vie*, se dit-il.

Il se réveilla à midi. Elle peuplait déjà ses pensées et il songea immédiatement à son visage, à ses lèvres, à sa chevelure. Il alluma son portable, convaincu de n'avoir aucun message. Surprise ! Vanya avait répondu à 6 h 14 : *Me suis endormie ;-).*

On a un gardien d'immeuble, songea Semion. *Je pourrais lui demander si Isaak a reçu de la visite.*

Deux jours plus tard, il l'emmena dîner au restaurant. Il passa d'abord à la salle de sport, au salon de bronzage et chez le coiffeur. L'esthéticienne lui dessina les sourcils, il se fit épiler le dos. Un bref détour chez Sartori Amici, et il s'acheta une chemise. La nervosité ne lui laissait pas une seconde de répit, mais il la combattait vaillamment. Il s'admira de trois quarts, de profil dans le miroir du dressing, testa différentes expressions faciales. *Je vais sourire*, se motiva-t-il. *Montrer à quel point je suis épanoui.*

Ils convinrent de se retrouver dans son restaurant à sushis préféré. *Tu aimes les plats japonais ?* lui avait-il demandé par texto. *J'adore*, avait-elle aussitôt répondu. Il connaissait le patron, qu'il s'était empressé d'appeler. « Ce soir, on ne se refuse rien, avait-il précisé. Je veux ce qu'il y a de mieux. » Rire du patron : « Kasher ? » Semion avait confirmé : « Oui, kasher. »

Elle arriva avec dix minutes de retard. Il l'attendait dehors et sa simple apparition lui réchauffa l'âme. Il étudia sa manière de se tenir et une funeste prémonition lui traversa l'esprit : *Cette histoire va mal finir*. Il se sentit gagné par un bref vertige quand elle parvint à sa hauteur.

Ce soir-là, elle portait une robe jaune. Ils se firent la bise. Lorsqu'il se pencha vers elle – et son mouvement manquait peut-être de grâce –, il huma un parfum de gardénia. Il la dévisagea : elle avait une petite cicatrice sur le front. *Je t'aime*, songea-t-il.

« Tu apprécies la nourriture japonaise ? » Une question qu'il avait déjà posée. Il détestait cette manie de se répéter.

Ils prirent place à une table près de la fenêtre, une simple chandelle dressée entre eux. Le chef, un cuistot qui apparaissait en couverture des magazines, vint personnellement leur servir leur premier plat. Après avoir déposé les assiettes, il s'inclina et serra l'épaule de Semion. « Content de vous revoir, monsieur Gurevich. » L'intéressé, flatté, cacha son émotion derrière le visage blasé d'un homme d'affaires.

Le chef expliqua en détail ce qu'ils allaient manger. Vanya l'écouta, les yeux brillants.

Ils dégustèrent un à un les poissons préparés d'une main experte. À un moment donné, Vanya déclara : « J'adore les huîtres. J'aime leur goût maritime. » Semion demanda au chef de leur en apporter une douzaine. Elle pencha la tête en arrière pour laisser couler la chair tendre dans sa bouche et n'en laissa pas un gramme.

Les plats se succédaient. Elle racontait ses souvenirs d'une voix chantante. Semion était bien incapable d'alimenter une conversation que, par chance, il n'avait pas besoin de relancer puisqu'elle parlait pour deux. Il lui en fut reconnaissant.

« Excuse-moi, dit-elle au bout d'un moment. Je suis tellement bavarde. » Elle mima un bec avec sa main. « Bla, bla, bla... »

Avec le recul, un épisode ressortait parmi les autres : le seul où elle évoquait sa famille. « Je ne suis pas riche, tu sais. La plupart des Brésiliens établis à Miami ont de l'argent, pas moi. Quand j'étais enfant, on vivait dans une favela, celle de *Jacarezinho*. » Chaque syllabe, dans sa bouche, sonnait d'une adorable manière. « Ma petite sœur a eu des problèmes avec un gang. L'un des membres était tombé amoureux d'elle mais elle avait déjà offert son cœur à quelqu'un d'autre. Ce voyou était un type vraiment effrayant. Il avait des ongles très longs. D'abord il l'a insultée en public, et puis il lui a planté un couteau dans le ventre. » Vanya eut un rire nerveux. Elle avala une grande bouchée de sushi et secoua la tête en mâchant.

Semion la contempla tandis qu'elle mangeait. *Une petite sœur*, avait-elle dit. Il essaya d'imaginer une version miniature de son invitée. Poignardée par un gangster. *Pourquoi suis-je en train de tomber amoureux de toi ?* s'interrogea-t-il.

Elle voulut savoir s'il avait déjà été au Brésil. Il répondit par l'affirmative. Isaak et lui étaient partis en vacances à Rio l'année dernière. Il regretta aussitôt de mentionner son ami.

« Et tu ne m'as pas appelée ? feignit-elle de se scandaliser.

— Je ne te connaissais pas. »

Elle eut un éclat de rire. Son téléphone, qu'elle avait retourné sur la table, se mit à vibrer. Un texto. Elle ne se donna pas la peine de lire le message. Semion se dit que cette indifférence mériterait de plus amples réflexions ultérieurement.

Leur rendez-vous se conclut de façon assez abrupte. À la sortie du restaurant, tandis que Semion réfléchissait à la suite des opérations, Vanya eut sans doute le geste le plus étonnant de la soirée : elle leva les bras et renifla ses aisselles. Elle fit la grimace, puis se pencha en avant, les yeux fermés, comme pour réclamer un baiser d'adieu. La rue devint silencieuse. Après une hésitation, Semion s'exécuta.

« Merci, dit-elle. Je n'ai jamais aussi bien mangé de ma vie. »

Et quand il proposa de la raccompagner, elle refusa. Désignant vaguement des tours à l'ouest, elle prétexta un autre rendez-vous.

Devant la perplexité de son galant d'un soir, elle précisa :

« Ne t'inquiète pas. C'est une fille. » Elle lui envoya un dernier baiser, puis fit demi-tour et s'éloigna à pied.

Qui se déplace à pied à Miami ? médita Semion.

La deuxième soirée eut lieu dans un restaurant français. Vanya suggéra en fin de repas d'aller prendre un dernier verre chez lui.

Dès qu'ils entrèrent dans l'appartement de Semion, elle voulut prendre des photos. Elle déambula dans le salon, immortalisant tel ou tel aspect de la pièce, comme si elle choisissait des meubles dans un magasin de luxe. « J'aimerais agencer ma maison aussi bien que ça. » Il était très content d'avoir engagé un décorateur d'intérieur. L'élégance immaculée du design, associée à la vue sur la marina, faisait sa fierté. Ils se rendirent à la cuisine pour ouvrir un Krug, cuvée Clos du Mesnil.

Semion fit sauter le bouchon et, après avoir servi deux verres, posa la bouteille sur le comptoir. Quand ils revinrent au salon, il lui prit la main et la conduisit jusqu'au balcon. Ils trinquèrent, puis elle lui demanda où était la chambre à coucher.

Un peu désarçonné, Semion indiqua un couloir, le long duquel Vanya le guida. Elle se laissa tomber sur le lit, il l'embrassa, puis ils entreprirent de se déshabiller mutuellement. Elle portait des sous-vêtements tout simples. *Maintenant, je peux mourir*, se réjouit Semion.

Ce fut une étreinte enivrante, passionnée, bruyante. Et quand enfin ils se reposèrent, ébouriffés dans les draps froissés, elle fit mine de haleter comme une marathonienne à bout de souffle, ce qui amusa beaucoup Semion. Ils demeurèrent allongés un certain temps, tandis que l'Israélien se demandait dans quoi il s'embarquait.

Il avait bien entendu fait l'amour à de nombreuses conquêtes depuis qu'il était à Miami, mais n'avait connu aucune relation stable depuis son départ de Tel-Aviv. Il s'interrogeait à présent sur cette étrange Brésilienne qui se reniflait les dessous de bras et se baladait à pied dans Miami, cette femme qui pouvait bien être celle qu'il choisirait un jour d'épouser.

Elle s'était endormie auprès de lui. Semion entendait sa respiration calme, sentait son odeur épicée, comme de la coriandre mélangée à de la mangue. Et d'un seul coup, un nuage vint obscurcir la plage de bonheur où il se trouvait : il se représenta Isaak, vit précisément son ami en train d'embrasser Vanya. Semion essaya bien entendu de chasser cette vision, mais plus il s'y employait, plus celle-ci gagnait en puissance évocatrice. Il contempla sa dulcinée pendant un moment, puis se leva en silence.

Dans la cuisine, il but le champagne au goulot, avant de remarquer son sac, posé par terre. *Je suis un trafiquant de drogue*, se dit-il. *Je dois me protéger*. Il s'empara du sac, le posa sur le comptoir en marbre séparant la cuisine de la salle à manger. *On n'est jamais trop prudent.*

Ce sac n'avait rien à voir avec le petit nécessaire qu'elle transportait la première nuit : il était plus grand, en cuir noir luxueux. Semion se demanda qui lui avait acheté un accessoire pareil. Il défit le fermoir, écarta les bords.

Sur le dessus, un slip noir de rechange, style salle de sport. Ensuite, une paire de chaussettes blanches et usées. Il mit les vêtements de côté, puis dénicha son portable : un iPhone doré. Il appuya sur le bouton central et l'écran s'illumina. Aucun mot de passe requis. Il tapota sur l'icône en forme d'appareil photo. Seulement trois clichés dans le répertoire : son salon et sa chambre. Un mauvais pressentiment commença à s'insinuer en lui. Il consulta l'historique : tout avait été effacé. Le répertoire comprenait des dizaines de noms et de numéros de téléphone, parfois juste des prénoms, mais rien de notable.

Il jeta un coup d'œil aux textos. Zéro message. S'agissait-il d'un nouveau téléphone ? La peinture était éraflée sur les coins de l'appareil, le dos de la coque portait des rayures, de même que l'écran. Il inclina le smartphone à la lumière : de nombreuses traces de doigts recouvraient l'appareil. Le mauvais pressentiment s'intensifia.

Elle avait fait le ménage sur son portable pour une raison précise. Peut-être un divorce récent, ou une rupture houleuse ? Était-elle mariée ? Quelle que fût la raison d'un tel nettoyage, il n'aimait pas la tournure des événements.

Il reprit la fouille du sac et n'y découvrit que des accessoires féminins : tampons hygiéniques, chouchous, poudrier, eye-liner, rouge à lèvres, baume, chewing-gums saveur tropicale. Il trouva également un préservatif, un Manix King Size dans son emballage bleu. Lorsqu'il dénicha le portefeuille, il en explora tous les compartiments. Vanya avait trois cent quatre-vingt-sept dollars en liquide : beaucoup d'argent pour une jeune femme. Elle possédait un permis de conduire californien. Semion étudia la photo de son visage souriant. Entre celle-ci et l'hologramme sur la droite étaient inscrits sa date de naissance – le 21 février 1988 – et son nom : Candy Hall-Garcia. Semion eut un hoquet. À quoi jouait-elle ? Il examina plus attentivement la photo : c'était bien elle. Il se souvenait parfaitement de la fois où elle avait épelé son prénom, lors de leur première rencontre : V.A.N.Y.A. Le permis de conduire indiquait une adresse à San Francisco, sur Oak Street. Il prit son propre téléphone, photographia le document avant de le remettre dans le portefeuille. Elle avait aussi une carte de crédit au nom de Candy. Rien d'autre.

Il rangea tout dans le sac, qu'il remit par terre avant d'aller se planter devant la fenêtre. Candy Hall-Garcia. Il repensa à leur dîner, plus tôt dans la soirée. « J'adore Miami, avait-elle assuré. Je m'y sens comme chez moi. Le soleil, la plage, la musique, les Brésiliens... Mais ce n'est pas aussi dangereux que là-bas. Pas de gamins des rues, pas de fusillades... Enfin oui, vous avez des fusillades, mais pas comme au Brésil, *takatakatak...* » Elle avait mimé un fusil-mitrailleur. Il avait bu ses paroles, un sourire aux lèvres. Sa façon de s'exprimer avec les mains, sa manière de bouger la tête, son accent, tout lui paraissait admirable.

« Le seul problème à Miami, avait-elle conclu, ce sont les apparences. Personne n'est ce qu'il prétend être. »

Il retourna au lit, elle se blottit contre lui. Sans ouvrir les yeux, elle parla : « J'ai fait un rêve dingue. J'étais à l'aéroport et je sortais toutes les affaires de mes valises. Il y avait des lumières et des gens partout, comme dans un stade. »

Semion la dévisageait, tentait de voir si elle avait deviné le manège auquel il s'était livré dans la cuisine. *Je sortais toutes les affaires de mes valises.* L'histoire s'arrêta là car elle se rendormit.

Quand il s'éveilla au matin, elle avait disparu. Il trouva un mot sur le comptoir : *Bye-bye baby.*

Plus tard dans la matinée, Semion rendit visite à Isaak. Il appuya sur la sonnette et attendit. Isaak vint l'accueillir avec un grand sourire. Pas de gueule de bois, frais et dispos. Il lui fit signe d'entrer. « Où étais-tu passé, la nuit dernière ? » Il s'exprimait en hébreu, ainsi qu'il en avait l'habitude lorsqu'ils étaient seuls.

Semion arpenta le salon, disposé exactement comme le sien et décoré par la même styliste américaine. Il avait l'impression de vivre dans un hôtel de luxe. « J'ai une question à te poser, Isaak. Est-ce que tu l'as baisée ?

— Qui ? La Brésilienne ? C'est n'importe quoi, je te l'ai déjà expliqué et je ne vais pas me répéter à chaque fois que tu rencontres quelqu'un. Regarde-toi, on dirait un fou. » Il secoua la tête. « Non, non, et non. »

Semion scruta le visage de son ami. S'il mentait, il mentait bien.

« Je n'ai jamais couché avec cette femme, martela Isaak en anglais. Lis sur mes lèvres : ja-mais. Je ne l'ai même pas embrassée. On ne s'est vus qu'une fois : au club, deux nuits avant que tu fasses sa connaissance.

— Celle-là, je l'aime beaucoup. » Semion s'essuya les mains et se laissa lourdement tomber sur le divan en cuir. « Je la place tout en haut du panier.

— Elle est pauvre, tu sais.

— Quoi ?

— Je ne me trompe jamais. Celles qui ont grandi dans le dénuement, je les repère vite. Si tu apprécies ce genre de nana, pas de problème. Personnellement, je les préfère d'un meilleur standing, plus cultivées. »

Dès qu'il fut remonté chez lui, Semion contacta son ami Jimmy Congo, l'avocat américain. Jimmy était spécialisé en droit pénal, plusieurs détectives privés bossaient sous ses ordres, et il était toujours disposé à rendre service en échange d'un droit d'entrée au carré VIP.

« Attends une seconde, dit Jimmy au bout du fil. Tu es en train de m'expliquer que tu as vu son permis et qu'elle porte un nom différent ?

— Oui.

— Et alors ? On est à Miami. C'est sûrement une immigrée clandestine. Les gens comme toi devraient se montrer sensibles à leur cause. »

Semion avait déjà songé à cette éventualité. « Je voudrais que tu jettes quand même un coup d'œil.

— À trop fouiller dans la vie privée des gens, on découvre parfois des secrets déplaisants, je ne t'apprends rien. C'est comme bouger les meubles d'une vieille maison : on ne sait jamais ce qu'on va trouver derrière.

— Oui, oui, oui.

— Donne-moi son nom.

— Elle prétend s'appeler Vanya Rodriguez, mais le permis indique Candy Hall-Garcia. Avec un trait d'union entre Hall et Garcia.

— La date de naissance ?

— 21 février 1988.

— Noté. Autre chose ?

— Non.

— Bon sang, Gurevich. Tu es au courant que je prends quatre cents dollars de l'heure ? Tu as déjà entendu parler de Google ? »

Le soir venu, Semion se rendit dans un bar tenu par l'un de leurs amis. Isaak était déjà sur place, en compagnie de deux jeunes filles russes. Celles-ci portaient des jupes courtes, des T-shirts sans manches et du rouge à lèvres noir. Au moment où Semion se joignit au trio, elles étaient concentrées sur leur iPhone. Il les embrassa sur la joue, puis commanda un premier verre : vodka glacée. Ce fut par texto qu'il eut sa première dispute avec Vanya.

Celle-ci lui envoya un message peu après son arrivée au bar. Elle voulait savoir ce qu'il faisait. *Je suis avec Isaak*, répondit-il. Elle se proposa de passer les voir et il répliqua avec son expression favorite : *Soirée mecs*. Il reçut en retour une émoticône en forme de visage larmoyant. Un sourire se dessina sur ses lèvres ; pour lui, la conversation était terminée. Son téléphone demeura silencieux pendant quelques minutes, mais plusieurs messages tombèrent soudain en rafale. *On se voit + tard*, puis *Soirée mecs maintenant ?* Ensuite : *Malheur !* et *Isaak avec deux putes.*

Le dernier texto fit mouche. Il se tourna brusquement sur son siège, scrutant les habitués du lieu. Le bar était un petit endroit. Il ne pouvait contenir plus d'une vingtaine d'âmes, en comptant le personnel. Le propriétaire, un type nommé Carlos, préparait des cocktails pour un trio d'amazones déjà éméchées. Semion regarda par la fenêtre. Vanya était-elle passée dans la rue par hasard, au moment où Isaak s'installait avec les filles ? Peu probable. Il observa les jeunes

Russes en face de lui. Isaak leur montrait des photos sur son appareil, ce qui les amusait beaucoup. Comment avait-elle deviné qu'ils étaient en galante compagnie ? Avait-elle émis une simple supposition ? Isaak et lui (deux hommes) ne pouvaient être qu'avec deux femmes (deux putes).

Semion se leva de table en s'excusant. Il reçut un nouveau message aux toilettes. *Si tu t'éclates avec des putes, moi aussi je vais m'éclater.*

Il mit le téléphone dans sa poche, se lava les mains, examina sa coiffure dans le miroir au-dessus du lavabo. La paranoïa se mua en dépression. Merde, elle était folle. Son appareil vibra de nouveau. *Je plaisantais, ha, ha... C'était pour rire.*

Le soulagement fut tel qu'il en trembla. Il lui envoya trois cœurs palpitants.

Quand il revint dans la salle, Isaak plissa le front. Son expression signifiait : *Je sais ce que tu fabriques.* Il leva son verre pour porter un toast. Semion s'aperçut que sa propre coupe était vide. Il commanda une nouvelle tournée.

Le surlendemain, en soirée, il tomba sur Jimmy Congo à Ground Zero. L'avocat portait encore la tenue qu'il avait au cabinet : une chemise rayée noir et blanc, boutonnée jusqu'en haut, col et manchettes blancs. Il vint à la table de Semion et posa la main sur son épaule, manière de dire : *C'est mon ami, je peux lui toucher l'épaule.*

Il se pencha pour murmurer à l'oreille de Semion : « Allons à ton bureau. »

Dès qu'ils furent à l'étage, Jimmy sortit une fiole de sa poche. Il constitua un petit tas de poudre sur le bureau d'Isaak ; tas qu'il divisa en deux rails généreux, puis proposa à Semion un billet de cent dollars roulé. Lorsque les deux hommes eurent sniffé leur dose, Jimmy s'essuya le nez et adopta une posture d'avocat en pleine plaidoirie : les doigts écartés sur la poitrine, la tête droite.

« L'homme qui travaille pour moi est un ancien policier. Il est bon, il connaît la musique. Il a mené l'enquête sur ta nana : elle est clean, rien à signaler. Candy Hall-Garcia, née le 21 février 1988, résidant à San Francisco, exactement comme indiqué sur le permis.

— San Francisco ? » Vanya n'avait jamais mentionné la Californie. Son permis était sans doute faux. *À Miami*, avait-elle dit, *personne n'est ce qu'il prétend être.* « Et pour Vanya Rodriguez ?

— Aucune correspondance. Personne de son âge à Miami ou à San Francisco. Le désert, mon pote. Sur Candy non plus, on n'obtient pas énormément d'informations. Pas de compte Facebook, Twitter ou Instagram… On a déniché un article sur Internet, je dis bien un seul article, qui date de sept ou huit ans et concerne un lycée de Walnut Creek, en Californie. Crois-en mon expérience : une fille qui sort de nulle part, dont on ne trouve aucune trace sur la Toile… » Il secoua la tête.

« Quoi ? fit Semion.

— Par les temps qui courent, il faut se méfier de tels profils. »

Il ne la revit qu'au bout de deux jours. Elle lui avait raconté qu'elle vivait à Kendall et il devait passer la prendre dans la soirée. Il comptait bien voir sa maison, ne serait-ce que de l'extérieur, mais il avait reçu un texto au déjeuner : *Rejoins-moi plutôt dans la galerie commerciale de Calle Ocho. Ils ont des fringues démentes.*

Il l'avait donc récupérée à la galerie. « Dieu soit loué ! » s'exclama-t-elle en montant dans la Range Rover avec deux gros sacs de courses. « Il y avait tellement de choses intéressantes. Regarde, regarde ! » Elle agita devant lui ses ongles peinturlurés. « Je suis allée chez la manucure pour toi. » Elle se pencha pour qu'il l'embrasse sur la joue et s'adossa à son siège avec une mine espiègle. « Qu'est-ce qu'il y a ? Tu me regardes comme si j'étais fêlée.

— Tu es fêlée.

— Zut, démasquée ! Laisse-moi sortir d'ici ! » Elle fit mine d'ouvrir la portière, de taper contre la vitre. « Et toi ? Tu es fêlé aussi, non ? Où va-t-on ? Au McDonald's ? »

Il l'emmena effectivement dans un établissement populaire : El Palacio de Los Jugos. Son but : voir comment elle réagirait à un repas normal. Dès qu'il se gara sur le parking, elle lui empoigna le bras. « Non ! » Il crut d'abord qu'elle était terrorisée, mais ses yeux écarquillés exprimaient en vérité une joie authentique. « J'adore El Palacio. Comment as-tu deviné ? C'est mon restaurant préféré ! »

Ils mangèrent du foufou, du saumon grillé, du riz et des crevettes, ainsi qu'un poulet à la milanaise. Ils burent du jus de goyave et terminèrent leur repas par de la tarte. Vanya était au septième ciel. « Ça me rappelle le Brésil. Comment peux-tu me connaître aussi bien ?

— Un don naturel.

— Naturel ? » Il la vit hausser les sourcils. Une automobile klaxonna dans la rue, un enfant poussa un cri à la table voisine, mais Semion ne percevait que son visage, son divin, son merveilleux visage. Certains détails lui rappelaient sa grand-mère.

Quand ils remontèrent en voiture, elle posa les mains sur son ventre bombé. « Me voilà enceinte. »

La soirée n'était pas très avancée. Il lui fit les honneurs d'un autre club, appelé la Factory. Seuls des petits groupes d'employés monopolisaient les tables éparses. Les barmen se redressèrent à leur arrivée. Il avait choisi cet endroit parce qu'il savait qu'Isaak n'y mettait jamais les pieds. Après avoir commandé deux boissons, il conduisit Vanya dans une petite réserve sans fenêtre à l'arrière.

« Tu as envie de faire un truc dément ? lui demanda-t-il.

— Je suis fêlée, ne l'oublie pas.

— Tu veux sniffer de l'ecsta ?

— Qu'est-ce que… De l'ecsta ?

— Je prends ça pour un oui ? » Il retira de sa poche intérieure une fiole semblable à celle que Jimmy Congo avait utilisée l'avant-veille.

« Oui, dit-elle en piaffant. Ensuite on ira danser sur la piste, on parlera toute la nuit. Je t'aime, je t'aime, je t'aime. »

Il tapota la fiole au-dessus d'un bureau, se tâta les poches. « Tu as une carte d'identité pour faire les rails ? »

Une ombre passa sur le visage de la jeune femme. « Oui, bien sûr. » Elle ouvrit son sac, qui était celui qu'elle avait à l'appartement. Elle paraissait calme, songea Semion, mais silencieuse. Finalement, elle lui tendit son permis de conduire.

« Comme c'est mignon, susurra Semion, un œil sur le document plastifié. Candy Hall-Garcia. »

Vanya renifla, soupira, et lança après un instant de réflexion :

« De faux papiers. » Elle rougit légèrement, toisa Semion. « J'avais besoin d'une carte Verte. » Son accent avait complètement disparu. Semion sentit un frisson lui parcourir l'échine.

« Ha, ha, ha, se moqua Vanya avec un large sourire. Je t'ai bien eu ! » Puis de nouveau avec l'accent brésilien : « Tu aimes ma voix américaine ? »

Elle se frotta le menton et cligna des yeux, l'air songeur, avant d'entonner sans le moindre accent le célèbre tube de Coolio : *Keep spending most our lives living in the gangsta's paradise*… Son regard se posa sur la poudre étalée sur le bureau. « J'ai des talents d'actrice. » Elle avait repris la voix que Semion connaissait. « Comment tu trouves mes imitations ? »

Il les appréciait ; il les appréciait tellement qu'il en oublia ses réserves.

Ils prirent leur dose, sifflèrent leur boisson, puis il l'enlaça. Elle approcha les lèvres de son oreille. « Je vais te baiser toute la nuit. »

En temps normal, la MDMA n'avait pas d'effets aphrodisiaques sur lui, mais ce soir-là, il ne voulait pas attendre. Ce soir-là, les choses étaient différentes. Il la plaqua contre le bureau. Le goût de goyave, agrémenté d'une pointe de drogue, lui vint en bouche quand il l'embrassa. Il lui mordilla le cou, huma sa peau, ses cheveux. Elle haletait. Il passa la main sous sa jupe, caressa ses hanches. Mais lorsqu'il tenta d'ôter sa culotte, elle le repoussa, s'éventant le visage et prétextant qu'il leur fallait un autre verre.

Semion passa une soirée idéale. Elle lui fit découvrir des endroits inconnus, des troquets avec des terrasses ouvertes et de vieux messieurs assis en groupe. Ils y entraient ensemble. Semion avait le bras sur ses épaules, leurs flancs se touchaient. Il l'écoutait parler, admirait ses yeux quand elle se lançait dans un récit. Ils reprirent de l'ecsta, et même cette expérience lui parut nouvelle. Il avait l'impression d'être jeune.

Il lui raconta des blagues et rit aux siennes. Il n'éprouvait aucune tension, se sentait parfaitement décontracté. Les gens autour d'eux semblaient bienveillants. De gentilles personnes dans une gentille ville. Le temps s'accordait à son humeur. Une douce brise véhiculait des fragrances marines. Unique fausse note : Vanya vérifiait constamment l'heure.

Si Semion avait dû formuler une appréciation sur son parcours amoureux, il l'aurait qualifié d'incomplet. Ses relations sérieuses se comptaient sur les doigts d'une main. La femme qui lui avait le plus tenu à cœur était une Israélienne nommée Bina. Ils avaient vécu sous le même toit pendant deux ans et demi, après l'armée. Ses autres aventures n'avaient duré qu'un mois, une semaine, une nuit. « Tu es un lâche », lui avait dit Bina. Peut-être avait-elle raison. Les épreuves qu'il avait subies en tant qu'enfant, puis en tant qu'adolescent et en tant qu'homme avaient sûrement affecté son caractère. Lorsqu'il se contemplait dans la glace, son visage ne lui rappelait que des événements malheureux : son nez cassé par un gamin russe plus âgé que lui qui en voulait à son skateboard ; ses arcades sourcilières portant encore les stigmates des rixes de bistrot au lycée ; la cicatrice sur sa lèvre supérieure, résultat d'une bagarre avec un soldat de son régiment.

Alors pourquoi ressentait-il une telle exaltation en compagnie de Vanya ? Il avait envie de faire des choses nouvelles :

cuisiner, l'emmener dans des endroits merveilleux, voyager avec elle. Il voulait tout lui avouer et repartir à zéro. Une combinaison d'odeurs, de sons, d'images et de spiritualité agissait sur lui sans qu'il sache comment.

« Pourquoi me regardes-tu comme ça ? interrogea-t-elle.

— Aucune idée. » Il se pencha pour l'embrasser, geste d'affection qu'il ne pouvait s'empêcher de répéter encore et encore. Il lui sourit, mais elle eut un mouvement de recul. « Tu es fou. Allez, *bagacera*, viens ! » Elle frappa du poing sur la table. « Tu avais promis qu'on irait danser ! »

Elle l'emmena dans une discothèque brésilienne. En chemin, ils s'arrêtèrent pour sniffer un énième rail d'ecstasy, puis ils confièrent la Range Rover au voiturier.

Une petite foule de danseurs bougeait au rythme d'un alignement de batteurs sur scène. Elle l'attira sur la piste. Des Brésiliens lui souhaitèrent la bienvenue, sourire aux lèvres, pouce dressé. Il se sentait en confiance, riait, se trémoussait. Les percussions emplirent la salle. Tout était parfait.

La dernière image dont il se souvint fut celle de Vanya, debout dans la cuisine, les cheveux attachés en arrière, le front humide et les yeux noirs. Elle disait : « Je te prépare un autre verre. »

Douleur aiguë. Un mal de crâne tel que Semion n'en avait encore jamais connu. Pire qu'une gueule de bois. Il resta immobile un long moment, les yeux fermés, tentant de contenir la nausée. Il ressentait de la culpabilité, de la honte, et conservait le vague souvenir d'une pièce peuplée d'individus. Un rêve, peut-être. Il palpa son visage avec un faible gémissement. Que s'était-il passé, bon Dieu ?

Il essaya d'écarter les paupières mais même dans le noir, avec les volets clos, il faisait beaucoup trop clair pour lui. *Bordel.* Il tâtonna dans le lit, à la recherche de la fille. Rien. Sa main se posa sur une surface humide. Le matelas était mouillé. Il entrouvrit les yeux. Le lit semblait recouvert de peinture noire. *Qui a peint le lit en noir ?* Il se redressa, tendit la main vers la lampe de chevet et la lumière fut. Le noir devint rouge, la peinture se transforma en sang. Semion avait l'impression qu'on avait sacrifié un agneau sur sa couche. Il laissa échapper un cri, tomba au sol, fit plusieurs tentatives pour se relever, sans succès. La douleur dans sa tête était intolérable.

« Vanya ! » appela-t-il. *Merde, merde, merde.* Il finit par retrouver la position verticale. Le sol dansait sous ses pieds. Il chancela hors de la chambre. Le couloir nimbé d'une lumière aveuglante s'étirait devant lui. Il tituba jusqu'à la salle de bains, poussa la porte d'un geste prudent, comme s'il redoutait de voir ce qu'elle pouvait dissimuler.

Les lieux étaient propres, vides. Il avait vaguement espéré y trouver Vanya car, d'une façon improbable, il s'était persuadé que le sang sur le lit provenait des menstruations de la jeune femme. À présent, cette idée lui paraissait ridicule.

« Vanya ! »

Il baissa les yeux ; il était en sous-vêtements. Le liquide pourpre recouvrait sa jambe et son bras droits. Il leva la main, remua les doigts. On aurait dit qu'il les avait plongés dans un bain d'hémoglobine.

Il examina toutes les pièces de l'appartement sans détecter le moindre signe de violence, en dehors du sang sur le lit et sur lui. Le sac de Vanya avait disparu, ainsi que ses habits. Il regarda dans les placards, écarta les divans des murs. Elle s'était évaporée.

Il chercha des empreintes sanguinolentes au niveau de la porte d'entrée, en profita pour jeter un coup d'œil dans le couloir. Toujours rien. Il verrouilla la porte, mit la chaîne de sécurité. La céphalée continuait de le torturer. Un goût amer s'attardait dans sa bouche sans qu'il puisse en déterminer l'origine. Son ventre se contracta.

D'accord, se dit-il. *Respire*. Il ferma les yeux, s'obligeant au calme. *Procédons par étapes.*

Il retourna dans la chambre et alluma le plafonnier. Il y avait plus de sang qu'il ne l'avait cru de prime abord. Le liquide rouge avait coulé par terre. On constatait des éclaboussures sur le mur au-dessus de la tête de lit. Même le plafond, pourtant situé à trois mètres de hauteur, n'avait pas été épargné. Il se pencha pour renifler le liquide écarlate : pas d'erreur possible.

Il dénicha deux Xanax et quatre Advil dans la salle de bains, qu'il fit passer avec un verre d'eau. Ensuite, il prit son portable dans la poche de son pantalon et se rendit à la cuisine. *Réfléchis*, s'ordonna-t-il. *Ne fais rien sous le coup de l'impulsion.* Il tapa son mot de passe. L'horloge indiquait 11 h 14. Ni appel ni message pendant la nuit. Lui-même n'avait contacté personne depuis son rendez-vous avec Vanya la veille au soir.

Il envisagea de composer le numéro de la jeune femme. Sa tentative laisserait des traces dans les serveurs : la durée de l'appel, la localisation… Vanya et lui avaient déjà parlé au téléphone hier, alors il était de toute façon compromis. Ses mains transpiraient. *Inspirer par le nez, souffler par la bouche.* Qu'était-il arrivé ? Est-ce qu'un tueur s'était introduit chez lui, avait supprimé Vanya dans le lit avant d'emporter le corps ? Non, cela n'avait aucun sens. Mais rien, dans cette histoire, n'avait de sens. Il aurait pu aussi bien la tuer lui-même, puis contacter un tiers dans un état second pour qu'on le débarrasse de la dépouille… Mais son portable n'indiquait aucun appel. Peut-être qu'elle s'était blessée. Alors, elle avait pris ses affaires et mis les voiles. Mais la quantité d'hémoglobine était trop importante, sans compter qu'il n'y avait aucun signe d'hémorragie à l'extérieur de la chambre. Il fouilla dans sa mémoire, les yeux clos.

Une image s'imprima dans son esprit, à la limite du perceptible. Vanya avec un couteau. Un couteau en céramique. Il voyait son visage, elle riait.

Il s'approcha du comptoir, ouvrit l'un des placards. Six emplacements sur le râtelier, seulement cinq couteaux. *Bordel de merde.*

Il s'activa les méninges. Avant de passer la chercher en Range Rover, il l'avait appelée. Tous deux avaient conservé leur portable durant la soirée, et ils ne s'étaient pas quittés. Nul doute que les appareils avaient activé toutes les bornes sur leur passage. Il serait facile de retracer leur parcours dans Miami, jusque chez Semion. Pas question de contacter la police avec un matelas imbibé de sang et une femme disparue. Il se ferait coffrer aussi sec. *Je suis baisé*, se dit-il.

Il fallait nettoyer l'appartement. Il raconterait qu'ils s'étaient disputés en rentrant et qu'elle avait pris ses cliques et ses claques. Fin de l'histoire. Il ne l'avait pas revue depuis. Voilà la version à laquelle il se tiendrait.

Il devait essayer de la joindre. *Pourquoi un homme qui a assassiné sa petite copine prendrait la peine de lui téléphoner?* Il alluma son appareil, inspira profondément, et composa le numéro. Il tomba immédiatement sur le répondeur. « Bonjour, vous êtes sur le portable de Vanya Rodriguez. Laissez un message et je vous rappellerai dès que possible, bisous. » La joie dans la voix de la jeune femme le troubla. Il attendit le *bip*, puis : « Salut Vanya, comment ça va ? J'appelais juste pour vérifier que tu étais bien rentrée. Rappelle-moi, d'accord ? À plus, bye. » Il raccrocha.

Les Xanax commençaient à faire effet. Il but un second verre d'eau avant de se rendre à la salle de bains. Il ouvrit le robinet de la douche, entra dans la cabine. D'abord récurer les mains, puis les bras, les jambes. Regarder le sang dilué rosir le carrelage.

Il s'habilla comme pour aller à la salle de sport : pantalon de survêtement, sweat-shirt et baskets. Vérification sur son téléphone : aucune réponse. Au moment où il allait sortir, deux difficultés se présentèrent à lui : d'abord, il apparaîtrait sur les caméras de surveillance de l'immeuble sitôt qu'il mettrait le nez dehors, et ensuite, ces mêmes caméras avaient probablement enregistré une partie de ce qui s'était passé durant la nuit.

Il émergea de son appartement, marcha jusqu'à l'ascenseur. Une fois à l'intérieur, il appuya sur le vingt-huitième bouton : l'étage d'Isaak. Les portes se refermèrent. La caméra disposée dans le coin supérieur de la cabine enregistra la présence d'un individu parfaitement immobile. *Ding.* Il sortit de l'ascenseur, se dirigea vers l'appartement de son ami, conscient de la caméra placée dans le couloir. Il pressa la sonnette.

La porte s'ouvrit presque immédiatement. Isaak, tout à fait reposé, douché et rasé de frais, ouvrit la bouche pour parler mais s'interrompit aussitôt. Semion vit le sourire sur ses lèvres se métamorphoser en crispation d'inquiétude.

« Qu'est-ce qui t'arrive ? fit Isaak en anglais. Tu as l'air d'un déterré. »

Semion commença à pleurer dès qu'il entra. Il ne put s'en empêcher. Il s'assit sur le divan et, l'instant d'après, Isaak le réconfortait, une main sur l'épaule. Il lui demanda ce qui n'allait pas.

Semion se ressaisit. « Un truc horrible. C'est la merde. J'ignore encore comment une telle catastrophe a pu se produire.

— Calme-toi, mon ami. Raconte-moi ce qui s'est passé depuis le début.

— La fille… La Brésilienne, Vanya. On s'est vus la nuit dernière, je l'ai ramenée à la maison. On était tellement déchirés que je me suis évanoui. Quand je me suis réveillé ce matin, le lit… » Il marqua une pause, prit une grande inspiration avant de poursuivre son récit : « Le lit était couvert de sang, putain. Il y en avait partout : sur les draps, sur la couverture, partout. Et elle n'était plus là. Disparue sans laisser de trace.

— Qu'est-ce que tu as foutu ? » Les mots d'Isaak sonnaient comme une accusation. Semion sentit son cœur s'emballer.

« Rien, c'est ce que je me tue à t'expliquer. Je n'ai rien fait.

Elle n'est plus là et ma chambre… On dirait un champ de bataille.

— Où est-elle ?

— Aucune idée. Je ne l'ai pas touchée. Elle est partie, c'est tout. »

Isaak prit place sur un fauteuil à côté du divan. Il paraissait très inquiet.

« Qu'est-ce que tu sais d'elle ? interrogea Semion.

— Pas grand-chose, je te le répète. On s'est rencontrés au club. Juste une fois. »

Semion ferma les yeux. *Pourquoi ai-je quitté Israël ?* « Je suis dans la merde. »

Isaak se redressa comme s'il venait de trouver une solution. « L'immeuble est équipé de caméras.

— Crois-moi, j'y ai déjà pensé.

— On doit voir les enregistrements. »

Le bureau du responsable se situait au rez-de-chaussée, derrière la réception. Durant la journée, un Américain très imbu de sa personne occupait le poste. Il passait des heures sur son téléphone, à réactualiser son profil Twitter, tandis que les prises de vues, issues des centaines de caméras disséminées dans les quarante-six étages de la tour, s'enchaînaient sur deux moniteurs placés devant lui. Les disques étaient effacés tous les mois. Semion et Isaak, en hommes avisés, s'étaient amplement renseignés sur les mesures de sécurité avant d'emménager dans l'immeuble. On leur avait tout montré, et ils avaient eu droit à un long exposé sur les procédures en cours.

« Tu as raison, approuva Semion. Mais comment faire ?

— On se débrouillera, répondit Isaak. Quelle tuile! Montre-moi ta chambre.

— Si tu viens chez moi, on te verra sur les écrans.

— Tu as des ennuis, mon ami. Hors de question que je te laisse tomber. Allons-y. »

Ils empruntèrent l'ascenseur pour monter au trente et unième. Aucun d'eux ne parla. Et quand ils furent dans l'appartement, Isaak examina en silence les murs et le parquet, puis se dirigea vers la chambre. Il eut un mouvement de recul en voyant le lit.

« Merde! C'est quoi, cette horreur? »

Semion eut honte de lui-même. *Je n'ai rien fait.*

Isaak se boucha le nez. « Bonjour l'odeur! »

Semion désigna les taches au plafond. Ils parcoururent toutes les pièces plusieurs fois. Semion renonça à prévenir son ami du couteau manquant. Il précisa en revanche que les vêtements et le sac de Vanya avaient disparu, qu'il avait vérifié son téléphone et que personne n'avait appelé durant la nuit. Quand Isaak lui posa la question, il admit qu'il avait laissé un message à la jeune femme dans la matinée, tout en précisant qu'il était resté calme.

Isaak s'assit sur le canapé, les jambes étirées, les mains derrière la tête à la façon d'un homme perdu dans ses pensées. Il demeura silencieux pendant une trentaine de secondes et soudain, comme pour lui-même : « Pas de corps. Pas de sang en dehors de la chambre. Ce n'est pas une critique, mais si tu ne te souviens de rien et si tu n'as pas tué la fille... » Il leva la main pour empêcher Semion de protester. « ... Si tu n'as pas tué la fille, alors on t'a piégé. Quelqu'un va te contacter. Désolé de te casser le moral, mais la Brésilienne est sûrement dans le coup. »

Semion avait déjà songé à cette possibilité. « Sale petite garce ! »

Ils passèrent le reste de la matinée à tout nettoyer. Les draps, les couvertures, l'alaise, les taies d'oreiller ainsi qu'un coussin taché partirent à la poubelle. Le matelas avait été curieusement épargné par le carnage. Ils lessivèrent les murs et le sol. Le plafond attendrait.

« Deux types balaises, le visage dissimulé par des casquettes. Couleur de peau indéterminée, mais je dirais que ce sont des Blancs. Ils vont jusqu'à chez toi, frappent à la porte. On leur ouvre, ils entrent. Cinquante minutes plus tard, ils sortent les bras chargés d'un gros sac, qu'ils transportent jusqu'à l'ascenseur. Ça s'arrête là. Ils s'en vont. »

Les deux amis étaient assis dans le salon d'Isaak. Celui-ci avait payé le chef de la sécurité pour qu'il le laisse une heure dans la salle de visionnage. Mille dollars pouvaient acheter bien des choses, avait-il déclaré au moment de descendre à la réception.

Le responsable avait posé le mode d'emploi du Toshiba X400 sur la table avant de le laisser seul.

« Il y a même une caméra dans le bureau, disait Isaak. J'ai raconté que je voulais voir mon propre palier.

— Deux hommes ?

— On ne peut rien effacer, tout est verrouillé. Mais les disques seront réutilisés dans trente jours. Il suffit de patienter. »

Semion en venait à douter qu'Isaak ait réellement vu deux

hommes devant chez lui. Il scruta les traits de son ami, essayant d'y déceler la preuve d'un mensonge. *Petit enfoiré*, rumina-t-il.

Comme s'il devinait le scepticisme de son camarade, Isaak prit son portable, ouvrit un fichier et tendit l'appareil à Semion. Leurs doigts se touchèrent. La main d'Isaak était sèche comme du papier de verre. *Cet homme a de la glace dans les veines*, se dit Semion. Il baissa les yeux sur l'écran : son ami avait pris une vidéo du moniteur, où l'on apercevait deux hommes qui marchaient dans un couloir. Ils s'arrêtaient en effet devant une porte, frappaient et entraient. Semion ne pouvait distinguer leur visage, la vidéo était de mauvaise qualité, le cadrage tremblait. Le film s'interrompit dès que le duo eut disparu dans l'appartement.

« C'est tout ?

— Vidéo suivante. »

Semion rendit l'appareil à son camarade. Isaak ouvrit le deuxième fichier. « Quarante-neuf minutes plus tard. »

La porte de l'appartement s'ouvrit, laissant passer les deux hommes chargés d'un sac volumineux et lourd. Ils marchèrent jusqu'à l'ascenseur, et on ne les vit plus.

« Le corps est sûrement dans le sac, conjectura Isaak.

— Bon, soupira Semion. Alors, on attend. »

La prise de contact eut lieu le lendemain matin. Semion dormait profondément lorsque le téléphone bourdonna. Il mit quelques secondes à recouvrer ses esprits. L'écran indiquait : *Numéro inconnu.*

« Allô ?

— Écoute, youpin, on sait que tu l'as tuée. » Semion se

maudit intérieurement : l'appel n'était pas enregistré. La voix semblait filtrée ; trop grave pour être authentique. « On sait où tu l'as enterrée. Tu as laissé un couteau avec le corps. » Semion avait l'impression que son interlocuteur lisait un texte. « Tes empreintes sont sur le manche et on a des photos de toi au lit avec la fille. Des photos de toi armé du couteau. Et des photos de la fille morte et tailladée. Des preuves indiscutables, tu comprends ?

— Oui.

— Rassemble deux cent cinquante mille dollars en liquide. »

Semion faillit sourire. Le montant paraissait dérisoire. Il s'était préparé à ce qu'on lui réclame au moins dix millions. « Je ne peux pas trouver une somme pareille, mentit-il.

— Oh si, tu peux. On te rappellera. Ne dis rien à la police, on te surveille. »

Silence au bout du fil. Semion pensa qu'on avait mis un terme à l'échange, mais il jeta un coup d'œil à l'écran et vit que la communication se poursuivait. « Tu te crois malin alors que tu ne l'es pas », conclut la voix. À la suite de quoi l'appel prit vraiment fin.

Semion resta assis un moment. Le tout était de garder la tête froide. Il songea à envoyer un texto à Isaak pendant que les détails de la conversation étaient frais dans son esprit, mais craignit aussitôt de laisser des traces compromettantes. Il se rendit à la cuisine, dénicha un morceau de papier et un stylo, et inscrivit les mots suivants : *youpin*, *couteau*, *photo*, *lit*, *voix grave*, *250.* Après un moment de réflexion, il ajouta : *empreintes*, *corps*, *rassembler* et *pas malin.*

La faiblesse de la somme continuait de le tracasser. Il

devait bien admettre que, jusqu'à ce coup de téléphone, il soupçonnait Isaak. Un chiffre aussi dérisoire le rayait de la liste des suspects. Comment avait-il pu envisager la culpabilité de son ami ? Quelle idée saugrenue ! Il songea à la fille. Que celle-ci soit effectivement morte lui paraissait inconcevable. La vidéo des deux hommes avec le sac ne prouvait rien, et le sang dans la chambre pouvait aussi bien appartenir à un cochon, un veau ou un chien.

Si la Brésilienne vivait toujours, elle était sans doute complice du chantage. Cette connivence s'avérait plus douloureuse que la tentative d'extorsion elle-même. Le désarroi de Semion s'accrut. *Je vais être de plus en plus seul, et puis je mourrai.* Une brève crise d'angoisse le tétanisa.

Il résolut finalement de descendre chez Isaak.

Quand il eut terminé son histoire, Isaak secoua la tête avec un sourire. « Ils ignorent à qui ils ont affaire.

— Ils nous prennent pour des gérants de boîtes de nuit.

— Deux cent cinquante mille dollars.

— Est-ce qu'on paye ?

— Rien que le coffre de Ground Zero contient davantage. »

Ils méditèrent un moment sur les différents aspects du problème puis Isaak, soudain, se frappa le front du plat de la main. Ce geste, qui aurait pu être celui d'une personne se souvenant brusquement d'un détail capital, parut terriblement emprunté à Semion.

« M. Hong est passé la nuit dernière. »

Le cœur de Semion s'affola. M. Hong ! Leur dernière rencontre datait d'à peine quinze jours. Une deuxième visite, aussi rapprochée, ne relevait pas seulement de l'inhabituel, mais de l'inédit. Sans parler de la procédure qui voulait que l'Asiatique prenne contact directement avec lui, et avec personne d'autre. Semion ne se rappelait pas qu'Isaak ait jamais adressé la parole à l'intermédiaire. *Et maintenant, vous vous parlez ?*

« Qu'est-ce qu'il voulait ?

— Aucune idée. Il ne m'a rien dit. Il voulait te voir. Je pensais que tu passerais dans la soirée.

— Merde. Pourquoi me recontacter si tôt ?

— Je peux lui dire que tu es malade. »

Semion fixa son ami. Qu'est-ce que c'était que ce cinéma ? Et puis, comment Isaak avait-il pu omettre de lui signaler une visite de cette importance ? Il aurait dû l'avertir immédiatement, Semion aurait été là en un quart d'heure. Il avait le cœur au bord des lèvres.

« Je le verrai demain », lâcha-t-il d'un ton badin.

De retour à son appartement, il se lava, se rasa et enfila un costume noir de chez Caraceni. Son reflet dans la glace lui renvoya pour la millième fois l'image d'un homme défait qu'aucun costume sur mesure ne pourrait réhabiliter. Ses traits épais, sans grâce, suintaient la tristesse même lorsqu'il était heureux. Et quand il ne l'était pas, son apparence était encore plus lamentable. Il coiffa ses cheveux en arrière. *Est-ce que je deviens comme mon père ?* Quelques gouttes d'eau de Cologne sur le bout des doigts, il se tapota le cou. *Au moins, je sentirai bon.*

Il se prépara une vodka-orange dans la cuisine. Son premier verre depuis la disparition de Vanya. Il se tenait à l'endroit exact où elle lui avait préparé sa dernière boisson, la veille au soir. Il sirota son breuvage, laissant les souvenirs défiler. La solitude l'accabla un peu plus.

Je te prépare un autre verre, avait-elle dit.

Le goût affreux dans sa bouche lui revenait, ainsi que l'étrange odeur, quand il avait fouillé son sac.

Le sang sur le lit.

Salut, enfoiré! Voilà comment elle s'était adressée à Isaak dans la discothèque. Il ferma les yeux et tenta de se rappeler comment Isaak avait répondu. Il était en train de regarder son téléphone. Il avait levé la tête et : *Oh, merde!*

Oh, merde, effectivement.

Ground Zero. Il était tôt. La faune de la discothèque semblait plus jeune qu'à l'accoutumée. Les gens que Semion croisait lui adressaient des signes de tête bienveillants, lui souriaient tandis qu'il avançait sous les spots rouges. Il se sentait malgré tout cerné. Le DJ passait une house music écœurante. *Let yourself be free, let yourself be free...* « Libère-toi, lâche-toi » ; quelle ironie!

Il trouva Isaak à leur endroit habituel : une table du fond, dans un coin reculé de l'établissement. Il s'amusait en compagnie de Jimmy Congo et d'un groupe de femmes que Semion ne connaissait pas, occupées à discuter avec leurs mains en porte-voix. Isaak se leva, tout sourire, les bras écartés pour une embrassade. Ils échangèrent une accolade maladroite. Semion était mortifié : il avait l'impression qu'on le félicitait à un enterrement.

« La forme », chuchota Isaak à son oreille. S'agissait-il d'un compliment ou d'une injonction ? Jimmy Congo afficha un sourire factice. *Check*. Leurs poings s'entrechoquèrent. Les femmes souriaient également, leurs yeux papillotaient. La nuit allait être longue.

Il s'installa dos au mur, les yeux posés sur la foule. Il réalisa presque aussitôt qu'il cherchait Vanya et fit de son mieux pour éloigner cette idée de son esprit. Il y avait environ deux cents personnes, assemblées par groupes et bougeant leurs épaules en un balancement de primate raccord avec la musique. Elles s'alignaient au bar comme une procession de fourmis. Les lumières donnaient l'impression qu'elles appartenaient à un film fauché des années 1990. Une sueur glacée perlait au front de Semion.

Isaak commanda une nouvelle tournée puis se pencha à l'oreille de son camarade. « Il est déjà passé. Je lui ai demandé de revenir. »

Savoir qu'Isaak et M. Hong se parlaient perturbait toujours Semion. Il s'exprima en hébreu : « Il a dit ce qu'il voulait ? »

Isaak fit non de la tête, puis il baissa les yeux sur son poing fermé. Quand il l'ouvrit, un petit sachet de MDMA apparut dans sa paume. « Prends-le. Tu ressembles à un Arabe. »

Semion s'empara du sachet. Quand on servit les boissons, il versa la poudre dans la sienne, mélangea avec une paille à cocktail, et but le tout sans ciller. Il avait pris tellement d'ecsta ces dernières années que c'était comme siroter son café : un simple remontant.

Il était prêt à saisir la moindre occasion pour échapper à ses pensées sinistres. Une bonne défonce ferait l'affaire. Si Isaak lui avait proposé une seringue remplie d'héroïne, il aurait illico remonté sa manche de chemise.

Son regard s'attarda sur les filles attablées en leur compagnie. Une étrange timidité l'envahit. Il resta avec le groupe le temps de quelques chansons, les épaules crispées, le visage aussi tendu qu'un masque. La musique semblait s'améliorer. Il demanda à Isaak d'aller lui chercher une bouteille de vodka et celui-ci, content de rendre service, s'éloigna jusqu'au bar. Semion sentait sa tête bouger en rythme. *Boum, boum, boum*… Il commençait à se détendre. Ses mains étaient moites de transpiration.

« Ne t'inquiète pas, mon ami, déclara Isaak en revenant. Une de perdue, dix de retrouvées. » Il posa une main brûlante sur l'épaule de Semion, et l'y laissa.

La drogue fit son office, une montée rapide et intense. Semion ferma les yeux, prit une grande inspiration, et les rouvrit sur un monde entièrement nouveau. Isaak l'observait. Semion tourna la tête vers les filles. Chacune d'elles paraissait brusquement unique, nantie de sa propre identité, de sa propre histoire, et non pas seulement de caractéristiques génétiques particulières. Rien à voir avec les enveloppes féminines indistinctes qu'il avait rencontrées à son arrivée. Il avait envie de leur parler, de savoir comment elles avaient abouti à cet endroit. Elles venaient d'ailleurs, comme lui. L'espace d'un instant, Vanya reparut dans son esprit, pour plonger aussitôt dans le néant. Jimmy Congo lui souriait, dodelinait du chef en mesure. Les fourmis et les singes qui peuplaient l'établissement devinrent une assemblée courtoise d'êtres exquis. Miami incarnait le centre de l'univers, où chaque détail avait une signification.

Le DJ avait trouvé le bon rythme. À présent, la musique adoptait une cadence tropicale. Tam-tams et basse. L'idéal pour Miami et pour Ground Zero. L'homme qui passait les disques était un génie ; il œuvrait au sommet de son art et méritait le plus grand respect. Consacrer son existence à la musique, quoi de plus noble ? *Je devrais me trouver une occupation*, médita Semion. Il jeta un nouveau coup d'œil aux créatures attablées avec eux. L'une d'elles eut un sourire grave. Jolie fille, quoiqu'un peu austère. Il se passa la main dans les cheveux. Comme il se sentait en confiance, il se rendit sur la piste de danse, bougea paresseusement mais de manière fluide et naturelle. Il vit Isaak, toujours attablé, qui se penchait vers l'une des filles. Un homme bien, cet Isaak. *Comment ai-je pu douter de lui ?* Ils avaient surmonté tellement d'épreuves ensemble. Maintenant, ils étaient là où ils devaient être : à Ground Zero, Miami, États-Unis. On ne vivait qu'une fois, il fallait en profiter.

« Enfin je te retrouve, dit Isaak en rejoignant Semion. Tu avais juste besoin d'un *mojo* dans ton calcif. Regarde-toi. » Il parlait comme un Noir quand il planait. Semion prit une gorgée du verre qu'il tenait à la main. Une boisson d'hommes. Quand il revint à table, fermement planté sur ses jambes, il échangea un sourire avec la fille sérieuse. Deux étrangers sachant reconnaître l'originalité de l'autre. Il se retint de justesse de lui prendre la main.

« Notre club, fanfaronna Isaak en embrassant la discothèque du regard. Notre foyer. » Semion approuva. *Oui, nous avons donné naissance à cet endroit*. Il avait chaud. Après avoir retiré sa veste, après l'avoir pliée et mise sur le siège, il ferma les yeux, concentré sur la musique. L'image du lit – éclaboussures rouges sur draps blancs – surgit dans son esprit un bref instant, puis disparut. Isaak lui tapota le bras. Il se sentait raide défoncé. Ses paupières s'écartèrent, il inclina la tête et vit son ami désigner l'entrée du club. M. Hong.

« Le voilà, fit Isaak. Va lui parler. »

Cette invitation éveilla aussitôt la méfiance de Semion. *Va lui parler.* Il leva le bras pour signaler sa présence à l'Asiatique, mais celui-ci ne le remarqua pas. Isaak mit sa main dans le dos de Semion, le poussa doucement en avant. Un dernier regard en direction de la fille sérieuse, un léger signe pour lui indiquer qu'il reviendrait, et il s'enfonça dans la foule. Certains visages lui étaient familiers. Aucune antipathie, aucune malveillance. Il en serra cinq à un type qu'il connaissait. Le flot des danseurs s'ouvrit sur son passage. Il rejoignit M. Hong en deux temps trois mouvements.

Celui-ci portait un sweat-shirt blanc, un treillis kaki et des chaussures blanches. Un timide sourire se peignit sur ses traits. S'agissait-il d'un sourire coupable ? Avait-il quelque chose à se faire pardonner ? Semion essuya la transpiration sur son front.

Il avança pour saluer Hong.

Celui-ci mit deux mains amicales sur celle que Semion lui tendait. La peau de ce bon vieil Asiatique était chaude et sèche.

« Où étais-tu passé ?

— Ici, dit Semion. Tu veux un verre ? »

L'Asiatique secoua la tête, les yeux étrécis. Il dut forcer sur sa voix pour se faire entendre. « On a un petit problème. »

Le terme « petit problème » se détacha un instant dans l'esprit de l'Israélite. En effet, il y avait un petit problème, mais comment Hong était-il donc au courant ? « Pardon ?

— On peut parler dans un endroit discret ? »

Les tympans de Semion se mirent à siffler. « Parler ? » Le mot sortit de sa bouche avec une inflexion curieuse : l'équivalent d'un rot mélangé à un bâillement.

Il accompagna l'intermédiaire à une table du fond, jetant un coup d'œil par-dessus son épaule. Il voulait vérifier si Isaak les observait, mais les danseurs lui bouchaient la vue.

Au moment où ils s'assirent, Semion remarqua la montre et les bagues en or de son interlocuteur. Hong portait beau, il fallait le concéder. Leurs regards se croisèrent. Les yeux de l'Asiatique n'exprimaient rien.

« Comme je te le disais, on a un petit problème. Enfin, vos associés ont un petit problème. Ce n'est peut-être pas une mauvaise chose pour vous. »

Semion ne voyait pas de quoi Hong parlait. Il essaya d'assembler les termes en une phrase correcte, mais la signification du message continuait de lui échapper. Son visage trahissait une certaine confusion, il le savait bien.

« Les Birmans vont avoir besoin de ton aide. » *Les Birmans ? Mon aide ?* « Pas grand-chose, rassure-toi. »

Semion laissa dériver ses pensées. Il n'avait pas été aussi défoncé depuis longtemps. Qu'est-ce qu'Isaak lui avait refilé au juste ? Au milieu de la piste de danse, tout le monde s'agitait sur le même morceau.

Hong interrompit ses rêveries : « Tu veux que je te raconte une histoire ? » Et comme Semion acquiesçait, il embraya : « Quand j'étais enfant, en Chine, j'avais un ami qui vendait du riz volé. Il transportait ses cargaisons en camion jusqu'à Shanghai. Un échange de bons procédés, avec la corruption au sein de la commune populaire. Il faisait ce qu'il pouvait pour aider ses parents, tu vois ? »

Semion marqua de nouveau son approbation. Il n'avait aucune idée de ce que racontait cet homme.

« Mon ami a été bien embêté quand notre patron lui a demandé d'augmenter ses prix pour vendre son propre riz moins cher. Je ne sais pas si tu comprends. »

Non, Semion ne comprenait pas. *Les Birmans voulaient du riz ?* « Désolé, j'ai du mal à suivre. »

L'Asiatique pointa le doigt sur Semion. « Tu es juif, non ? Moi, je suis chinois. Et eux… » Il orienta son pouce vers le mur. « … Ils sont birmans, c'est plus clair comme ça ? » Semion était perdu. « Nous travaillons tous ensemble, nous formons les maillons d'une chaîne. » Hong indiqua sa poitrine puis celle de Semion, comme si un lien unissait leurs cœurs respectifs. *Une chaîne, d'accord.*

M. Hong s'adossa à sa chaise, dans la posture d'un maître d'école qui évalue les capacités intellectuelles de l'un de ses élèves. Il s'essuya le bord des lèvres et poursuivit sa démonstration : « Mon ami, le vendeur de riz, était quelqu'un de très malin. Il a dit à notre patron : "Je continue à vendre mon riz, et je vends le vôtre en même temps." » Hong se pencha en avant. « Ils ont mis ce partenariat en place et tout le monde a été content. De l'argent pour lui, de l'argent pour eux. Un bon marché pour les deux parties.

— Excuse-moi, Hong, mais qu'essayes-tu de me dire, exactement ? »

L'intermédiaire étudia le visage de Semion. « Les Birmans ont perdu l'un de leurs itinéraires d'approvisionnement. » Il se frotta les mains « Ils veulent savoir si tu es disposé à leur rendre service.

— Que s'est-il passé ?

— C'est une longue histoire. Fluctuations de marché, fermetures de ports... Comme ils remanient leur organisation, ils souhaitent se focaliser sur les gros acheteurs. Il leur faut des partenaires plus importants, tu vois où je veux en venir ? »

Non, Semion ne voyait toujours pas. La drogue l'avait complètement dévasté.

« Ils veulent que tu achètes davantage, précisa Hong.

— Combien ?

— Une certaine quantité.

— Ce n'est peut-être pas le meilleur moment pour en discuter.

— Écoute, les gens pour qui je travaille m'ont déconseillé de te proposer l'affaire. Ils ont dit : "Il nous faut un meilleur associé." Et moi, j'ai répondu : "Non, attendez, ce sont des gens très bien, je les connais, ces Israéliens. Donnez-leur une chance." Eux : "Augmente les prix." Moi : "Non, ils sont sûrs. Gardons les mêmes prix, les mêmes conditions." Eux : "Ils achètent trop peu." Moi : "Je leur demanderai de vous en prendre plus. Ils seront à la hauteur, vous verrez." Je me suis porté garant pour vous. »

Les mots n'avaient aucun effet sur Semion, il n'en comprenait pas le sens. « Je ne sais pas.

— Certes. Mais encore ? »

Semion considéra l'Asiatique. *Comment pouvait-on lui refuser quelque chose ?* Il s'épongea le visage, se redressa. « Tu me conseilles d'acheter plus ?

— Tout à fait.

— Combien ?

— Une broutille. Dix fois le volume initial. J'ai réussi à conserver un tarif identique, parce que c'est toi. »

Ce changement de catégorie correspondait exactement à ce pour quoi militait Isaak, se dit-il. Mais son esprit saturé de produits chimiques excluait de lui en tenir rigueur. Il évalua les différents paramètres, anticipant les prochaines étapes.

« Tarif identique ?

— Exact.

— Ça ne fonctionne pas ainsi.

— Dans le cas qui nous occupe, si.

— Quand on en prend plus, on paye moins. »

L'Asiatique eut un geste de dénégation.

« Je vais réfléchir, trancha Semion. Tu n'as pas idée des soucis que je me coltine en ce moment.

— Malheureusement, cette offre ne tient que deux jours.

— Et si on décline ?

— Tu veux mon conseil ? Ne songe pas aux difficultés que ton nouveau statut va entraîner, mais plutôt aux problèmes qu'il va résoudre. »

À partir de là, la soirée vira au cauchemar. Il retrouva Isaak complètement défoncé ; beaucoup trop par rapport à d'habitude. Avait-il fumé de la meth ? Il transpirait, ses yeux s'égaraient. Quand Semion lui fit part de la proposition de M. Hong, Isaak leva les mains au ciel, un sourire de fou furieux aux lèvres. « On ne peut rien y faire, sinon fêter ça ! » La musique pulsait et pulsait encore.

Semion lui-même n'était pas vraiment lucide, mais il ressemblait à un modèle d'abstinence à côté de son ami. Il voulait aller au bureau, régler l'affaire au calme, seulement Isaak n'avait qu'une idée en tête : danser. Il n'arrêtait pas de se trémousser auprès de Semion, un rictus d'adolescent en rut sur la face. Lorsque Semion tenta de mettre un terme à ces singeries, l'autre changea de stratégie : il poussa son camarade dans les bras de la fille sérieuse. La dernière chose dont Semion avait envie, c'était d'une partie de jambes en l'air.

Jimmy Congo était lui aussi en plein trip. Il s'escrimait à sautiller en rythme devant son ami, essayant de capter son regard. Semion ne comprenait pas leur agressivité. Il finit par abandonner et se faufila hors de la discothèque sans dire au revoir.

Comme il ne voulait pas rentrer chez lui, il se gara à quelques pâtés de maisons de la boîte de nuit, baissa le dossier du siège et ouvrit la vitre pour contempler les étoiles. Le silence lui fit du bien. Il ressentait encore les effets de la drogue, mais d'une façon différente. Son esprit vagabondait : il se souvint d'une partie de football dans une ruelle d'Ashdod. Les gamins avec lesquels il jouait – des immigrés russes, comme lui – dribblaient avec une telle grâce que l'équipe se surpassa. Le temps ralentit. Cette vision fut interrompue par celle de M. Hong, mimant une chaîne, un lien indéfectible entre eux, puis Isaak apparut, le visage en sueur et les bras au ciel. *On ne peut rien y faire.*

Il se souvint également qu'Isaak avait toujours désiré accroître le volume des commandes. Tous les six mois, il évoquait cette possibilité. Il avait même suggéré de s'adresser à d'autres distributeurs, en plus de la Philippine à San Francisco. Semion lui rappelait alors l'histoire de Schmuel

Teper, poussé sous un bus de Tel-Aviv. La discrétion demeurait la meilleure garantie de pérennité. Cela n'avait rien à voir avec une quelconque superstition : il était intimement persuadé que de plus gros achats entraînaient de plus gros problèmes. Le secret de la survie résidait dans la modestie. Dès que l'on gagnait trop, on se faisait remarquer.

Merde, pensa Semion, *Isaak peut à présent obtenir ce qu'il veut.*

Le sentiment dépressif qui l'accabla le lendemain au réveil n'avait rien de nouveau. Il était dû au brusque déficit d'endorphines. Semion se sentait vieux, déraciné, prisonnier. Il leva la tête au prix d'un effort considérable et parcourut la chambre du regard. La pièce était propre et blanche. Normale.

Ne songe pas aux difficultés que ton nouveau statut va entraîner, mais plutôt aux problèmes qu'il va résoudre, avait dit Hong. Les pensées de Semion jouaient au flipper dans sa caboche. Ses mains devinrent moites. *Saloperie.*

Il s'habilla. *Les problèmes qu'il va résoudre.* Après s'être brossé les dents, il s'installa sur le canapé, se leva aussitôt, arpenta le salon… Chaque geste consistait à retarder le moment où il descendrait chez Isaak et où ils devraient prendre une décision. Il allait se réveiller. Tout cela ne pouvait pas être vrai.

Je n'ai pas de problème, se dit Semion.

Deux minutes plus tard, il frappait à la porte du vingt-huitième. Son ami apparut, la figure pâle, l'œil cave. Semion avança pour entrer, mais celui-ci lui barra le passage. « J'ai quelqu'un à la maison. »

Semion cligna des yeux, tétanisé. *M. Hong? Vanya?*

« Une fille, précisa Isaak en se passant la main sur le visage. Attends une minute. »

Il ferma la porte. Semion fut obligé de patienter debout dans le couloir. Ses pieds lui faisaient mal. Enfin, la porte se rouvrit. La fille sérieuse sortit en trébuchant. Elle jeta un regard noir à Semion et s'éloigna dans le couloir d'une démarche chancelante.

« Désolé, s'excusa Isaak. Entre. »

Semion s'exécuta. Il alla se planter devant la fenêtre du salon, qui donnait sur la marina, puis se tourna vers son camarade.

L'expression d'Isaak s'apparentait à celle d'un homme résigné à entendre des arguments qu'il connaît par cœur.

« Que se passe-t-il ? demanda-t-il en hébreu.

— M. Hong. Les Birmans veulent nous forcer à décupler les achats. » Il étudia la réaction de son ami.

Isaak baissa les yeux, puis revint à Semion. « Oui, tu m'en as parlé hier soir. Et alors ? C'est une bonne nouvelle, non ? Avec dix fois plus de came, on partira à la retraite dix fois plus tôt. »

Semion s'essuya les mains sur son pantalon. Ses traits se crispèrent. « C'est une bonne nouvelle si la proposition vient de nous. Ce qui n'est pas le cas.

— On multipliera les bénéfices.

— On gagne déjà assez, on ne manque de rien. Acheter à Untel, revendre à quelqu'un d'autre… À ce rythme, on a suffisamment de pognon pour vivre comme des rois. Tu peux me croire parce que je suis déjà passé par là : en devenant trop gourmands, on va attirer l'attention. Les gangs, la police vont s'intéresser à nos petites combines. Finalement, on perdra tout. » Il se pencha vers Isaak. « On ne tient pas une épicerie. Il ne s'agit pas d'ouvrir plus de boîtes, de rafler tous les jetons sur la table… Sur ce coup-là, fais-moi confiance.

— J'ai déjà entendu cette histoire un millier de fois. Et pour la millième fois, je suis d'accord avec toi. Mais si Hong nous demande de passer à la vitesse supérieure, quel choix avons-nous ?

— Il a tué Vanya, mon vieux. Peut-être même qu'il l'avait engagée. Quoi qu'il en soit, il tire les ficelles. »

Isaak resta pantois. « Qu'est-ce que tu racontes ? Tu es devenu fou ?

— La nuit dernière, Hong m'a dit : "Songe aux problèmes que ton nouveau statut va résoudre." Tu piges ? Quels problèmes, hein ? Quels problèmes ai-je en ce moment ?

— Tu es parano.

— Ah bon ? Alors qui ? Dis-moi qui s'est introduit chez moi. » Il plaqua la main sur sa poitrine. Son visage s'empourprait, il en avait conscience. Sa respiration devenait laborieuse.

Isaak haussa les épaules.

Sale petite anguille, songea Semion en regardant son camarade. *C'était exactement ce dont tu rêvais depuis longtemps*. Il s'obligea à conserver son calme. « Alors on accepte ? Je leur réponds : "Oui, venez chez moi tuer une fille pour me faire chanter" ? Ensuite, il se passe quoi ? Chacun retourne à ses affaires ? Bien sûr, pas de souci. » Il secoua la tête. « Ni toi ni moi ne voulons cela, Isaak. Nous n'avons pas envie de devenir des barons. On essaye juste de gagner notre beurre, de vivre correctement. » Isaak paraissait gêné. Semion poursuivit : « Je vais refuser. Je dirai à Hong qu'on ne marche pas.

— Et qu'est-ce qui va se passer ? On perdra ce plan, ou pire. Réfléchis, mon ami, je t'en prie. On ne sait même pas si Hong est mêlé à toute cette histoire.

— On changera de fournisseur. On s'adressera à quelqu'un d'autre, le monde est vaste. La Philippine continuera à nous acheter la marchandise. »

Isaak détourna les yeux. « Je ne sais pas si c'est une bonne idée. Les Birmans n'ont rien à voir avec les envapés qu'on connaissait en Belgique ; ils ne plaisantent pas, Semion. Ils sont affiliés à l'armée.

— Nous aussi.

— Merde. »

Semion devait produire des efforts considérables pour ne pas s'énerver. « Écoute, il faut découvrir si Hong est impliqué d'une manière ou d'une autre dans le meurtre de Vanya. »

Isaak leva les mains. « Si ça se trouve, cette fille n'est même pas morte.

— Alors ils l'ont promenée dans un sac pour le plaisir ? Admettons. Mais tu es forcément curieux de savoir si Hong a monté cette arnaque.

— Non, je ne suis pas curieux. » Une hésitation, un soupir, et : « Je ne suis pas curieux parce que ces indiscrétions pourraient nous faire perdre l'approvisionnement et entrer en conflit avec des gens dont nous ignorons tout... Alors non, Semion, je n'ai pas envie de savoir. » Il désigna une tour à l'opposé de la marina. « Regarde. Ils pourraient être ici, ou bien ailleurs, n'importe où. À l'heure actuelle, on est peut-être espionnés. »

Semion fixa l'immeuble que son ami avait montré. Il était peut-être temps de se retirer des affaires.

« On est mal, continua Isaak. Désolé de ce qui arrive. Alors quelle que soit ta décision, je te suivrai.

— Je veux savoir si Hong est mêlé à la disparition de Vanya. »

Isaak ne répondit plus rien.

Cette nuit-là, Semion rêva qu'il allait perdre une dent. La molaire ne tenait plus à la gencive que par un petit morceau de chair. Il trouva Isaak à la plage et lui demanda de l'aider. Son ami tenta de remettre la dent en place, mais n'y parvint pas. Maintenant, Semion n'arrivait plus à fermer la bouche. Une autre dent se déchaussa, sa cavité buccale s'emplit d'osselets d'ivoire, mélangés à la salive et au sang. Il s'éveilla à l'aube, en proie à un sentiment de panique et certain d'être pris au piège.

Le lendemain soir, l'échéance de l'ultimatum de M. Hong approchant, Semion ressentit un surcroît de nervosité. Il resta quatre heures au bureau de Ground Zero, à consulter les sites d'agences immobilières, à zoner sur Facebook, à lire les pages sportives consacrées au football israélien et à souffrir de maux d'estomac. Il buvait du jus de canneberge coupé à l'eau gazeuse. Ainsi, lorsque Hong débarquerait, il aurait l'esprit parfaitement clair.

Peu avant 1 heure du matin, Isaak passa la tête par l'embrasure de la porte. Il semblait épuisé. En deux ou trois mots, il informa Semion que l'Asiatique venait d'arriver. Ses yeux se posèrent sur le coffre-fort dans un coin de la pièce.

Ils l'avaient garni de deux cent cinquante mille dollars dans l'après-midi.

Semion retrouva Hong près de l'entrée. La discothèque était bondée ce soir-là et le Chinois, immobile sous les spots, paraissait déplacé au milieu de la foule des danseurs. Il avait l'air contrarié. Semion songea qu'il n'avait jamais vu l'Asiatique manifester le moindre mécontentement jusqu'alors. Ses maux d'estomac redoublèrent tandis qu'il conduisait l'intermédiaire à une table du fond, inoccupée.

« Un verre ? proposa-t-il en s'asseyant.

— Non, merci. »

Les deux hommes se regardèrent dans le blanc des yeux pendant un moment, puis Hong demanda tout à trac : « Tu as réfléchi à notre offre ? »

Manière intéressante de formuler les choses. « Tout à fait. La réponse est non. »

Hong eut une réaction étonnante : la tristesse se dessina sur ses traits, ses yeux s'emplirent de larmes. Il jeta un regard autour de lui, comme pour quêter un secours improbable. Semion ne s'attendait vraiment pas à un tel comportement.

L'Asiatique se gratta le menton, puis dit par-dessus la musique : « Nous travaillons ensemble depuis longtemps et ça s'est toujours bien passé.

— Exact.

— Mais aujourd'hui, tu as des problèmes. »

Semion s'adossa à sa chaise. La colère montait en lui. « De quels problèmes parles-tu ?

— Tu es déprimé. Sans arrêt. Un démon sommeille en toi. Il te faut de l'aide. »

Les yeux de l'Asiatique devinrent noirs et très fixes. La

musique s'entêtait. Semion transpirait abondamment. Il lui semblait que l'air se raréfiait. Par chance, la lumière des spots camouflait les rougeurs sur sa peau.

« Autre chose ?

— Peut-être que tu n'es pas fait pour ce métier.

— Possible. Mais la réponse est toujours non. »

Hong changea de registre. « Écoute, je t'aime bien. Je m'adresse à toi en tant qu'ami : si tu me dis non, je ne peux pas garantir… » Sa voix devint sourde. « Quand mes partenaires me demandent un service, je m'applique à les satisfaire, tu comprends ? Ils ont besoin de toi. Au nom de notre amitié, je te supplie de revenir sur ta décision. » Son visage affichait une moue de vexation.

Semion passa la langue sur ses dents. La musique lui martelait les tempes, la ligne de basse se répétait. « Je sais déjà ce que tu vas dire : je peux m'en tirer, mais à quel prix ? Tu vas me parler de l'appétit des médias pour les histoires de patrons de boîte qui assassinent les filles. J'ai juste ? C'est l'argument que tu vas me servir ? Allez, montre-moi les photos, appelle la police, fais-moi coffrer.

— Pardon ? Qu'est-ce que tu racontes ?

— La fille. »

M. Hong secoua la tête. Il paraissait sincèrement dérouté.

Semion sentit son palais s'assécher. La peur changea de nature. « Ce n'est pas toi ? Tu es innocent ? »

Hong se pencha au-dessus de la table et prit les mains de son interlocuteur. « Semion, je t'assure que je n'y suis pour rien. Maintenant, si tu m'expliquais ce qui se passe ? »

Semion devait rapidement décider s'il faisait confiance à

l'Asiatique ou non. Il inspira profondément et lui raconta sa mésaventure avec Vanya.

Hong l'écouta avec attention. Semion plongeait régulièrement son regard dans le sien pour jauger sa sincérité. Quand il arriva au passage concernant le sang sur le lit, les yeux du Chinois s'étrécirent, et quand l'histoire fut terminée, il hocha la tête. Cet incident était horrible.

« Le problème auquel tu es confronté ne se résout pas de lui-même. Il empire avec le temps. Si tu payes, ils reviendront avec des exigences supplémentaires. Et si tu refuses, alors qui sait ? Nous sommes tes alliés. Laisse-nous t'aider. On en a les moyens. » Semion lut une telle compassion dans le regard de l'Asiatique qu'il ne put qu'opiner. « Par contre, nuança Hong, tu acceptes de nous prendre le volume qu'on demande en échange. »

Semion était vaincu. « Oui, dit-il dans un souffle. D'accord. »

Ils se serrèrent la main.

Plus tard, Semion dénicha Isaak dans un coin de la discothèque. Son ami paraissait sobre et raisonnable.

« Alors ?

— Ce n'est pas lui, indiqua Semion.

— Qu'est-ce que je t'avais dit ?

— J'ai accepté la proposition des Birmans. »

Isaak siffla doucement entre ses lèvres. « Comme tu veux. »

Semion émergea au son du téléphone portable. Numéro inconnu. Le soleil venait à peine de se lever. Il se redressa sur son séant pour répondre.

« Allô ?

— Gurevich ? bourdonna la voix grave au bout du fil.

— Lui-même.

— Tu m'en dois une.

— Pardon ?

— Tu l'as tuée.

— Je n'ai rien…

— N'en parlons pas au téléphone.

— C'est vous qui m'appelez.

— Écoute-moi bien. Il y a un restaurant de poisson au 7900 de la Vingt-Septième, sur West Little River. La gargote s'appelle Chez Pike, tu m'entends ? Apporte l'argent dans une heure. Deux cent cinquante mille dollars au total. Tu verras des tables à l'extérieur. Tu t'assieds et tu attends mon appel. Pas de blague. Viens seul. Ne me mets pas en rogne, Gurevich. Répète le nom du restaurant.

— Chez Pike.

— Où ça ?

— West Little River.

— Combien ?

— Deux cent cinquante mille.

— Parfait. »

Fin de la communication. Semion vérifia son écran : 7 h 12. Il passa à la cuisine et écrivit sur un post-it : *Chez Pike, 7900, 27e, WLR.*

Ensuite, il téléphona à Isaak. Pas de réponse. Il appela Hong.

« Ils m'ont contacté.

— Qu'ont-ils dit ? »

Semion répéta les paroles du maître chanteur à l'Asiatique.

« Dans une heure ?

— Oui.

— Bien. Tu as l'argent ?

— Au club.

— Une minute, s'il te plaît. » Semion entendit le staccato d'un clavier. Il imagina son interlocuteur en train de consulter Google Maps.

« Attends une demi-heure avant de quitter l'appartement. Va au club, prends le fric, mets-le dans un sac et va en voiture à l'endroit prévu. On sera là. Ne nous cherche pas, tu ne nous trouveras pas. Mais on y sera.

— Et après ?

— Donne-leur l'argent. Tu le récupéreras. »

Hong lui signala qu'il rappellerait dans vingt minutes pour tout confirmer. Semion s'assit dans la cuisine. Il était maintenant tout à fait réveillé. *Enfin, j'en vois le bout*, se dit-il. Il prit une douche rapide, enfila un jean et un T-shirt puis descendit frapper à la porte d'Isaak jusqu'à ce qu'on lui ouvre.

Celui-ci l'écouta en hochant la tête. Vingt-deux minutes s'étaient écoulées depuis le dernier appel. Encore quelques minutes, et le téléphone sonna.

Hong : « Où es-tu ?

— Chez Isaak.

— Tu as confiance en moi ? »

Ce type de question rendait Semion nerveux. Il échangea un regard avec Isaak. « Oui. »

Hong demanda à Semion de prendre le portable d'Isaak

avec lui. « Sers-toi du Bluetooth. Tu composeras mon numéro quand tu seras à West Little River. » De cette manière, précisa-t-il, il pourrait écouter ce qui se passerait durant la transaction. Semion eut également pour instruction de tenir Isaak à l'écart. « Nous nous occupons de tout. »

« On a juste roulé sur un nid-de-poule, s'amusa Isaak quand son ami eut raccroché. M. Hong va réparer la chaussée. Il va tout arranger. »

Il va tout arranger. Il va tout arranger. Il va tout arranger. Semion se répétait cette phrase tandis qu'il conduisait. Dehors, un soleil radieux brillait. C'était une journée parfaite, typique de Miami. Il voulut écouter la radio, puis changea d'avis.

Ground Zero était désert. L'établissement sentait le renfermé, il y faisait sombre. Après avoir désactivé l'alarme et allumé les spots, Semion se dirigea à grandes enjambées vers le bureau. Il déverrouilla la porte, marcha jusqu'au coffre, tapa la combinaison. Il sortit les liasses qu'ils avaient entreposées l'autre jour, vingt-cinq en tout : deux cent cinquante mille dollars. Il compta les billets trois fois, histoire de ne pas commettre d'impair. Il avait organisé des fêtes qui lui avaient coûté plus que ça, songea-t-il. Alors pourquoi mêler Hong à cette affaire ? Pour la première fois depuis le début de la matinée, un véritable sentiment de panique lui glaça les os. Pourquoi ne s'était-il pas chargé de ce problème tout seul ?

Il se passa la main sur la figure, animé par un puissant désir de pleurer.

Pour se rendre à l'endroit prévu, il emprunta l'autoroute 95. S'il se fiait à son téléphone, il y serait dans onze minutes. Il jeta un œil sur le compteur de vitesse, puis dans le rétroviseur. *Respire*, s'ordonna-t-il. *Respire et concentre-toi. Tu maîtrises la situation.*

L'adresse correspondait en fait à une petite zone commerciale. D'un côté du parking, comme sur sa propre île déserte, se dressait un McDonald's entouré de palmiers maladifs. À l'opposé, une rangée de boutiques défraîchies. *C'est ici?* s'interrogea Semion. Une vague répugnance s'empara de lui. Il roula au pas jusque Chez Pike : une modeste échoppe à l'extrémité sud de la zone.

Il se rendit compte qu'il avait oublié d'appeler Hong. Avant de sortir de voiture, il prit le téléphone d'Isaak, programma l'application, fixa l'oreillette et composa le numéro de l'Asiatique. M. Hong décrocha aussitôt. Semion n'eut pas le temps d'ouvrir la bouche : le Chinois indiqua que ses hommes étaient prêts. Semion scruta les environs sans bouger la tête.

« Comment ces salauds vont-ils procéder ? s'inquiéta-t-il.

— Je n'en sais rien. Attends qu'ils t'appellent. Reste sur Bluetooth. Je t'écouterai. Essaye de répéter ce qu'ils disent. »

Semion coupa le contact, empoigna son sac d'argent et ouvrit la portière. Il eut l'impression de recevoir le souffle chaud d'une climatisation réversible en pleine face. Avec son sac à la main, il se dirigea vers le restaurant. Quatre tables à l'extérieur, toutes inoccupées. Sans doute était-ce là qu'il devait s'asseoir. Il entra pour commander un soda à un adolescent hispanique au visage recouvert d'acné. Ensuite seulement, il s'installa à l'une des tables et, les yeux sur le parking, prit son mal en patience.

Il aurait donné n'importe quoi pour dormir. Une fourgonnette s'approcha, son cœur se mit à battre plus fort, mais elle passa devant lui pour sortir du parking.

« Toujours rien, murmura-t-il dans un frémissement de lèvres.

— Du calme. Ils veulent voir si tu es seul. »

Semion rongea son frein. Une mouette planait au-dessus de l'aire de stationnement, un homme peinait à allumer sa cigarette à cause du vent. Le caissier du restaurant regardait la télévision, la bouche entrouverte. Soudain, son téléphone vibra. Encore un numéro inconnu. Semion transpirait par tous les pores.

« Oui ?

— Tu as l'argent ?

— Oui. » Et à l'intention de Hong : « J'ai l'argent.

— Bien. »

Semion avait la bouche sèche malgré le soda qu'il venait de boire. Il comprenait maintenant qu'il n'avait pas l'étoffe d'un véritable truand. Ce n'était pas son rôle. Il appartenait plutôt à la classe des intermédiaires. « Allô ?

— Attends.

— D'accord. J'attends. »

Les secondes s'égrenaient. Semion contempla une grosse femme qui émergeait de l'une des boutiques. Il la suivit des yeux jusqu'à ce qu'elle soit montée dans son véhicule. Elle attacha sa ceinture et quitta son emplacement.

« Quand la voiture arrivera, donne le sac au passager. »

Semion vit la grosse femme sortir du parking au volant de son automobile. Il ne savait quoi penser des instructions qu'on venait de lui donner. Il considéra le parc de stationnement. Une voiture approchait. Il réalisa qu'elle était garée depuis son arrivée. Un bref coup d'accélérateur et elle stoppa devant le restaurant, le flanc droit vers les tables. Il s'agissait d'un de ces nouveaux pick-up blancs, très à la mode en ce moment. Semion se leva, examinant le 4 × 4. En dépit des vitres teintées, il distinguait deux silhouettes à l'avant.

« Donne l'argent, exigea la voix grave dans le récepteur.

— D'accord. Pas de problème. »

Il avança. La vitre coulissa. Semion pencha la tête pour distinguer l'intérieur de l'habitacle. À sa grande surprise, il se trouva confronté à deux hommes aux visages masqués par des collants beiges. Gras, imposants et de type occidental selon toute vraisemblance, ils portaient de vieux T-shirts, si bien que l'on apercevait des tatouages délavés sur leurs bras. On aurait dit des braqueurs de rue. Le passager pointait un revolver sur Semion. L'Israélien se délesta de son bagage.

« Merci. » L'autre baissa son arme dès qu'il fut en possession du sac. Semion recula. L'automobile commença à s'éloigner, s'arrêta un instant, puis reprit sa route.

« Ils ont l'argent, fit Semion.

— Bien », répondit l'homme au bout du fil avant de raccrocher. Semion laissa pendre le téléphone dans sa main. Il attendit que le pick-up eût disparu pour indiquer à Hong : « Ils ont tout pris.

— Parfait. On te rappellera. » Il raccrocha à son tour.

Deux heures plus tard, le téléphone retentit dans l'appartement de Semion.

« On les a, l'informa aussitôt Hong.

— Qui ça ?

— Ceux qui t'ont volé. Rendez-vous à Ground Zero. Tu verras. » Il paraissait presque heureux.

Semion retrouva Hong et ses acolytes à l'arrière du bâtiment. Une grosse camionnette noire stationnait près de l'entrée de service. Il se gara à côté et mit pied à terre. Il était 11 h 42. Personne alentour.

La portière passager de la camionnette s'ouvrit. Hong apparut avec un sourire plaqué sur le visage. Il désigna le compartiment arrière du pouce. « Comme je te le disais, on a quelque chose pour toi. »

Il aboya quelques mots en chinois et l'un de ses sbires s'approcha du panneau coulissant. Il vint à l'esprit de Semion qu'il ne savait pas du tout à quoi s'attendre. Allait-il retrouver son sac de billets ? Ou les deux malfrats du pick-up blanc ? Le temps ralentit, et dans le minuscule intervalle séparant le moment où Hong parlait de celui où l'homme de main passait à l'action, Semion se livra à un bref inventaire de son état physique : *corps en surchauffe, mal de dos, aisselles trempées, bouche sèche*. Il inspira lentement, souffla en douceur. *Garder le contrôle.*

La portière s'ouvrit. Par terre dans le compartiment arrière, bâillonnée avec du ruban adhésif argenté : Vanya. À côté d'elle : le sac en toile, vraisemblablement encore rempli de billets.

Semion fixa la jeune femme avec de grands yeux. Leurs regards se croisèrent. Dans le cœur de l'Israélien luttaient des émotions contradictoires.

« On l'a capturée pour toi. Fais-en ce que tu veux. »

Semion sentit la nausée l'envahir. Il regarda Hong. Le sourire de l'Asiatique s'estompa. Il leva les sourcils et fit un geste du menton en direction de l'entrée de service de la discothèque.

« Et les hommes du pick-up ? s'enquit Semion.

— Ils ont résisté. »

Semion reporta son attention sur Vanya. Elle cligna des yeux trois fois et il comprit instantanément qu'elle lui disait : *Je t'aime*. Il avait la conviction qu'elle pouvait tout lui expliquer, trouver une justification. Il s'approcha pour ôter la bande adhésive de ses lèvres.

« Va te faire foutre, siffla-t-elle dès qu'elle fut délivrée de son bâillon. Tu croyais quoi ? Que tu allais me sauver, moi la fille sans un rond ? » Elle reprit son souffle pour lui adresser une nouvelle salve. « Tu as cru que je t'aimais ? Pauvre cloche. » Un voile rouge obscurcit la vision de Semion. Vanya n'avait plus aucun accent ; elle parlait comme une Américaine, se comportait comme une Américaine. En fait, elle était américaine. Tout ce qui indiquait qu'elle venait du Brésil avait disparu. Il comprit à cet instant-là qu'elle le haïssait. Sa cicatrice en forme d'étoile sur le front révélait toute la laideur du monde.

« Tu ne me feras aucun mal, grinça-t-elle. Tu es trop lâche. » Les mots étaient affûtés, mais on devinait une sorte d'imploration dans sa façon de parler. « Tu n'existes pas. Tu n'es rien. »

Semion se força à sourire ; un vilain rictus plutôt qu'une expression de joie. Écœuré, il voulait en terminer au plus vite, rentrer se coucher.

« Laissez-la partir. »

Hong posa la main sur son épaule. « On peut s'occuper d'elle. Personne ne la retrouvera jamais.

— Non. Libérez-la. » Il avait l'impression que le sol tanguait sous ses pieds.

« Ce n'est pas dans nos habitudes. Nous achevons toujours nos missions.

— Je te dis de la laisser. Tu veux qu'on continue à travailler ensemble, non ? » Et sans attendre de réponse, il se pencha pour arracher la bande adhésive des poignets de Vanya. Son visage était à quelques centimètres de ses cheveux. Sans le vouloir, il huma son parfum familier.

« Tourne-toi », dit-il. Elle bascula sur le côté et Semion passa les doigts sous le ruban argenté. Elle s'écarta de lui lorsqu'elle fut détachée, se massant les avant-bras. Semion la trouva changée, son joli minois s'était transformé.

Elle regarda Hong. « Je peux m'en aller ? »

L'Asiatique semblait las. Il interrogea Semion du regard.

« Vas-y », consentit celui-ci.

Elle bondit de la camionnette et partit en courant sur le parking.

Hong paraissait gêné. Semion aurait voulu s'expliquer, mais il n'avait plus l'énergie de parler. Il se gratta le menton, les yeux tournés vers la discothèque, où il avait encore fort à faire.

« N'oublie pas ton argent », fit l'Asiatique.

À la suite de cet incident, Semion tomba dans une sorte de dépression. Des vagues de panique le submergeaient jour et nuit. Deux jours après avoir relâché Vanya, incapable d'affronter le regard d'Isaak, il l'appela au téléphone.

« J'ai révisé mon jugement. J'annule le marché. » Il avoua

à son camarade qu'il ne pouvait plus se résoudre à collaborer avec M. Hong et ses acolytes.

Isaak ne se donna pas la peine de protester. Il répondit simplement : « Comme tu veux. » Semion éprouvait une telle gratitude envers son ami qu'il en avait les larmes aux yeux. Ils allaient s'en sortir, c'était une certitude.

Il but de la vodka-orange devant la télévision, commanda des plats à emporter, qu'il mangea sans conviction, et se masturba pour essayer d'atténuer l'angoisse. À un moment donné, il envisagea même le suicide. Il se figura le pistolet dans sa main, le contact de la crosse sur sa paume, le poids de l'arme.

Debout sur son balcon, les yeux rivés sur l'océan, il imagina comment il allait présenter les choses à Hong : *Je suis désolé, mais il vaut mieux se séparer. Ce sont les affaires, rien que les affaires.*

La nuit venue, il rêva d'un Asiatique chétif qui capturait une tortue dans la jungle. L'homme la tourmentait à l'aide d'un bâton. Quand l'animal sortait la tête pour attraper le bâton entre ses mâchoires, l'Asiatique lui tranchait la gorge. Il pendait ensuite la tortue à une branche, la tête en bas, et la laissait se vider de son sang. Semion lui demandait ce qu'il fabriquait, mais l'Asiatique ne réagissait pas. Il ôtait la carapace du reptile, exposant les entrailles roses, puis lui coupait les quatre membres ainsi que le cou, avant d'enlever la peau et la graisse jaunie. La viande comestible était plongée dans une casserole. Semion s'éveilla en sueur.

À un autre moment, complètement soûl, il appela l'ancien numéro de Vanya. Un message automatique l'informa que son correspondant n'était plus joignable. Si Vanya avait décroché, que lui aurait-il dit ? *Excuse-moi, je me sens tellement moche. Je touche le fond. Laisse-moi te pardonner.* Bon sang, il ne savait même pas qui elle était.

Le lendemain, au coucher du soleil, la sonnette retentit dans l'appartement. Il n'eut pas besoin de regarder longtemps à travers le judas pour s'apercevoir que ce n'était pas Isaak. Avec son crâne rasé, l'homme qui patientait dans le couloir ressemblait à leur ami de Bangkok, Moisey Segal. Semion ne savait que penser. *Qu'est-ce que Moisey ferait ici ?* Leur intermédiaire n'était pas censé venir à Miami, et encore moins entrer en contact avec eux. Il devait rester en Thaïlande.

Le visiteur avait posé une valise à côté de lui. Il souriait, affable.

Semion ouvrit la porte.

Au même instant, à cinq mille kilomètres de là, Raymond Gaspar regardait un match de handball. La cour de promenade grouillait de détenus.

« Allez, Tully ! » brailla son voisin. Raymond cracha par terre. Il examina son poignet, là où la montre aurait dû se trouver. Un rapide calcul lui permit de dénombrer les jours qu'il lui restait à tirer. Vingt-trois. *Vous allez me manquer, les gars.*

Il pensa aux femmes qu'il allait draguer quand il serait dehors. Cela faisait longtemps qu'il ne s'était pas allongé auprès d'un corps gracieux. Il se souvenait de cette fille prénommée Emily, à laquelle il avait envie de parler. *On ira manger mexicain, et puis on se payera des pizzas, des hambur-*

gers, de la bouffe chinoise. Il s'imaginait rouler le long de l'océan. *Ne pas oublier de rappeler à Arthur ma date de sortie.*

Une centaine de kilomètres plus au sud, à San Francisco, Shadrack Pullman consultait l'un des ordinateurs publics de la médiathèque de Bernal Heights. Il adorait aller là-bas, surfer sur le Web. La mallette pleine de joyaux reposait à ses pieds. Il parcourait un article consacré à l'US Postal sur un site anarchiste. Ses sources d'information variaient peu. Après avoir jeté un coup d'œil autour de lui pour vérifier que personne ne regardait ce qu'il lisait, il se coiffa les cheveux en arrière et replongea dans sa lecture.

John Holland, l'associé de Shadrack, s'arrêta devant un spiritueux qu'il possédait sur la Troisième Rue. Quand le vendeur le vit entrer, il lui demanda s'il avait vu jouer les Niners de San Francisco. « Oh oui, se désola Holland, j'ai vu. »

À Daly City, Gloria Ocampo changeait la couche de son petit-fils. Elle gazouillait pour amuser l'enfant, lui fredonnait des chansons : « Tu es mon amour, mon petit amour… »

Aux antipodes, en Thaïlande, Fariq dormait du sommeil du juste dans son lit. Le Malaisien, dont le rôle consistait à assurer le transport de la drogue via des calmars congelés sous vide, rêvait d'un ami d'enfance qui le pourchassait dans les hautes herbes. Un rêve merveilleux.

À Bangkok, Eugene Nana combattait l'insomnie en regardant les bulletins économiques sur la télévision de sa cuisine. Ses actions se portaient bien mais pas suffisamment à son goût. Sa femme ronflait doucement dans la pièce voisine.

Du côté de Rangoon, un Chinois du nom de Zhou Qiang venait de se réveiller. Chimiste de formation, il préparait la

MDMA pour les Birmans. La journée allait être chargée, et il aimait marcher le long du fleuve avant d'aller travailler.

Pendant ce temps, au Cambodge, un homme de Koh Kong City baptisé Sang Munny tentait de boire jusqu'à l'inconscience. Il avait passé la nuit au karaoké, à entonner des bluettes. Il y était venu seul mais avait chanté pour son patron, pour sa mère, pour son père et pour son frère. Il avait chanté pour les tortues, les poules, les cochons et les fourmis.

TROISIÈME PARTIE

Cinq jours avant son départ pour Miami, Moisey Segal était chez lui, torse nu sur son canapé, occupé à faire défiler des photos de jeunes hommes sur son portable. Il se sentait seul. Un candidat attira son attention. Il s'appelait Thong Kon, sa photo lui donnait un air d'écolier. Il portait une chemise boutonnée jusqu'au col, une cravate rayée de bleu légèrement dénouée et une casquette de base-ball. Son visage éclairé par le soleil laissait penser qu'il était sur le point de raconter une plaisanterie. Son pseudo indiquait : Quintal d'or. Selon l'application, il habitait à moins d'un kilomètre. Moisey étudia l'image un instant, redoutant que le garçon ne fasse commerce de ses charmes, puis ouvrit la messagerie.

Mo-Mo33 : Tu parles anglais ?
Quintal d'or : Anglais, oui.
Mo-Mo33 : Je te trouve très mignon.
Quintal d'or : Ah, ah.
Mo-Mo33 : Tu as vraiment 24 ans ?
Quintal d'or : Et 8 mois. Bientôt trop vieux ! Ah, ah.
Mo-Mo33 : Moi, j'aime bien comme tu es.

Quintal d'or : C'est gentil.
Mo-Mo33 : Tu veux aller prendre un verre ?
Quintal d'or : Avec joie !

Ils convinrent de se rencontrer séance tenante. Moisey habitait sur Pan Road, dans le district de Silom. Thong Kon suggéra qu'ils mangent un morceau avant d'aller boire. Il donna rendez-vous à Moisey dans un snack spécialisé dans le poulet au riz, près du temple hindou. *Je porterai un T-shirt rose*, précisa-t-il.

Il fallait une vingtaine de minutes pour s'y rendre à pied. Moisey décida de renoncer à la moto-taxi, même si un groupe de chauffeurs en veste orange patientait en bas de chez lui. Malgré l'attrait du sexe, Moisey possédait un fond romantique : il voulait savourer ce moment. Dans son esprit, Thong Kon était déjà passé du statut de conquête éphémère à celui de petit ami.

Comme toujours, la chaussée grouillait de monde. Le trottoir changeait d'aspect tous les deux ou trois mètres, alternant pavés et béton. Les fils électriques zébraient le ciel, des vendeurs ambulants faisaient griller de la nourriture sur les plaques chauffantes à chaque coin de rue. La tuyauterie, les climatisations et autres systèmes d'aération semblaient occuper le moindre centimètre carré de mur. Il acheta un jus d'ananas à l'une de ses vendeuses préférées, qu'il but devant elle avant de lui rendre la bouteille. Elle récupéra le récipient sans le regarder, les yeux fixés sur un point au-dessus de son épaule. Moisey sourit à une sans-logis assise par terre. Celle-ci avait les mains en coupe, comme si elle désirait recueillir de l'eau. Elle lui rendit son sourire.

Quand il arriva au snack, Thong Kon était déjà là. Le garçon semblait très pauvre. D'abord par sa maigreur presque famélique, ensuite par sa saleté. Le T-shirt prétendument rose était marron de crasse et de poussière. On aurait dit que le jeune homme avait passé sa journée devant un fournil.

Il eut une drôle d'expression quand il vit Moisey, mais se leva aussitôt et vint le saluer à la manière des Thaïlandais : les mains jointes, la tête inclinée.

« Tu t'appelles Mazzy, c'est ça ?

— Moisey.

— Moi-sey », articula l'Asiatique. Ils se serrèrent la main en riant. Celle de Thong était moite, celle de Moisey sèche. L'Israélien se laissa guider jusqu'à une table en plastique.

« Tu as faim ? demanda Thong.

— Un peu. »

L'Asiatique passa une commande en thaï. Une vieille femme squelettique, les lèvres figées en un rictus, faisait office de cuisinière. Moisey ne maîtrisait que quelques rudiments du jargon local, mais comprit que le jeune homme réclamait deux poulets.

Ils demeurèrent un instant silencieux, assis face à face, puis Thong se gratta la pomme d'Adam. « Tu es australien ?

— Non, israélien.

— Ah, je rêve d'aller là-bas. Une grande terre, remplie d'histoire. »

Moisey voulut savoir où il avait appris l'anglais. Le regard de Thong se fit hésitant. « À l'école. Et puis dans les livres, les films, à la télévision… Et toi ? Tu parles thaï ? » Moisey secoua la tête. « Même pas un peu ?

— *Ra ka tao rai* ? fit Moisey. Qu'est-ce que tu en dis ? »

Thong eut un rire amusé. « C'est tout ? »

Moisey compta sur ses doigts de zéro à dix.

« Tu te débrouilles bien, le complimenta finalement Thong. Je t'apprendrai d'autres mots, tout ce qu'il y a de beau dans notre pays. Coucher de soleil, lune, fleur. »

Les plats arrivèrent. Poulet au riz. Thong épiça son assiette et Moisey l'imita.

« Tu es en Thaïlande depuis combien de temps ?

— Six ans.

— Vraiment ? » Thong se cacha la bouche pour dissimuler son sourire. « Et tu ne parles pas thaï ?

— Si, je te l'ai dit. *Lot nio dai mai ?* » Ce qui signifiait : « Je peux avoir une réduction ? » Moisey avait un peu honte de ne connaître que des termes se rapportant à l'argent. Il essaya de changer de sujet : « Tu viens d'où ?

— Bangkok. Ratchadamri, plus exactement, tu connais ? Ce n'est pas loin. » Thong désigna un point par-dessus son épaule. « Et toi ? Pourquoi es-tu resté si longtemps ici ? »

La réponse la plus simple consistait à prétendre que l'existence y était plus douce qu'en Israël, que cette escapade exotique lui permettait d'oublier sa vie précédente. Une autre réponse, plus complexe, évoquerait les palliatifs de la noirceur de l'âme, sous forme de drogue, de sexe et de soleil. Sans compter qu'il avait également un boulot à effectuer sur place. Un travail très lucratif, qui n'avait pas vraiment d'équivalent ailleurs.

« J'aime le pays », éluda-t-il.

Ils finirent leur plat. Après que Moisey eut réglé l'addition, ils migrèrent en direction d'un bar conseillé par Thong.

Ce n'était pas un bar gay, ce dont Moisey fut reconnaissant. Juste un établissement normal comme il s'en trouve mille à Bangkok, avec des chaises alignées face à la rue. Ils commandèrent des bières Singha, fumèrent des cigarettes. Thong interrogea Moisey sur sa profession. L'Israélien répondit sans réfléchir qu'il était barman, ce qu'il regretta dans l'instant. Le regard de Thong s'aiguisa, il jaugea son interlocuteur.

« En ce moment sans emploi », ajouta Moisey.

Le premier contact physique se présenta sous l'aspect d'une tape enjouée. Ils riaient à une plaisanterie et Thong toucha l'épaule de Moisey. Cette simple taquinerie dégageait une indéniable énergie sexuelle. Moisey nota que, d'une façon curieuse, la saleté avait épargné les mains de l'Asiatique. Thong avait des ongles propres, de larges lunules. *Pas de problème de thyroïde*, remarqua l'Israélien. Il avait envie d'effleurer à son tour l'épaule du jeune homme, mais n'osait pas. Cela faisait un mois qu'il n'avait pas pris de drogue. Il se demandait si cette lacune ne freinait pas ses élans.

Moisey continuait à se poser des questions sur les origines du jeune homme ; il avait du mal à le placer sur l'échiquier socio-économique. Son anglais correct et soigné dénotait une formation universitaire, mais Thong niait avoir jamais fait d'études supérieures. Sa gestuelle, son attitude, ses expressions appartenaient sans conteste aux classes aisées, alors que sous la surface affleuraient des manières frustes. Sa façon d'examiner la rue tandis qu'ils sirotaient leur bière ne se rencontrait que dans les milieux interlopes.

En réalité, ces considérations importaient peu. Moisey aimait son Quintal d'or.

Ils prolongèrent la soirée en alternant bière et whisky.

L'alcool montait à la tête de Moisey. Il avait de plus en plus de difficultés à remplir les blancs de la conversation. Ses visées romantiques se muaient en un vif désir charnel. Thong continuait à lui enseigner de nouveaux mots, le visage luisant de sueur. Moisey cherchait à déterminer s'il pouvait l'emmener chez lui sans risque : peut-être serait-il plus avisé de louer une chambre d'hôtel. Il pensa à la meth dissimulée derrière son réfrigérateur et fut pris d'un impérieux désir de se défoncer.

« Allons chez moi », dit-il. Thong arqua les sourcils et posa son verre.

Ils s'embrassèrent sans discontinuer dans le taxi, si bien qu'ils arrivèrent à destination essoufflés. Moisey observa que Thong relevait l'adresse au moment où ils sortaient du taxi. Sa façon résolue d'examiner le numéro de l'immeuble ne laissait planer aucun doute. Lorsqu'il vit que Moisey surprenait son manège, un sourire illumina son visage. « On habite juste à côté l'un de l'autre. » Il leva la main et Moisey lui claqua la paume.

Ils continuèrent à s'embrasser dans l'ascenseur. Thong attirait Moisey à lui, les bras autour de ses épaules. Dès qu'ils furent dans l'appartement, l'Asiatique tendit le cou à la manière d'une tortue avide d'explorer son environnement. « Sympa », ronronna-t-il.

L'endroit où vivait Moisey n'avait rien d'un palace, mais les pièces étaient propres, modernes et lumineuses. Ils se rendirent à la cuisine. Moisey prit deux bières dans le réfrigérateur, conscient de sa respiration d'ivrogne, mais déterminé à continuer à boire. Il lui en fallait plus.

« Tu aimes le cristal ?

— Les verres en cristal ?

— Non, le cristal qu'on sniffe. La meth. » Il renifla, un doigt sur le nez.

« De la meth ? Moi ? »

Moisey essayait de décrocher mais, à l'image d'un ancien fumeur qui conserve son dernier paquet de cigarettes, il gardait un sachet de came dans sa piaule, comme si le fait d'avoir une dose à portée de main allait atténuer le manque. Il récupéra la marchandise dans sa cachette, la tint dans sa paume avide. L'inconfort suscité par sa proposition ne lui échappait pas, mais il ne pouvait résister. Il montra le sachet à Thong.

« Non merci, déclina l'Asiatique. Je ne touche pas à ça. » Il se frappa la poitrine d'un air résolu même s'il était soûl. Moisey haussa les épaules. Pas d'autre moyen de se désinhiber que la drogue.

Thong lui tapota le dos. « Ne te gêne pas, idiot, vas-y, je m'en moque. Moi, je reste clean. Le sexe et la came en même temps, c'est trop pour moi. »

Moisey ouvrit le sachet, laissa choir un petit morceau de cristal solidifié sur le comptoir de la cuisine, guère plus gros qu'une cacahuète. Ensuite, il dénicha une cuillère dans l'un des tiroirs et entreprit de broyer le caillou pour le réduire en poudre.

« J'ai besoin d'aller à la salle de bains », fit Thong.

Moisey indiqua le couloir. « Par là. »

Il prit une carte de crédit dans son portefeuille, forma deux rails avec la poudre, puis roula un billet de mille bahts, le visage séduisant du roi tourné vers lui. La drogue brûlante s'engouffra dans ses narines. *Et voilà*, se dit-il, signifiant à la fois qu'il n'en prendrait pas plus et que c'était exactement le genre de produit qu'il lui fallait. Il se frotta le nez, but une gorgée de bière. Le silence qui régnait dans l'appartement le frappa soudain. Il tendit l'oreille. Pourquoi son jeune invité tardait-il autant ?

Bruit de chasse d'eau. Quintal d'or reparut dans la cuisine. Il semblait attristé. Moisey feignit d'avoir renoncé à la meth. « Si tu n'en prends pas, je n'en prends pas non plus.

— Mettons un peu de musique. »

Ils passèrent au salon. De la fenêtre, on voyait la mégalopole s'étirer dans toutes les directions. Moisey redoutait que Thong sente la drogue dans sa bouche au premier baiser. Il renifla de plus belle pour chasser les derniers vestiges de poudre, but encore un peu de bière, posant une main hésitante sur l'épaule de son invité.

Après avoir allumé son ordinateur portable, il consulta ses fichiers musicaux. Son tube préféré, une chanson d'amour de la chanteuse anglo-thaïlandaise Katreeya English, lui semblait approprié. Il cliqua sur *lecture*.

Ils entamèrent une danse lascive. Moisey se pencha pour humer la peau de son cavalier, lui embrasser le cou, l'attirer à lui. Leurs mouvements sensuels se prolongèrent. Moisey retarda l'instant où ses lèvres se poseraient à nouveau sur celles de Thong, jusqu'à ce qu'il n'en puisse plus.

La drogue avait voyagé du nez au cerveau. L'Israélien se sentait enfin apaisé. Il colla son corps à celui de Thong. Les yeux fermés, il imagina ce qu'il allait faire à Quintal d'or, et ce que ce dernier lui ferait.

Des coups à la porte mirent un terme à ces rêveries. L'interruption fut si soudaine qu'elle semblait à la limite de la préméditation.

Thong s'écarta de lui, le regard dénué d'expression. Les coups à la porte stoppèrent un moment – silence – avant de reprendre avec une violence redoublée. Moisey coupa la musique, éteignit l'ordinateur, conscient que seuls les flics et les truands pouvaient se permettre de frapper avec autant de vigueur. Il se rendit à la cuisine, récupéra le sachet derrière le réfrigérateur et jeta le reste de la meth dans l'évier. Il fit couler l'eau. Ensuite, il dissimula le sachet vide tout au fond de la poubelle. La drogue lui mettait le cerveau en ébullition.

Retour au salon. Thong n'avait pas bougé d'un pouce. Il se tenait dans un coin de la pièce, les yeux baissés. Moisey prit une seconde pour réfléchir. Il s'était débarrassé de la drogue, rien ne le reliait à son vrai travail, l'ordinateur ne contenait aucun indice. Il marcha jusqu'à la porte, colla son œil au judas.

Quatre Thaïlandais patientaient dans le couloir. Trois d'entre eux étaient en uniforme de la police métropolitaine, ce qui leur donnait l'apparence de militaires. Le quatrième portait un costume gris boutonné sur une chemise bleue et une cravate bordeaux.

« Une minute », dit Moisey en anglais.

Il retourna au salon afin de prévenir Thong : motus et bouche cousue. Mais à l'instant où ses yeux se posèrent sur le garçon, il sut qu'il était responsable de son infortune. Il menaça le traître du poing, grondant en hébreu : « J'aurai ta peau. »

Les flics recommencèrent à maltraiter le battant. Moisey

s'en fut dans le vestibule. Après s'être essuyé le bas du nez, il entrouvrit la porte. « Oui ? »

L'homme en costume appuya la main sur le panneau de bois pour entrer. L'espace d'un instant, les deux hommes luttèrent en silence, chacun d'un côté de la porte. « C'est pour quoi ? insista Moisey.

— Écartez-vous, s'il vous plaît. » Moisey entendit quelques mots en thaï et le plus baraqué des agents s'avança. L'Israélien consentit à lâcher la porte mais demeura dans le couloir, bloquant le passage. Il essaya de sourire, sans grand succès. « Que se passe-t-il ?

— Un problème sérieux. Vous parlez thaï ?

— Non.

— Pas du tout ? » L'homme en costume avait la même intonation perplexe que Thong quelques heures auparavant. Il poussa Moisey sur le côté et entra d'autorité dans l'appartement, suivi de ses hommes. L'un d'entre eux se dirigea vers Thong, le colla au mur pour lui passer les menottes. Moisey n'était pas dupe. Le policier obligea Quintal d'or à s'asseoir sur le divan. Alors seulement, l'homme en costume fit un long sermon au jeune homme. Thong écoutait le discours du policier, les yeux rivés au sol. De temps à autre, il hochait la tête à la façon d'un adolescent admonesté par l'un de ses parents.

Moisey ne saisissait que les jurons. On l'avait clairement piégé. Il devinait sans peine comment les choses se goupillaient. Thong bossait en cheville avec les flics. Peu importe qu'il y soit forcé ou non. Quintal d'or dénichait des touristes occidentaux, attendait de voir de la drogue, puis contactait les policiers. Ils pinçaient sans doute plusieurs pigeons par nuit, cinquante mille bahts pour leurs vieux jours. Rien n'indiquait que Moisey se trouvait impliqué dans une enquête plus large. Il s'agissait d'un simple problème de corruption, aisément soluble.

« Vous habitez ici ou vous êtes en visite ? » articula l'homme en costume, détachant chaque syllabe comme un élève apprenant à parler anglais. Moisey s'apercevait maintenant qu'il était plus âgé qu'il ne l'avait cru. Peut-être cinquante ans. Il avait un grain de beauté sur la joue, des yeux noirs, une peau sombre.

« J'habite ici, monsieur.

— Profession ?

— Barman. J'attends de trouver un nouveau poste. »

L'aîné des flics balaya le salon du regard. Les coins de sa bouche s'affaissèrent. Il semblait trouver l'appartement bien luxueux pour un barman au chômage. Moisey voyait le bakchich augmenter sous ses yeux.

« Vous venez d'où ?

— Pardon ?

— Vous êtes originaire de quel pays ?

— Israël. »

Le policier désigna Thong. « Ce garçon est un dealer bien connu de nos services. On l'a suivi jusqu'ici. Vous abritez un dealer, c'est un gros problème. » L'homme changeait de registre, il élevait la voix. « Alors je vous pose la question : y a-t-il de la drogue dans cet appartement ?

— De la drogue ? Bien sûr que non.

— Asseyez-vous sur cette chaise. Et restez-y. » Il présenta un siège à Moisey, qui s'exécuta.

L'homme prononça quelques paroles en thaï, à la suite de quoi l'un des policiers se dirigea vers la cuisine. Moisey entendit le bruit des tiroirs que l'on ouvre, des assiettes qui s'entrechoquent. Il se raidit, songeant au sachet vide au fond de la poubelle. *D'accord*, abdiqua-t-il intérieurement. *Qu'ils le trouvent et qu'on en finisse.*

Le policier dans la cuisine poussa une exclamation. L'un de ses camarades quitta le salon pour le rejoindre. L'homme en costume s'était déplacé vers le bureau de Moisey. Il en explorait calmement le contenu.

L'Israélien se demanda ce qui se passerait s'il bondissait de son siège et frappait Thong au visage. Il pouvait sans doute y parvenir avant que les flics réagissent. Qu'il ait pu apprécier le contact de ce tapineur en guenilles dépassait l'entendement.

L'homme en costume marcha jusqu'à la fenêtre, décrocha son talkie-walkie, aboya quelques ordres. *C'est pour la galerie*, songea Moisey. Cette comédie visait à instaurer un climat d'insécurité, à suggérer que les difficultés s'accroissaient. Moisey s'imagina casser le genou du responsable.

Les deux policiers de la cuisine refirent leur apparition dans le salon. Moisey leur trouva d'abord une mine déçue : ils paraissaient abattus, fatigués. Puis le plus jeune exhiba un sachet plastique au bout de ses doigts. L'espace d'un instant, Moisey crut qu'il s'agissait du sachet vide. Il déchanta aussitôt : l'enveloppe transparente renfermait des cristaux.

L'homme en costume s'approcha, prit le sachet et, après l'avoir ouvert, fit tomber une partie du contenu dans sa paume. Il examina la marchandise comme un joaillier ses diamants.

« Vous êtes en très mauvaise posture : on a découvert de la méthamphétamine dans votre cuisine.

— Ce n'est pas à moi.» Il tenta de se redresser. Sur un signe de tête du responsable, le plus baraqué de l'escouade menotta rudement Moisey. Les pensées se bousculaient dans l'esprit de l'Israélien. Le fait que les flics aient falsifié ce type de preuve les rendait plus dangereux que prévu, mais attestait aussi leur volonté de procéder à une modeste interpellation. Il se décontracta légèrement. Sa mésaventure serait terminée avant le lever du soleil.

«J'ai une fille, indiqua le responsable. Elle est grande maintenant : vingt-trois ans. Quand elle était à l'université pour devenir ingénieur, elle a rencontré un *farang* comme toi. Même crâne rasé, mêmes tatouages, la peau sur les os... Ton frère jumeau.» Il adressa un coup d'œil au flic à la large stature. Celui-ci opina. «Peut-être que tu le connais, poursuivit le quinquagénaire. Il a donné cette drogue à ma fille. Ça l'a rendue malade. Ce sont les *farangs* dans ton genre qui amènent cette infamie sur notre territoire, qui abîment notre beau pays. Ce sont eux qui ont détruit ma famille.»

Moisey ne put s'empêcher de sourire. L'histoire de cet homme était cousue de fil blanc. Le responsable le gifla sans ménagement. Cette claque fut comme un électrochoc. Il baissa la tête, les larmes aux yeux. La rage grondait dans ses entrailles mais il valait mieux prendre l'air effrayé.

«Je suis désolé.»

La colère du flic sembla franchir un palier supplémentaire. «Tu es désolé? Ma famille a été dévastée à cause de toi!

— Cette drogue ne m'appartient pas, vous le savez.» Encore une parole malheureuse.

Le flic imita une seringue avec le pouce et l'index. « Et si on t'emmenait au poste pour un dépistage, hein ? »

Moisey secoua la tête. L'homme lui empoigna l'oreille, si bien qu'il fut obligé de se lever puis de se hisser sur la pointe des pieds. Il le lâcha soudain, fit mine de le gifler à nouveau, mais se tourna vers ses hommes au lieu d'achever son geste. Il commença à les réprimander. Moisey ne comprenait pas ce qu'il racontait, cependant les critiques paraissaient évidentes. Le plus baraqué des flics arborait une moue douloureuse. Il se planta devant Moisey, plongea son regard dans le sien comme pour s'assurer qu'il allait bien, puis lui assena un coup de tête magistral.

Moisey tomba en arrière, d'abord sur la chaise, ensuite au sol. Une douleur fulgurante lui cisaillait le nez, il avait un goût de sang dans la bouche.

Lorsqu'il ouvrit les yeux, il vit Thong se disputer avec l'un des policiers. Le responsable empoigna Moisey par le col, le remit en position assise. Il désigna son imposant subordonné. « Mon homme trouve ton attitude déplorable. Tu nous manques de respect et il est impulsif. J'ai du mal à le contrôler. Avec toute cette drogue chez toi, tu es dans le pétrin. Il dit qu'il veut t'arrêter, t'envoyer devant les juges de Ratchada. Tu iras dormir à Bang Kwang avant d'avoir pu dire ouf. Un endroit très dur. »

Moisey ferma les paupières, inspira profondément. Son nez ne paraissait pas cassé. « On peut peut-être trouver un terrain d'entente ?

— Non, refusa le responsable. Cette affaire est trop grosse. Pas d'arrangement.

— Je vous en prie. Je ne veux pas d'ennuis. » L'Israélien

faisait de son mieux pour donner des accents de contrition à sa voix. « Je peux vous dédommager. » En son for intérieur, il s'était fixé une limite de trois cent cinquante mille bahts. Dix mille dollars, voilà ce qu'allait lui coûter cette nuit foireuse. Il attendit que l'autre réponde.

L'homme en costume alla au bureau de Moisey, examina l'ordinateur éteint. « Vous avez des bitcoins ?

— Je ne sais pas comment ça marche », mentit l'Israélien. Il observa le visage de ses interlocuteurs. *Mauvaise pioche.*

« Vous possédez un ordinateur, dit le policier, vous vivez en Thaïlande, vous avez de la meth, et vous n'utilisez pas de bitcoins ?

— Promis juré », persista Moisey.

L'homme en costume prit la souris, alluma l'ordinateur.

Moisey étouffa un soupir de soulagement à la vue de l'écran verrouillé. « Que puis-je faire pour vous ? » Son ordinateur ne renfermait aucune information compromettante, mais il n'aimait pas voir le flic à proximité.

« Débloquez votre ordinateur. Montrez-nous votre compte en banque. » Il s'adressa à ses sbires. « Enlevez-lui les menottes. »

Cette fois-ci, les choses allaient trop loin. « Je n'ai pas de compte. Mais je peux appeler un ami qui vous apportera cent mille bahts avant la fin de la nuit. Maintenant. »

La bouche du policier se crispa. « Ce n'est pas assez. Vous avez trop de problèmes.

— D'accord. Je ne peux pas vous donner plus de deux cent mille. Sinon, il faudra m'arrêter.

— Déverrouillez l'ordinateur, connectez-vous à votre banque et voyons ce qu'il en est. »

Moisey jeta un coup d'œil à Thong. Le garçon baissait toujours les yeux, mais un infime sourire recourbait ses lèvres. Voilà la goutte d'eau qui faisait déborder le vase. Moisey pouvait accepter la drogue planquée par les flics, la gifle et le coup de tête, mais ce sourire de faux jeton excédait son seuil de tolérance. Le monde autour de lui vacilla. « Allez vous faire foutre. »

Le responsable eut un sursaut, piqué au vif.

« Allez vous faire foutre, s'obstina Moisey. Tous autant que vous êtes. Vous ne savez pas avec quelle facilité je pourrais vous faire virer.

— Nous faire virer ? » s'étonna l'homme en costume.

Moisey cessa tout effort de conciliation. « Appelez le 66-2-494-6601. On vous payera la somme que vous réclamez. Ou alors vous vous apercevrez que vous avez fait une grave erreur.

— Qu'est-ce que c'est que ces sornettes ?

— Allez-y, appelez le 66-2... » Il attendit que l'homme prenne son téléphone, ce qu'il se décida à faire, puis acheva sa phrase : « ... le 66-2-494-6601.

— À qui appartient ce numéro ?

— Demandez M. Sukhontha. Il vous écoutera. » Au moment même où il prononçait ce nom, il sut qu'il commettait une énorme bourde. Cependant il ne pouvait plus reculer. Il venait de s'engager sur une route pour laquelle il n'existait aucune carte.

« Discutez avec lui. Soit il vous versera l'argent, soit il vous expliquera à quel point vous vous trompez. D'une façon ou d'une autre, vous y gagnerez. »

Les narines du responsable frémissaient. Les autres hommes

se tassaient sur eux-mêmes. Moisey ignorait s'ils parlaient anglais, mais quelque chose dans son intonation avait dû les alerter. Il dévisagea Thong, gravant les traits du félon dans sa mémoire. Quintal d'or estimerait probablement judicieux de désactiver son appli gay Grindr avant la fin de la nuit.

L'homme en costume finit par appeler. Il resta le téléphone vissé à l'oreille, ses yeux tristes braqués sur Moisey. La climatisation ronronnait dans la pièce. Moisey pouvait presque entendre la tonalité au bout du fil. Le responsable secoua doucement la tête. Il regarda l'écran de son portable puis raccrocha.

« Pas de réponse. »

Une épouvante indicible s'empara de l'Israélien. Son assurance s'évanouit en une fraction de seconde, sa soif de vengeance disparut. Les cartes venaient d'être rebattues de manière radicale. Son esprit passa en revue les issues possibles. Il allait donner aux policiers la somme qu'ils réclamaient. Et quand Sukhontha rappellerait sur son portable d'ici quelques instants, il prétendrait avoir composé un mauvais numéro.

Bien entendu, c'était un vœu pieux. Il n'aurait même pas le temps de formuler un début d'explication.

Avant que quiconque dans la pièce puisse rompre le silence, le téléphone du responsable bourdonna. Moisey eut un haut-le-cœur. Le flic décrocha, l'index appuyé sur l'autre oreille pour mieux écouter. Il marmonna une ou deux phrases en thaï, puis regarda Moisey.

« Comment vous vous appelez ?

— Segal. »

L'homme en costume répéta le patronyme dans le combiné, prononçant « Sé-go ».

L'Israélien épiait le regard papillotant de l'homme, tandis que son correspondant invisible mettait les points sur les I. Il le vit observer ses hommes tour à tour. Le quinquagénaire se passa la langue sur les lèvres. Il bredouilla des paroles incompréhensibles, à l'exception du terme « cristal meth », suivi d'autres mots dans sa langue natale.

Moisey l'entendit finalement demander pardon.

L'homme en costume réitéra ses excuses plusieurs fois avant de raccrocher. Son visage s'adoucit lorsqu'il se tourna vers Moisey. « Désolé, dit-il en anglais. J'ai fait une erreur en venant chez vous. » Il joignit les mains devant le front et inclina la tête. « Nous avons tous fait une erreur. Mauvaise adresse. Mes regrets les plus sincères. »

Il adressa quelques mots à l'armoire à glace en uniforme, qui s'empressa d'ôter les menottes à Moisey, puis il commença à admonester Thong Kon. Il s'approcha de lui, le gifla sèchement à l'arrière du crâne.

« C'est lui, indiqua-t-il à Moisey. C'est de la faute de cet homme. » Il le gifla de nouveau, à la suite de quoi les quatre policiers, accompagnés de Quintal d'or, évacuèrent l'appartement.

Moisey demeura vissé à son siège, les yeux orientés vers la fenêtre. Au-delà des lumières du quartier, quelque part dans Bangkok, Sukhontha passait d'autres coups de fil.

Incapable de trouver le sommeil avant l'après-midi suivant, Moisey passa son temps à arpenter le salon, songeant à sa bévue.

Aawut Sukhontha occupait des fonctions de procureur. Moisey ne l'avait jamais rencontré ; c'était Eugene Nana, l'intermédiaire des Birmans, qui lui avait fourni son numéro. Nana lui avait demandé de l'apprendre par cœur. Selon lui, Sukhontha avait à la fois des relations avec le parti populiste Pheu Thai et le parti démocrate Pak Prachatipat. Il avait également des contacts au sein des unités des forces spéciales de la police royale thaïlandaise. D'un simple appel, il pouvait résoudre pratiquement n'importe quel problème. Moisey n'était censé utiliser son numéro qu'en cas d'extrême urgence, par exemple s'il était arrêté pendant qu'il transportait la marchandise des Birmans. Ce qui n'était pas le cas hier.

Ces imbéciles de policiers auraient commencé à fouiner. Qui sait ce qu'ils auraient découvert ? Cet argument ne tenait pas la route, Moisey en avait conscience. Les flics n'auraient jamais rien trouvé. Pas dans cet appartement. Pourquoi ne s'était-il pas contenté de leur donner l'argent qu'ils réclamaient ? Pourquoi avait-il refusé de leur montrer son compte en banque ? Il avait dix-neuf mille dollars dans un établissement de Bangkok. Le reste, ainsi que les forces de l'ordre l'avaient suspecté, se chiffrait en bitcoins. Il aurait pu les laisser vider la caisse… Et avant tout, pourquoi diable avait-il jeté son dévolu sur Quintal d'or ?

Quand il se réveilla, son téléphone n'affichait aucun appel en absence, aucun texto, pas de mail. Une migraine sourde lui battait les tempes. Il envisagea de contacter Nana, mais cette simple perspective suffisait à le décourager. Il se sentait dépassé. Il pouvait aussi joindre Isaak Raskin à Miami, quoique cette mesure lui parût un brin excessive. Qu'est-ce qu'il lui dirait ?

Aux alentours de 21 h 30, alors que naissait en lui l'espoir d'échapper aux sanctions, son portable vibra. Un numéro inconnu, avec l'indicatif de Bangkok. Il répondit en anglais : « Oui ? Qui est à l'appareil ?

— Monsieur Segal ? interrogea une voix féminine pourvue d'un fort accent.

— Lui-même.

— Votre ami aimerait vous voir.

— Quel ami ?

— Celui du nord. »

Moisey en déduisit qu'il s'agissait d'Eugene Nana.

« Où ?

— Un véhicule vous attend en bas de chez vous. »

Lorsque Moisey descendit, il ne vit aucune voiture garée le long du trottoir, mais un pilote de moto-taxi en veste orange attira son attention. Le chauffeur lui adressait de grands gestes, dignes de la reine d'Angleterre. Moisey se traîna jusqu'à lui. L'Asiatique leva la visière de son casque. « Oui, oui, monsieur Segal, venez avec moi. »

Moisey grimpa à l'arrière. En passant ses bras autour de la poitrine de l'homme, il sentit un holster dissimulé sous la veste orange.

La cylindrée s'inséra dans la circulation. Moisey regarda par-delà son épaule. Deux motocyclistes identiques à celui qui conduisait les suivaient. Il cria pour se faire entendre par-dessus les pétarades du moteur : « Deux types nous collent aux basques. »

Le chauffeur jeta un coup d'œil dans son rétroviseur. « Ils sont avec nous. »

Bon sang, s'inquiéta Moisey, *ils emploient les grands moyens.* Il serra les genoux, accroché au pilote tandis que celui-ci donnait un coup d'accélérateur pour se faufiler entre un bus et un camion. Il obliqua au nord par les petites routes, en direction de Ratchathewi. L'effervescence de la ville les cernait. Le soleil était couché depuis une heure mais la chaleur persistait. À chaque seconde, le chauffeur évitait un nouvel obstacle sans ralentir le moins du monde. Plus d'une fois, Moisey éprouva le besoin impérieux de fermer les yeux.

Près de Chatuchak, dans un quartier que Moisey n'avait jamais visité, ils plongèrent dans le parking souterrain d'un centre commercial. Les deux motos qui les escortaient restèrent à l'extérieur. Le pilote négocia une série de virages la poignée en coin, avant d'émerger de l'autre côté de l'immeuble. Ils foncèrent à travers deux ruelles, s'engouffrèrent dans un second parking, sous une tour de verre anonyme cette fois. Le gardien posté à la barrière les laissa passer.

Tout au fond du sous-sol, un homme de forte corpulence se tenait assis sur une chaise pliante en métal. Lorsque le chauffeur arrêta son deux-roues, il se leva pour lui adresser quelques mots, la main posée sur son épaule à la façon d'un vieil ami. Il invita ensuite Moisey à franchir une porte. Celui-ci se retrouva dans un couloir brillamment éclairé puis dans un ascenseur. L'homme corpulent pressa le douzième bouton.

La cabine s'éleva en silence. Le nouveau chaperon de Moisey hochait doucement la tête, comme animé d'un élan de compassion. À l'ouverture des portes, il guida l'Israélien jusque dans des locaux austères où les accueillit un réceptionniste. Équipé d'un casque et d'un micro, il toisa Moisey puis détourna le regard pour le conduire à une salle de conférences. Avant de partir, il demanda au visiteur s'il désirait de l'eau. Moisey accepta et l'employé le laissa seul.

L'Israélien s'était chaussé avant de partir. Maintenant, il avait les pieds qui le démangeaient. Il s'absorba dans la contemplation de son téléphone portable. Étant donné qu'il n'était pas question d'être surpris dans une situation délicate, il se contenta de visionner avec un mépris souverain les photos de ses amis sur Instagram.

Dix minutes plus tard, Eugene Nana fit son apparition. Il portait toujours les mêmes vêtements de touriste aisé : polo noir, coupe-vent au bras, pantalon kaki et mocassins. On aurait dit une vedette de cinéma. Malgré les circonstances peu propices à la bagatelle, Moisey se sentait attiré par lui. Il s'imagina lui dire : *Ne pourrait-on pas en terminer rapidement ? Ne pourrait-on pas baiser ensemble et qu'on n'en parle plus ?*

Nana prit place en face de Moisey. Son visage, et spécialement ses yeux, exprimait un certain inconfort. Il examina la pièce comme s'il s'y trouvait pour la première fois, puis s'adressa à son interlocuteur dans la langue de Shakespeare. « Est-ce que tu sais comment est fabriqué le produit que nous vendons ?

— L'ecstasy ?

— Tu connais la recette ?

— Celle des Birmans ?

— Oui.

— Des huiles essentielles de sassafras.

— Certes. Mais d'où viennent ces huiles ?

— De Chine ?

— Oui, mais avant ça ? »

Moisey l'ignorait.

« De nos voisins cambodgiens, expliqua Nana. L'huile est extraite d'un végétal qu'ils appellent *mreah prew phnom*. Un arbre de toute beauté. On taille certaines statues de Bouddha dans cette essence. Tu en as peut-être vu au marché. Il suffit de tenir la sculpture dans sa main et de la sentir. » Il fit comme s'il tenait un modèle réduit du prédicateur indien dans sa main, qu'il portait à son nez. « Une odeur de réglisse. Exactement le même parfum. On coupe l'arbre, on distille l'huile sur place, dans la jungle. Il suffit ensuite d'un traitement chimique de base pour fabriquer la drogue. » Une pause avant de reprendre : « Sais-tu ce qui est arrivé cette semaine, mon ami ? Un de mes hommes s'est rendu dans la jungle. Il est originaire du Vietnam mais a toujours vécu à Phnom Penh. Il a embauché un groupe de villageois pour le conduire à l'arbre dans la forêt, pour fabriquer l'huile. Un assistant khmer du nom de Sang Munny l'accompagnait. Munny est un jeune Cambodgien de vingt-deux ans. Les voilà donc en pleine jungle, avec une quinzaine d'ouvriers agricoles, et devine ce que l'assistant a fait. »

Moisey eut un geste d'ignorance. Il ne voyait pas où Nana désirait en venir.

« Sang Munny a tué son patron d'une balle dans la tête. Ils m'ont appelé. J'ai dû aller dans la province de Koh Kong pour parler aux villageois, aux familles, et arranger les choses. Ils m'ont raconté que le Vietnamien était devenu fou dans la jungle, qu'il avait commencé à... » L'intermédiaire tendit les mains devant lui, sortit la langue, les yeux exorbités comme un zombie. « Il s'est mis à agir comme un... Comment dit-on en anglais ? En khmer, on parle d'un *neak ta*, un esprit sylvestre, un fantôme. Les villageois ont affirmé qu'il était possédé. Il s'est mis à frapper ses employés et son chauffeur, à leur cracher dessus. Il les a blessés aux mains, les a mordus. Les témoins ont rapporté que ses dents étaient devenues noires. Violence, dents noires... Il cognait tout le monde. D'après eux, il a constitué un bûcher au milieu de la jungle, la fumée s'est élevée dans le ciel, aussi haute qu'un building. Cet homme s'appelait Phan Van Duong. Il a perdu la raison. Des coups tout le temps, des disputes. Une nuit, avant que sa dentition noircisse, il s'est mis à parler dans son sommeil, à communiquer dans une langue qui ressemblait à du chinois. Le lendemain, il agressait tous ceux qui passaient à sa portée. L'assistant, Munny, est allé chercher son pistolet, il a abattu le Vietnamien. Tous les villageois affirment que l'assistant les a sauvés. Voici ce qu'ils disent : "L'assistant nous a sauvés." »

Nana retroussa les lèvres, dévisageant Moisey pour être sûr qu'il écoutait son histoire. « Problème : Phan Van Duong venait d'une famille puissante, ses parents contrôlaient le port de Haïphong. Un point de passage très important. » Il baissa la voix. « Leur fils s'était fait tuer en pleine jungle par des Cambodgiens. Tu imagines le scandale ? Je devais faire la navette comme une force de maintien de l'ordre, arrondir les angles, ménager les susceptibilités... Les Vietnamiens étaient furieux, les Cambodgiens terrorisés, les Birmans plutôt nerveux. Tout cela en une semaine, tu te rends compte ? » Nana baissa les yeux sur ses mains. Il paraissait réfléchir à la suite de son récit.

« Maintenant, j'ai un appel de Sukhontha, qui vient de

parler à un chef de section de la police métropolitaine. Je t'ai raconté l'histoire de la jungle pour que tu comprennes une chose, Moisey : certaines régions sont peuplées de fantômes. Ils ne sont pas toujours bienveillants, tu peux facilement être victime de leurs mauvais sorts. Ces esprits ont le pouvoir de te rendre fou, de te noircir les dents. À Bangkok, en revanche, pas de fantômes. Ici, tu es un *farang*. Les spectres que tu affrontes sont ceux de la drogue que tu prends, ceux de la meth que tu fumes... Ce sont les seuls démons capables de te plonger dans la démence. En toute honnêteté, je pense qu'ils ne sont pas très éloignés de l'esprit malin qui a attaqué Phan Van Duong. Peut-être que lui aussi a fumé trop de meth. Toujours est-il que tes petits soucis se sont transformés en gros problèmes pour moi. Sukhontha et ses clients birmans n'ont pas du tout apprécié la plaisanterie. L'officier qui était chez toi a des contacts avec les stups américains. Quand ils apprendront qu'un *farang* est capable d'appeler Sukhontha pour se débarrasser des flics locaux, ils vont s'intéresser à toi. Peut-être qu'ils se demanderont : *Quel est cet étranger qui peut résoudre ses démêlés avec un simple coup de téléphone? On devrait tenir ce Juif à l'œil, vérifier avec qui il travaille.* »

Terrifié, déprimé, Moisey considérait en silence Eugene Nana.

« Je t'avais prévenu, continua l'intermédiaire, le numéro de Sukhontha ne devait être activé qu'en situation critique. Tu pouvais appeler le procureur si tu te faisais arrêter durant une livraison, pas si tu étais pris la main dans le sac avec un petit Thaïlandais, pas si les flics te réclamaient un pot-de-vin.

Combien ils voulaient? Tu n'aurais pas pu leur graisser la patte ? »

L'image de Thong Kon, avec son sourire en coin, s'imprima dans l'esprit de Moisey. « Ils étaient sur le point de déverrouiller mon ordinateur.

— La belle affaire ! Qu'est-ce qu'ils auraient trouvé ? Des images porno ? » Il plissa les yeux, sa voix baissa encore d'un ton. « Tu n'es quand même pas stupide au point de garder des documents professionnels dans ton PC ?

— Non, bien sûr.

— Alors quoi ? Tu n'avais qu'à les laisser fouiner. Au pire, ils t'auraient inculpé de téléchargement illégal de films. Personne n'aurait été inquiété. »

Les pensées défilaient à toute vitesse dans le crâne de Moisey. Pourquoi n'avait-il pas préparé ses réponses à l'avance ?

« Je n'étais pas tranquille à l'idée qu'ils fourrent leur nez partout. Cela aurait pu nous nuire. J'ai voulu les empêcher d'aller plus loin. »

Nana appuya la tête sur sa main, deux doigts à la tempe. Il cligna des paupières sans le quitter des yeux. Les secondes s'égrenèrent. « Nous sommes tous soumis aux caprices des éléments, mon ami. Mais nous demeurons à notre poste avec la conviction inébranlable que nous ne tomberons pas à la première bourrasque. Tu as été dans l'armée, non ? Tu sais gérer les situations de crise. Pour apaiser la tension, tu dois respirer avec le diaphragme. » Nana inspira par le nez pour faire une démonstration. « La circulation de l'air gomme bien des inquiétudes. »

Moisey inclina le visage. « Je suis désolé, j'ai fait une

erreur. Cela ne se reproduira pas. » Il inspira à son tour par le nez, afin de montrer qu'il avait parfaitement saisi la leçon.

« Les excuses sont une première étape. Mais Sukhontha a décidé que tu ne pouvais plus t'occuper du transport de la marchandise. C'est devenu trop dangereux. Laisse-moi te dire un secret : certains Birmans voulaient te supprimer. Moi, je t'ai défendu. “Non, Segal a un bon fond, il a juste commis une erreur. Il travaille pour nous depuis des années, jamais de pépin.” Les Birmans trouvent que ta filière n'est pas assez rentable. Ils jugent que les Juifs de Miami prennent de trop petites quantités. À leurs yeux, cela ne vaut plus la peine de continuer, ils ont l'impression de donner des perles aux cochons. »

Moisey commençait à transpirer. Nana poursuivit : « Représente-toi une usine de chaussures. On y fabrique toutes sortes de modèles, des Nike, des Adidas... Maintenant, imagine une usine spécialisée dans la conception de lacets, seulement ils n'en vendent qu'à quelques personnes, en quantité restreinte. Est-ce qu'ils doivent s'obstiner dans cette voie ? Si quelqu'un décide de leur acheter davantage de lacets, disons mille, il faut peut-être qu'ils revoient leur politique, tu comprends ?

— Tu veux que nous prenions de plus grosses quantités ?

— Pas moi, eux. Personnellement, je me moque de ce que vous achetez. Mais les Birmans semblent penser que ce serait un bon moyen de résoudre le problème. Enfin, *ton* problème.

— Mais ce n'est pas moi qui... qui...

— Tu nous as mis en contact avec les Juifs. Tu connais bien Isaak Raskin, non ? » Moisey attendit la suite. « Peut-être qu'il serait disposé à gagner plus d'argent pour aider son ami Segal ? Tout le monde serait content. Pas de fâcherie.

— Combien ? »

Nana haussa les épaules : « Dix. Dix fois plus, au même prix. »

Moisey sentit la bile remonter dans son estomac. « Je ne saurais même pas par où commencer.

— Si j'étais toi, j'irais à Miami. »

Trois jours plus tard, Moisey atterrissait sur la côte est des États-Unis. De sombres pensées lui avaient plombé le mental pendant tout le trajet. Ses ruminations avaient oscillé entre le passé et le futur. Qu'adviendrait-il s'il échouait à convaincre ses partenaires ? Il pourrait faire une croix sur la Thaïlande. Miami était trop lié à ses problèmes actuels. Il serait obligé de s'exiler au Mexique ou en Argentine.

S'il n'y avait qu'Isaak, peut-être envisagerait-il sa démarche avec plus de sérénité. Mais il connaissait moins bien Semion, et celui-ci paraissait autrement plus coriace. Ils s'étaient beaucoup amusés à Bangkok, pourtant il sentait une certaine arrogance chez cet homme, une inflexibilité. Sans doute obtiendrait-il de meilleurs résultats en lui conseillant de ne surtout pas augmenter la quantité.

Il avait rencontré Isaak à Haïfa. Tous deux étaient âgés de onze ans. Moisey broyait du noir sous un palmier au milieu d'un rond-point, près de la plage de Kiryat-Yam. À l'époque, il habitait avec ses parents et ses deux frères aînés dans un petit appartement du quartier. Isaak, en virée avec deux de ses sempiternelles sœurs, l'avait apostrophé en ces termes : « Hé, clodo, où est la plage ? » Moisey l'avait pourchassé sur deux pâtés de maisons, mais quand il l'avait rattrapé, Isaak avait éclaté d'un rire tellement insouciant qu'il avait bien été obligé de lui pardonner. Ce jour-là, ils étaient allés tous les quatre à la plage. Les sœurs d'Isaak, longues créatures bronzées des classes aisées, ressemblaient à des stars de cinéma. Les éternelles plaisanteries d'Isaak rendaient le contact facile. Ils avaient traîné ensemble tout le reste de l'été.

Un an plus tard, les deux compères avaient vécu une idylle aussi brève que fougueuse, à la mode adolescente. Le glas de leur amourette n'avait pas entamé leur complicité, qui perdura jusqu'à la fin du lycée. Il n'était pas rare que Moisey dorme chez les Raskin... À travers ses yeux juvéniles, leur maison ressemblait à un palace. La mère d'Isaak faisait pousser des oranges de Jaffa dans le jardin.

L'été suivant, Moisey avait commencé à sniffer de la colle, initié par un gamin russe qui n'avait même pas l'heur d'être juif. Un an plus tard, Isaak et Moisey prenaient leur premier ecstasy. Il se souvenait encore de la forme des cachets : des comprimés blancs parsemés de petits éclats marron, estampillés du logo Nike. La drogue était assez puissante. Elle leur avait inspiré d'interminables considérations sur l'amour indestructible qu'ils se vouaient l'un à l'autre. La lumière rouge dans la chambre d'Isaak donnait à son repaire des allures de boîte disco. Ils se firent leur propre rave entre quatre murs, tandis que la chaîne stéréo crachait de la musique techno. « Je t'aime, je t'aime », proclamait Isaak en dansant comme une fille.

Après le lycée, ils effectuèrent leur service militaire dans des unités différentes. Puis Moisey déménagea à Bangkok et n'entendit plus parler d'Isaak jusqu'au jour où celui-ci le contacta pour monter un réseau. Les deux hommes s'étaient alors revus.

Moisey entamait sa cinquième année en Asie du Sud-Est. Il officiait en tant qu'intermédiaire de base entre des Israéliens et des Russes de Trat, pour convoyer de la meth birmane sur le sol australien. Dès qu'un chargement était prêt, il prenait le volant d'un car de tourisme dont les porte-bagages se hérissaient de VTT, direction une rizière dans la province de Lampang. Là-bas, on lui donnait un gros sac de riz contenant de petits sacs de drogue. Il transportait en général vingt-cinq à trente kilos par excursion. Ce fut au cours de l'une d'elles qu'on lui présenta Eugene Nana.

Moisey n'avait pas prévenu Isaak de son voyage à Miami. Mieux valait lui faire la surprise, se disait-il. Il loua une voiture et réserva une chambre dans un hôtel de seconde zone au nord de l'aéroport, loin de la plage, du sable et du soleil. Il n'était pas là en touriste. Les deux premiers jours, il les passa enfermé dans sa piaule, à regarder les chaînes de télévision américaines et à boire de la bière. Il estimait qu'il était préférable d'être bien reposé pour sa première entrevue avec Isaak. En vérité, il retardait l'échéance.

Au matin du troisième jour, il se décida à téléphoner à son ami. Isaak ne décrocha pas mais le rappela quelques minutes après.

« Surprise ! s'écria Moisey. Je suis à Miami. » Il expliqua à Isaak qu'il avait besoin de lui parler. « Non, non, rien d'urgent. Seulement, on doit quand même régler quelques bricoles. »

Il informa son ami que personne d'autre n'était au courant de son séjour.

Quarante-cinq minutes plus tard, Isaak tambourinait à sa porte. Moisey plaqua un grand sourire sur ses lèvres et ouvrit, les bras écartés pour l'accueillir.

« Salut, frérot.

— C'est quoi, cette histoire ? Que se passe-t-il ? »

Moisey l'invita à s'asseoir puis lui raconta ses déboires. Le tapineur, la drogue, les flics, il n'omit aucun détail. Il avoua que le coup de fil à Sukhontha était l'une des pires erreurs de sa vie. Isaak balaya cet argument d'un revers de main. Il savait que ce récit ne constituait qu'une prémisse. « Et alors ? fit-il d'une voix calme, presque lasse. Viens-en au fait. »

Moisey lui narra sa rencontre avec Eugene Nana. Il lui expliqua que l'intermédiaire désirait qu'ils décuplent les commandes. « Je sais que je suis en tort, plaida-t-il. Pas la peine de me demander de disparaître, j'ai déjà planifié mon départ. Mais je ne veux pas empirer les choses. »

Isaak demeura silencieux, réfléchissant de toute évidence aux différentes solutions qui s'offraient à eux. Moisey s'attendait à ce qu'il suggère de changer de partenaires. Rien de plus facile : ils s'adresseraient aux Chinois.

« Ils t'ont menacé ? s'enquit finalement Isaak.

— Nana m'a affirmé que certains membres du groupe voulaient me dégager du circuit.

— Te tuer ?

— Oui, mais… » Moisey fit osciller sa main comme s'il s'agissait d'une simple hypothèse. « Ce ne sont que des mots, tu sais. Des fanfaronnades.

— Merde.

— Tu l'as dit.

— Combien ils veulent ? Dix fois plus ?

— Affirmatif. » Moisey inspira par le nez, attendit, puis enfonça le clou : « Au même prix qu'avant. »

Isaak tressaillit. « Semion n'acceptera jamais. » Son timbre monta d'un cran. « Ils doivent nous faire une réduction, c'est la base. Leur proposition n'est qu'un prétexte. Ils veulent nous acculer.

— Je sais bien.

— Comment vous vous êtes quittés, avec Nana ?

— Je lui ai dit que j'allais te rendre visite pour essayer de te convaincre. Il m'a conseillé de contacter M. Hong. » Moisey tenta de décrypter l'expression de son vis-à-vis. « Selon lui, Hong nous aidera, quel que soit le problème. »

Tel un joueur avant le lancer de dés, Isaak se passa la main sur la figure. « Voilà comment je vois les choses : Semion ne nous dira jamais oui. Ni à toi ni à moi. Mais à Hong, peut-être. » Son regard se posa sur Moisey, un sourire froid déforma ses traits. « Tu as fichu une sacrée pagaille. J'espère que ton éphèbe en valait la peine. »

Le lendemain, Moisey se conforma aux instructions de Nana : il composa un numéro avec l'indicatif de Miami. Une femme à l'accent américain lui répondit : « Lannan, Evans et Loftus, à votre service. » L'Israélien demanda à parler à M. Hong. La secrétaire l'invita à laisser un message.

Six minutes plus tard, l'écran du portable s'illumina. La secrétaire proposa à Moisey de rencontrer M. Hong au Four Seasons de Brickell Avenue. « Demain, à 15 heures. » Moisey accepta. Elle précisa alors qu'ils lui enverraient un véhicule, et Moisey indiqua de son côté qu'il viendrait accompagné d'Isaak Raskin.

« J'en informerai M. Hong », dit l'employée.

À l'horaire prévu, Moisey et Isaak se tenaient sous la marquise du Four Seasons, dans le centre-ville. Le nez chaussé de lunettes de soleil, transpirant abondamment, les deux hommes dansaient d'un pied sur l'autre. L'horloge indiquait 15 h 05 lorsqu'un monospace d'un noir étincelant se gara le long du trottoir. La vitre coulissa. M. Hong fit signe au duo de monter. Moisey rencontrait l'Asiatique pour la première fois. Il s'était imaginé quelqu'un de plus jeune, de plus dur. Avec ses cheveux laqués et peignés en arrière, Hong ressemblait à un vieil oncle affable.

Une agréable fraîcheur régnait à l'intérieur du monospace. L'habitacle dégageait une odeur de menthe. Hong était installé sur le siège passager, à côté d'un chauffeur chinois. Il semblait de bonne humeur. Ils mirent cap au nord. Les palmiers et les trottoirs vides commencèrent à défiler par la vitre.

Moisey se présenta puis, ne sachant pas si Hong et Isaak se connaissaient, présenta son compagnon. Hong se tourna sur son siège avec un sourire. « Bien sûr que je connais Isaak Raskin. C'est un ami de longue date. Je sais tout sur lui. » Il leva les yeux comme s'il cherchait dans ses souvenirs. « Né le 29 mai 1987 à Haïfa, fils de Benny et de Daphna, frère de Nina, d'Esti, d'Avraham et de… et de David. L'aîné de la famille s'appelle Sergey. »

Moisey et Isaak se tinrent cois. Hong se tapota le front sans se départir de son sourire. « Quelle précision ! J'ai une mémoire photographique. Vous me dites quelque chose une fois, je ne l'oublie jamais. Trop de souvenirs. »

Moisey avait mal au cœur. L'habitacle semblait rétrécir autour de lui.

Isaak adopta un ton léger. « Je déteste ma famille. Faites-moi plaisir, ne parlez plus d'eux, sauf si vous avez l'intention de les rayer de la surface de la Terre, à la suite de quoi nous irons boire une vodka ensemble.

— Désolé », s'excusa Hong. Il baissa les yeux avec un air de contrition tellement sincère que Moisey en fut troublé. Il devait néanmoins garder le contrôle de la conversation. « D'accord, passons aux choses sérieuses : nous avons un problème. Je pense que Nana vous en a touché deux mots. »

Hong fit non de la tête.

Merde, pensa Moisey. « J'ai été envoyé ici dans le but de persuader cet homme et son associé d'accroître leurs commandes. »

Hong secoua de nouveau la tête. Il ignorait visiblement de quoi Moisey voulait parler. Son visage manifestait une authentique curiosité. Il semblait réclamer plus de précisions à son interlocuteur.

Moisey aurait voulu prendre plus de temps pour s'expliquer, mais qu'importe : « Nana pense qu'il serait judicieux de réceptionner de plus grandes quantités de marchandise. » Il jeta un coup d'œil à Isaak, qui opina. « La difficulté réside dans l'obstination de Semion. Il refusera sûrement cette opportunité de croissance, vous saisissez ?

— Je n'ai jamais eu de problème d'ordre commercial avec lui.

— Oui, Semion est un homme bien, mais il est un peu

rigide. Je dis juste… » Une voiture de police fila sur la voie opposée, toute sirène hurlante. Moisey la regarda passer avant de reprendre : « Je dis juste qu'il serait sans doute plus réceptif à vos arguments qu'aux nôtres si l'on décidait d'augmenter les achats. »

Hong parut dubitatif. « Moi ? »

Tout ce cinéma agaçait Moisey, il sentait l'impatience le gagner. « Êtes-vous disposé à aider Eugene Nana ?

— C'est un partenaire.

— Certes, mais êtes-vous disposé à l'aider ?

— Oui.

— Eh bien, Nana désire que nous prenions davantage de marchandise. »

Hong médita un instant. Il regarda Isaak. « Tu es d'accord avec l'analyse de cet homme concernant Semion ? Tu veux que je demande à votre place ?

— Oui, approuva Isaak.

— Alors d'accord, pas de soucis. » La voix de l'Asiatique pétillait de joie. On aurait dit qu'il venait de triompher d'une négociation délicate. Il se retourna face à la route.

« Bien », souffla Moisey, la bouche sèche. Une pièce du puzzle venait de trouver sa place, le reste suivrait. Une immense fatigue s'abattit sur lui.

Ils roulèrent en silence une minute. L'Israélien remarqua que le chauffeur l'observait dans le rétroviseur. Que cherchait-il ? Était-il étonné de cet étranger qui s'adressait avec une telle liberté à son patron ? Ou constatait-il simplement que ce même étranger ne serait bientôt plus de ce monde ?

Hong pivota pour s'adresser à Isaak. « Nous employons souvent un dicton dans le milieu des affaires : les plus grandes opportunités naissent des plus grands désordres. » Il tendit une carte et désigna le chauffeur. « Appelez-le quand vous aurez besoin de me parler. »

Un vacarme assourdissant en provenance de la porte d'entrée éveilla Moisey d'un sommeil sans rêve l'après-midi suivant. Il était couvert de sueur et fut désorienté l'espace d'une seconde. Se trouvait-il à Bangkok ? À Pattaya ? À Trat ? Il retrouva sa lucidité. Celui qui s'acharnait dans le couloir ne perdait pas courage. L'éventualité qu'il puisse s'agir de Semion l'emplit d'effroi.

« Qui est-ce ?

— Isaak. »

Dès que Moisey ouvrit le battant, son ami se précipita à l'intérieur. Il repoussa Moisey dans la pièce, jusqu'à ce que celui-ci fût contraint de s'asseoir sur le lit. Isaak le dominait, les yeux baissés sur lui. L'appréhension de Moisey se transforma en véritable épouvante.

Isaak pointa le doigt à quelques centimètres de son visage. « Dis-moi que tu n'as rien à voir avec ça.

— Quoi, ça ?

— Ce foutoir, dans l'appartement de Semion.

— Quel foutoir ?

— Le sang. La fille.

— Je ne comprends pas. »

Isaak lui allongea une claque. C'était la deuxième fois qu'il se prenait une gifle en une semaine. Il contempla, stupéfait, Isaak qui défaisait sa ceinture et empoignait la lanière comme s'il allait le fouetter. « La Brésilienne. Crache le morceau ou je te jure que je t'étrangle. Tu m'entends ? Je te tue.

— Je n'ai aucune idée de ce dont tu parles, geignit Moisey, promis. »

Isaak brandit sa ceinture. « Ferme-la. Dis-moi ce que tu fabriques.

— Rien. Je ne fabrique rien.

— Ce n'est pas toi ?

— Non.

— Tu n'es au courant de rien ?

— Rien de rien. » Moisey avait tellement peur qu'il redoutait d'éclater en sanglots.

Isaak secoua la tête. Il remit sa ceinture avant de se recoiffer. L'unique source de lumière dans la chambre provenait des stores entrouverts.

« Qu'est-ce qui se passe ? » interrogea Moisey.

Isaak lui raconta ce qu'il savait. Semion avait ramené une fille chez lui ; il s'était réveillé dans un lit plein de sang. Il mentionna également les deux hommes et le sac filmés par la caméra de surveillance.

« Quel merdier ! vitupéra-t-il lorsqu'il eut terminé ses explications. On a la poisse.

— L'embrouille vient de M. Hong ?

— C'est ce que j'ai d'abord cru. Mais à la réflexion, cela ne lui ressemble pas. »

Moisey ressentait une étrange exaltation à l'idée d'être exonéré de cette duperie. Il s'imaginait là, assis, en train d'ouvrir le pantalon de son ami. Clignant des yeux, il prendrait le sexe d'Isaak dans sa bouche. D'après ses souvenirs, ce dernier était fort bien membré. Tout rentrerait dans l'ordre, ils laisseraient tout tomber, ils s'enfuiraient. Le sommeil, le rêve.

Ils échangèrent un regard équivoque, mais Isaak paraissait découragé. « Semion a perdu la boule. »

Semion, toujours Semion. Qu'il aille se faire voir, songea Moisey. Il dévisagea son ami. Isaak était-il capable d'orchestrer pareille machination ? Aucune hypothèse n'était à écarter. « Semion connaît cette gonzesse depuis quand ?

— Peu de temps. Moins d'un mois.

— Si le coup ne vient pas de nous… » Il étudia les traits de son ami, n'y détecta rien de suspect. « Et s'il ne vient pas de Hong, alors…

— Une opportuniste.

— Une opportuniste qui tombe au plus mal.

— Fait chier.

— Un ouragan et un tremblement de terre la même semaine. » Il pensa aux démons cambodgiens dont lui avait parlé Nana. Peut-être étaient-ils réellement maudits. « Un malheur n'arrive jamais seul. »

Ils appelèrent le chauffeur de Hong pour solliciter un rendez-vous en urgence. L'Asiatique arriva à l'hôtel une heure plus tard, seul. Un luxueux parfum d'eau de Cologne le suivait à la trace. Isaak lui résuma la situation. Hong secoua la tête. Était-il en colère ? Effrayé ? Impossible à dire. Ni Isaak ni Moisey ne se hasardèrent à évoquer son éventuelle responsabilité. De toute manière, qu'aurait-il répondu ?

L'Asiatique prit la parole au bout d'un long silence : « Les femmes de Miami peuvent être très manipulatrices.

— On fait quoi ? »

Hong baissa la voix, ses mots devinrent murmure : « Croyez-moi, les amis, les Birmans ne doivent à aucun prix savoir à quel point vous êtes vulnérables. Je vous en prie, laissez-moi vous aider. Donnez-moi votre accord et je m'occupe du reste.» Moisey eut l'impression qu'il les suppliait. «Allez trouver Semion, continua le Chinois, dites-lui de m'attendre au club cette nuit. Je lui ferai une proposition, en précisant que les Birmans insistent. J'offrirai de régler son petit incident... Peut-être que toutes ces mésaventures auront un impact positif.» Il désigna Moisey. «Peut-être que Semion entendra raison.»

Il se leva, essuya des miettes imaginaires sur les plis de son pantalon, puis serra la main des deux hommes. «Nous allons surmonter cette épreuve ensemble. Dix fois plus de marchandise égale dix fois plus de bénéfices. Ce n'est pas méchant. L'argent aplanit bien des difficultés. Il nous rend le sourire.»

Sur ces bonnes paroles, l'Asiatique prit congé.

Dès qu'ils se retrouvèrent en tête à tête, Isaak demanda à Moisey : «Tu sais ce qui rendrait le sourire à Semion ?

— Non.

— La meth. La meth et rien que la meth.» Isaak mima une dame en train de boire le thé, le petit doigt en l'air. «Il deviendrait un vrai petit chienchien à sa mémère. Lui et M. Hong se feraient des câlins, ils se chuchoteraient des mots doux. "Je t'aime, je t'aime."»

Après le départ d'Isaak, Moisey resta seul. Il ne quitta sa chambre que pour prendre la voiture et aller se restaurer deux fois par jour dans une cafétéria non loin de l'aéroport. Semion n'irait jamais manger dans un endroit pareil.

Les serveuses lui apportaient des hamburgers et des frites.

Il buvait du Coca Light dans de grands gobelets en plastique rouge. Quand il rentrait à l'hôtel, il s'absorbait dans la contemplation des retransmissions sportives et rêvait tout éveillé de baiser des garçons d'Amérique du Sud.

L'une des serveuses, une quinquagénaire rondouillarde, lui demanda un soir s'il était italien.

« Je viens d'Israël, rectifia-t-il.

— Je suis juive, répliqua-t-elle en souriant.

— Je sais. C'est écrit Hannah sur votre badge. » Il avait envie de lui proposer la botte, mais s'abstint. C'était plus simple de reluquer son postérieur quand elle partait lui chercher un autre verre de Coca. Il se sentait dans la peau d'un réfugié. Au moins, en Thaïlande, il connaissait sa juste place. Ici, il était quoi ? Un homme dans une antichambre, un être terrorisé, silencieux et épuisé.

Cette nuit-là, après avoir discuté avec la serveuse, il reçut un appel d'Isaak.

« C'est fait.

— Quoi ?

— Ils se sont vus. »

En fond sonore, la pulsation d'une musique rythmée.

« Résultat des courses ?

— Semion est rentré chez lui.

— Qu'est-ce qu'il a dit ?

— Rien. Passe me voir, Misha. » Pour une raison mystérieuse, Isaak continuait à utiliser le diminutif de leur enfance.

« Où ça ?

— À la discothèque.

— Tu es dingue ?

— N'aie pas peur, tout va bien se passer, c'est moi qui te

le dis. Je le sais parce que… parce que je le sais. » *Logique contestable*, songea Moisey. « Ne discute pas, persista Isaak, je suis plus futé que Semion. Plus futé que M. Hong, plus futé que les Birmans. Tu le sais, non ?

— Bien sûr. » Moisey n'était pas rassuré pour autant. « Rappelle-moi demain.

— Je t'aime. Je t'aime à la folie. »

Vingt-quatre heures s'écoulèrent. Incapable de rester en place, Moisey prit sa voiture de location pour aller au nord, vers Fort Lauderdale. Son téléphone s'alluma à mi-chemin. Maintenant qu'il avait dessoûlé, Isaak semblait déprimé. Selon lui, Semion était convaincu que M. Hong avait tout orchestré.

« Il n'a peut-être pas tort, observa Moisey.

— Non, Hong n'y est pour rien, crois-moi. Cette fille disparue, c'est un travail d'amateur. Je ne t'ai pas raconté ? Ils ont contacté Semion pour réclamer deux cent cinquante mille dollars. Les ravisseurs nous prennent pour des proprios de discothèques. Connerie. J'ai dit à Semion : "Laisse-moi mettre une montre au clou pour payer la somme. Le problème est réglé." Des fois, je lui filerais des baffes.

— Je vais devoir te rappeler », s'excusa Moisey. Il n'avait pas envie d'en entendre davantage.

Il dépassa un port rempli de bateaux blancs. Arbres verdoyants, eau noire. *La réalité correspond à ce que je vis*, raisonna-t-il. *Je suis dans une voiture de location, sur la voie rapide. J'aperçois le ciel bleu, je sens le volant au creux de mes mains. La seule chose sur laquelle je possède un contrôle est le présent. Et à l'heure actuelle, je ne risque rien. Bordel de merde. Respire.*

Un souvenir lui traversa l'esprit. Isaak et lui avaient quinze ou seize ans. Son ami se tenait dans l'embrasure de la porte de sa chambre. Il le réprimandait : « Mes copains ne t'aiment pas. Ils affirment que tu ne sais pas t'amuser, que tu n'as jamais un mot sympa. Tu n'es pas serviable, tu énerves tout le monde et personne ne veut traîner avec toi. » Ce jour-là, Moisey était rentré chez lui à pied, songeant : *Je suis nul, mes parents sont nuls. La Terre entière ne vaut rien.*

Il n'eut plus aucune nouvelle pendant plusieurs jours. De toute évidence, on l'avait mis à l'écart. Il continua à regarder la télévision, à faire sa gymnastique matinale et à boire de la bière. De temps en temps, il prenait la voiture pour se balader autour de Miami. De singuliers élans d'optimisme le réconfortaient parfois. Peut-être que Semion allait devenir raisonnable. Quand ils se seraient occupés de ses petits problèmes, ils échafauderaient un plan pour exfiltrer Moisey. Celui-ci commencerait une nouvelle vie. Peut-être qu'il retournerait en Israël pour devenir acteur. Son visage marqué par l'expérience ressemblait indéniablement à celui d'un criminel. Il aurait des rôles de méchants. Ou alors il rédigerait ses Mémoires, il écrirait des scénarios, des romans noirs. Il pouvait aussi travailler dans la restauration, mener une existence simple. S'il n'était pas comédien, il serait chef cuisinier spécialisé dans la nourriture asiatique. Pourquoi ne pas ouvrir un food truck kasher à Vancouver ?

Son téléphone carillonna.

« Passe chez moi, fit Isaak sans préambule.

— Impossible. Imagine que je tombe sur Semion.

— Tu n'as rien à craindre. Prends un taxi, dépêche-toi. J'ai prévenu le gardien. »

Moisey se conforma mollement aux consignes d'Isaak. Calé sur la banquette arrière du taxi, il s'imagina croiser Semion au pied de l'immeuble. *Salut, mon ami. Je suis juste venu faire un tour en ville.* Le chauffeur écoutait la radio. Moisey ne saisissait qu'un mot sur trois du bulletin d'informations. « Programme… dépenses… cercle vicieux… » Les muscles de sa nuque contractée pesaient sur ses épaules comme un joug d'acier.

Ils se garèrent devant un grand building blanc, le long d'une allée circulaire. Moisey n'avait jamais vu où habitait Isaak. Il demeura assis sur la banquette un moment puis s'acquitta de la course en espèces. Un jeune Cubain fatigué, vêtu d'une chemise kaki, l'accueillit au comptoir de la réception. Il téléphona à Isaak pour annoncer l'arrivée de son visiteur.

« Prenez l'ascenseur jusqu'au vingt-huitième, indiqua-t-il. M. Raskin réside au numéro 2814. »

À chaque palier, la peur de Moisey augmentait d'un cran. Il ignorait totalement ce qui l'attendait. Peut-être qu'Isaak allait lui souhaiter la bienvenue avec une bouteille de champagne. *On a réussi ! On est tirés d'affaire ! Dix fois plus d'argent, dix fois plus de plaisir !* Il se figurait déjà aller dans l'une de leurs boîtes de nuit pour fêter l'événement.

Au vingt-huitième étage, nul bruit ne troublait le silence ambiant. Il parcourut un long couloir propre, garni d'une épaisse moquette, et sonna à la porte d'Isaak.

La première chose que Moisey remarqua lorsque son ami

ouvrit, ce fut les vêtements coûteux, tache floue de beige pastel. Il tenta de déchiffrer l'expression de son camarade mais celui-ci demeurait impénétrable. Peut-être un soupçon de lassitude dans le regard, rien de plus. Moisey avança dans un salon inondé de lumière. Ce fut la douche froide quand il aperçut M. Hong en compagnie de trois compatriotes.

« Assieds-toi, Misha, murmura Isaak. Tu veux un verre ? »

Oui, il en voulait un, mais déclina la proposition. Il reniflait sans cesse, ainsi qu'il en avait l'habitude chaque fois qu'il était nerveux. Lorsqu'il s'en aperçut, il tenta de refréner cette impulsion. Ses yeux se posèrent sur chacun des quatre Chinois, puis sur Isaak.

« Au fil des ans, commença son ami, Semion a été un partenaire difficile, je ne t'apprends rien. Avec l'âge, il est devenu têtu, son caractère s'est durci, j'ai vu ressurgir son tempérament slave... Un Russe jusqu'au fond de l'âme. Il nous a mené la vie dure. »

Moisey voulut changer de sujet : « Vous avez payé les maîtres chanteurs ? »

Une crispation d'agacement apparut sur le visage d'Isaak. Il balaya cette question idiote d'un revers de main. « Oui, on s'est occupés d'eux. Mais je dois te parler d'un autre problème. Je veux dire... Bon sang, Misha, tu as encore plus la poisse qu'un vilain corbeau. Et cette poisse, tu nous l'as refilée. Semion a décidé qu'il ne veut plus travailler avec ces messieurs. » Il désigna Hong et ses acolytes. « Il prétend que c'est terminé, qu'on ne peut plus revenir en arrière. Son choix est irrévocable. »

Moisey plissa les paupières. Il ne comprenait pas pourquoi Isaak lavait son linge sale devant les Chinois. Son ami parlait d'une voix douce. « Écoute, Misha, il y a certaines limites qu'il ne faut pas franchir. Nous avions passé un marché, enfin Semion avait passé un marché. Il a demandé à M. Hong de le sortir d'un traquenard. Traquenard dans lequel, je te le rappelle, il s'est lui-même fourré. Hong a honoré sa part du contrat, d'accord ? Il a réglé cette histoire. » Isaak baissa d'un ton et adopta l'hébreu. « Ils les ont tués, tu comprends ? » Il reprit en anglais : « Dans ce monde, on ne peut pas faire une promesse et ensuite la renier sur un coup de tête. Les revirements sont mauvais pour les affaires, ils nous mettent en danger. Ils provoquent le chaos. »

Moisey se sentait légèrement étourdi. Il opta à son tour pour l'hébreu : « Laisse-lui un peu de temps.

— Nous n'avons plus de temps. »

L'anglais à nouveau. « De quoi tu parles ?

— Il existe des points de non-retour.

— On n'a qu'à le convaincre de revenir sur sa décision. Toi et moi.

— Ce n'est pas le problème.

— Bon, quel est le problème ?

— Semion doit quitter la partie.

— Vous voulez le tuer ? » s'effraya Moisey en hébreu.

Isaak approuva. Les Chinois observaient la conversation. L'un d'eux, le chauffeur de Hong, mâchait son chewing-gum comme s'il désirait retrouver une saveur perdue.

« Tu ne peux pas les laisser faire, continua Moisey.

— Arrêtons de parler en hébreu, c'est malpoli.

— Alors quoi ? Tu vas les autoriser à supprimer Semion ?

— Pas eux.

— Toi ?

— Non, pas moi non plus. »

Moisey envisagea d'aller s'enfermer dans la salle de bains pour envoyer un message à Semion. *Fuis. Tout de suite. C'est une question de vie ou de mort. Ils sont devenus cinglés.* Il n'avait même pas le numéro de l'intéressé. Soudain, la réalité lui apparut dans toute sa cruauté.

« Moi ?

— Il n'y a pas d'autre solution.

— Tu débloques ?

— Si tu refuses de t'en charger, Hong fera le ménage, tu me suis ? Tout le ménage. »

Moisey crevait d'envie de gifler son ami d'enfance, de l'étrangler, de le frapper. Le manque d'empathie de ce personnage lui semblait intolérable. Il regarda Hong. Celui-ci, ainsi que ses camarades, le fixait sans ciller. Dans la pièce, tout le monde respirait au ralenti.

« Non, non, non, bredouilla l'Israélien. Pas question, merde.

— Ce n'est pas une requête. »

Moisey revint instinctivement à l'hébreu. « Tu as perdu les pédales ? Dis à ces mecs de partir. On trouvera d'autres partenaires. Cette situation vire à la folie pure. Tu comprends ce que je raconte ? Ce problème n'en est pas un. Ce sont les affaires. Tous les jours, des bourdes se produisent… Ces types-là vont se contenter d'attendre. Et chaque fois qu'un petit truc clochera, ils avanceront leurs pions, ils renforceront leur position. Tu vois où je veux en venir ?

— Non, Misha. Si tu ne t'en occupes pas aujourd'hui, je suis mort. D'accord ? » Les yeux du gérant s'emplirent de larmes. Moisey n'ignorait pas que celui-ci pouvait pleurer à volonté. « À ton avis, poursuivit Isaak, pourquoi on a organisé cette réunion ? Tu crois que je les ai invités pour taper le carton ? Ils ont des armes, imbécile. Et ils vont s'en servir.

— Menteur », vitupéra Moisey en anglais. Il se tourna vers Hong. « Pourquoi moi ? Tuez-le vous-mêmes, allez-y. »

L'Asiatique posait sur lui un regard en apparence compatissant.

« On a deux options, insista Isaak. Soit on dit non à ces messieurs et on mange notre bulletin de naissance. Ils jetteront nos cadavres dans l'océan. Soit tu règles le problème : tu leur prouves qu'on est loyaux, qu'ils peuvent nous faire confiance. C'est le seul moyen de poursuivre notre collaboration. Je t'en supplie, Misha. Tu veux que je t'implore à genoux ? Fais-le et on t'installe ici. Tu prends le poste de Semion, tu deviens mon bras droit. On réorganise la filière, on envoie quelqu'un en Asie pour te remplacer. On continue à vivre, mec, à respirer. Tu as merdé, d'accord ? Ce n'est pas la fin du monde, mais tu as commis une erreur sérieuse. D'un autre côté, Semion a déclaré la guerre. »

Moisey se tourna vers Hong. « Isaak dit la vérité ?

— L'entière vérité. »

Vous mentez tous les deux, décréta in petto Moisey. *Cette mascarade est grotesque. Le coup de fil à Sukhontha n'a aucune importance. La volte-face de Semion non plus. Ce sont des prétextes.* Il dévisagea Isaak. *C'est toi. Tu tires les ficelles depuis le début.* Rien, dans la posture de Hong, ne suggérait que les Chinois étaient aux commandes. Cette machination était orchestrée par Isaak, et Isaak seul.

Moisey baissa la tête. Il avait presque envie de rire. Sa destinée était toute tracée depuis que le jeune Isaak l'avait apostrophé sur le rond-point de Kiryat-Yam. *Hé, clodo, où est la plage ?* Depuis ce moment-là, jusqu'à ce putain d'appartement surplombant la baie, il n'avait jamais eu le choix. *Très bien*, se décida-t-il. *Au diable vat !*

« Donnez-moi le flingue. Et un verre également. Whisky frappé. Finissons-en. »

Sur injonction de Hong, l'un des Chinois se pencha pour ouvrir un petit sac de sport à ses pieds. Moisey ne l'avait pas remarqué jusqu'à présent. L'homme en sortit un objet impeccablement enveloppé dans un chiffon, comme des couverts à un pique-nique. Moisey déballa l'objet sur ses genoux. Un Glock 23 muni d'un silencieux. Il soupesa l'arme ; elle était plus lourde qu'il ne l'avait cru. Il actionna la glissière, vérifia la chambre. Une balle dans la culasse. L'examen du chargeur lui confirma que le pistolet possédait ses quatorze cartouches. Son cœur se débattait dans sa poitrine avec la frénésie d'un lapin pris au piège. Il pouvait tous les tuer, là, maintenant.

Son esprit rejeta aussitôt cette idée comme on vomit un poison amer. Il était lâche, il le savait. Alors il allait se lever, monter à l'étage, sonner chez Semion et l'avertir qu'il devait partir tout de suite. *Ordre d'Isaak et de M. Hong. Pas le temps de préparer tes valises. File, ne te retourne pas*. Lui aussi, il se sauverait.

Isaak lui apporta son whisky. Le verre perlé de condensation manquait déborder. Quelques gouttes tombèrent sur la main de Moisey lorsqu'il s'en saisit. Il adressa un signe de tête à son vieil ami, leva son verre, et commença à boire le mélange de glaçons et de liquide ambré. Deux des Chinois entamèrent une conversation discrète. *À chacun son enfer*, se dit Moisey. Isaak et M. Hong paraissaient aussi blêmes l'un que l'autre.

Quand il leva les yeux, il se rendit compte que tout le monde l'attendait. Il prit une nouvelle gorgée. Hong sortit son téléphone pour vérifier les messages. Le verre de whisky était à moitié vide. Moisey aurait aimé qu'il soit plus rempli. *Je lui ordonnerai de décamper.*

« Les couloirs sont surveillés par des caméras, fit remarquer Isaak. Tu dois entrer avant de tirer. Ensuite, on viendra te prêter main-forte, on évacuera le corps. Dans cinq jours, j'achèterai un billet d'avion pour le Brésil. J'utiliserai son ordinateur, sa carte de crédit. L'un de mes hommes, qui lui ressemble beaucoup, voyagera sous son nom avec son passeport. Il enverra des mails sur ma messagerie. *Je m'éclate ici, mon pote. Viens me rejoindre.* Mon homme se servira de sa carte un moment puis cessera toute activité. Je signalerai la disparition à la police. Une déclaration parmi d'autres. Ils n'iront même pas vérifier. Semion ne manquera à personne. »

Moisey termina son verre. Il remua les glaçons dans l'espoir d'obtenir quelques gouttes supplémentaires. Sa tentative se solda par un échec. Il posa le verre sur la table basse. *Tu as tout prévu, sale enfoiré. Je lui dirai qu'il a trente secondes pour déguerpir.* Il vissa le silencieux au canon du pistolet. L'alcool lui réchauffait le ventre.

Isaak continuait ses explications. « Au bout d'un certain temps, plusieurs biens me reviendront en qualité d'associé. La maison, la voiture… Le notaire validera les transferts, je vérifierai tout ça avec mon avocat. On partagera, bien sûr, toi et moi. »

Moisey hocha la tête.

« Attends une minute », dit Isaak. Il quitta la pièce pour reparaître aussitôt, les bras chargés de deux valises. « Prends-les avec toi, ce sera plus réaliste. »

Moisey considéra ces bagages. *On nage dans le ridicule. Le grand n'importe quoi.* Il renifla à nouveau, se leva, les jambes en coton. Il s'agissait de valises neuves, à roulettes omnidirectionnelles.

« Deux, ça fait peut-être trop. Et puis j'ai besoin d'avoir une main libre.

— Oui, évidemment. Gardes-en une seule, fais-la rouler, qu'il la voie. On apportera l'autre quand ce sera terminé. Il faudra bien transporter la dépouille. »

Ils allaient découper Semion en morceaux. La cerise sur le gâteau.

« Très bien. » Il faillit serrer la main de son ami mais se ravisa au dernier moment, préférant lui tapoter l'épaule. Après avoir vérifié le cran de sûreté de l'arme, il la glissa dans sa ceinture. Debout devant la glace du salon, il s'entraîna à dégainer. Le silencieux compliquait la manœuvre. Le miroir lui renvoyait le reflet d'un homme squelettique, pâle, à la mine épouvantable. De profonds cernes lui mangeaient les yeux. Il avait l'air d'un macchabée.

Je l'obligerai à partir, je lui dirai de prendre ses jambes à son cou. Fin de l'histoire.

Il empoigna l'une des valises. Hong se leva à son tour. Moisey lui adressa un signe de tête puis s'éloigna vers la porte en compagnie d'Isaak.

« Je suis désolé », chuchota celui-ci.

Moisey scruta sa lippe boudeuse. Il se demanda combien

de temps il lui avait fallu pour comprendre qu'Isaak était un sociopathe.

« Semion habite au trente et unième. Appartement 3120. On est juste derrière toi. »

Moisey se retrouva seul dans le couloir, à l'extrémité duquel se profilait une issue de secours. Il jeta un coup d'œil par-dessus son épaule. Une seconde issue à l'autre bout. Semion et lui pourraient emprunter les escaliers et descendre des deux côtés. Ce fut dans un état second qu'il se dirigea vers l'ascenseur. L'esprit embrumé, il pressa le bouton d'appel. *Trente et unième.* Il se répéta également le numéro de l'appartement.

Lorsque les portes de la cabine s'ouvrirent, il n'avait plus une goutte de salive dans la bouche. Une forte envie d'uriner le tenaillait. Il envisagea un instant de retourner à l'appartement d'Isaak pour se soulager, mais n'en fit rien. Il traîna la valise derrière lui, posa son doigt sur le trente et unième bouton. Les portes coulissèrent et il sentit la cabine s'élever.

Arrivé à l'étage prévu, il longea le couloir. La peur lui dévorait les entrailles ; il n'en avait jamais ressenti d'aussi puissante, entière, exclusive. Il s'arrêta devant la porte 3120, les yeux baissés sur le paillasson. Quelqu'un avait disposé cette petite natte afin que les visiteurs puissent essuyer leurs semelles. Était-ce Semion ? Le pistolet appuyait contre son ventre. Il enregistra le bruit sourd de l'ascenseur qui se remettait en marche. *Il descend probablement au rez-de-chaussée.* Mais l'appareil s'arrêta bien trop tôt pour cela.

Il appuya sur la sonnette. Dans sa mémoire défilaient d'étranges souvenirs fragmentaires : sa mère, un repas en

Thaïlande, un voyage en ferry… Le judas s'obscurcit. Moisey se força à sourire.

La porte s'ouvrit sur un Semion visiblement confus. Derrière lui, une grande pièce blanche, un haut plafond, le sol impeccable et le ciel bleu par la fenêtre. Semion recula, les paumes en avant. Le flingue poussa un soupir enfumé. Semion porta les mains à sa gorge. Le sang coula à flots entre ses doigts.

Encore deux coups de feu. L'un dans la poitrine, l'autre dans la tête. La pièce redevint silencieuse. Semion rendit l'âme.

QUATRIÈME PARTIE

Vanya Rodriguez, alias Anna Monticello, alias Candy Hall-Garcia, Candy Thompson ou Candy Valentino, était née sous le véritable nom de Jacqueline Rose Infante. En son for intérieur, elle se considérait comme Jackie Santos, née au Brésil mais élevée à Newark. Elle avait laissé tomber ses études après sa deuxième année de fac, à l'université Rutgers, dans le New Jersey. Peu après, elle avait connu la prison : deux ans dans le comté de Westchester, à la maison d'arrêt de Bedford. On l'avait arrêtée dans le Queens avec trente grammes de cocaïne et pratiquement cent mille dollars en faux bons d'achat pour des enseignes de la Cinquième Avenue. Elle avait vingt-trois ans.

À sa sortie, elle s'était acoquinée avec un groupe de faussaires opérant à Dallas et San Francisco. Dans les années qui suivirent, Jackie Santos se forgea une petite réputation dans les milieux interlopes. On la disait capable de faire tourner la tête à n'importe quel mâle. Elle aimait fréquenter les voleurs. L'existence normale l'ennuyait.

L'idée de s'attaquer à Semion Gurevich lui avait été suggérée par un certain Tom Roberts, un ancien policier véreux qui travaillait désormais comme enquêteur privé à San Jose. Bien sûr, Roberts n'avait pas de licence. Il employait des méthodes interdites aux détectives traditionnels. Dans le jargon de la mafia juive, il était ce qu'on appelle un « bricoleur » : un type aussi doué pour les branchements électriques que pour les pieds-de-biche ou les serrures ; un type pour qui les logiciels de géolocalisation, les flingues et les battes de base-ball n'avaient pas de secret.

« Tout ce que tu as à faire, c'est le rencontrer », avait dit Roberts la première fois qu'ils avaient évoqué le sujet. Ils étaient assis à une table du fond, dans le bar d'un hôtel au sud de l'aéroport de San Francisco. L'endroit sentait la nourriture bon marché et l'huile de friture. Roberts avait pris un café, Jackie un spritzer au vin blanc.

« Je t'offre un séjour d'une quinzaine à Miami, tous frais payés. J'ai juste besoin d'avoir accès à son appartement.

— Et ?

— Mille dollars par jour. »

Roberts était un grand chauve dont le cou semblait soudé à la mâchoire. Il avait les phalanges aussi poilues que les oreilles, et des manières d'ancien flic. Jackie avait un faible pour lui car il n'avait jamais essayé de lui sauter dessus.

« Qu'est-ce que je dois faire, exactement ? s'enquit la jeune femme.

— Ce type habite dans une de ces résidences dernier cri, en hauteur. Je ne peux pas entrer par effraction chez lui. Il me faut une jolie nana pour m'aider à pénétrer dans l'immeuble.

— Tu sais chéri, j'ai un emploi du temps plutôt chargé en ce moment. » Une façon d'ouvrir les négociations. Elle était arrivée au rendez-vous avec les cheveux mouillés, les lèvres maquillées. Sa combinaison blanche, légèrement bouffante, se couvrait d'une veste en satin noir.

Roberts insista : « Harvey m'a assuré qu'il oublierait tes dettes si tu marchais avec moi. »

Apurer son passif auprès de Harvey ne pouvait pas faire de mal. Jackie lui devait dix-huit mille dollars à la suite d'une histoire de fausse commission, dans une transaction immobilière complexe à Redwood City. À présent, l'ancien flic avait toute l'attention de Jackie. Elle avança son premier pion : « Deux mille par jour.

— Mille cinq cents. Je n'en retire que trente sacs.

— Je vais y réfléchir. »

Ils avaient déjà travaillé ensemble. Roberts avait monté une arnaque avec un avocat de San Jose spécialisé dans les divorces. Il envoyait Jackie dans les bars pour draguer de pauvres bougres mariés, qui deviendraient leurs cibles. Elle les incitait à boire, les séduisait puis leur demandait de la raccompagner à l'hôtel. En chemin, l'un des amis policiers de Roberts les arrêtait pour conduite en état d'ivresse. L'avocat se servait ensuite de cette accusation pour obtenir des indemnités dans les dossiers qu'il traitait. Tout résidait dans la force de conviction. Une combine plutôt lucrative.

Ce qu'elle devait faire à Miami ne paraissait pas bien compliqué. Après avoir contacté Harvey Bloom pour s'assurer qu'il effaçait l'ardoise, elle accepta d'entrer dans la danse. Roberts lui expliqua que son client l'avait engagé pour mettre l'appartement du type sur écoute, rien de plus. Elle devait tomber sur le gars par hasard, lui faire son numéro, et ouvrir la porte à Roberts après avoir drogué la victime au GHB.

Jackie eut beau insister, il refusa de lui révéler l'identité de son client et de lui expliquer pourquoi celui-ci désirait espionner les conversations du dénommé Semion Gurevich.

La première nuit, ils se rendirent à Ground Zero. Semion était facile à repérer ; d'innombrables photos de lui circulaient sur Internet. L'homme régnait sur le carré VIP avec des manières d'oligarque russe. Ils localisèrent également son associé, afin qu'elle puisse engager un bref mais sympathique échange avec lui.

« Je connais la musique, déclara-t-elle après coup. L'illusionniste attire l'attention du spectateur sur un objet précis – regarde par ici –, et abracadabra ! Désolé mon chou, tu viens de perdre la mise. »

Roberts secoua la tête. Ils étaient en face de leur hôtel, dans une voiture de location aux vitres fermées. Jackie avait incliné son siège à la façon d'une chaise longue. « On est venus ici pour que tu installes des micros chez lui, pas vrai ? Alors ce ne devrait pas être difficile de lui extorquer un peu de blé au passage, si tu vois ce que je veux dire. » Roberts secoua de nouveau la tête.

Elle lui expliqua comment elle comptait s'y prendre. L'escroquerie était bien rodée. Il suffisait de plonger le lourdaud dans l'inconscience, d'asperger le lit de sang et de le faire chanter. L'enfance de l'art. En règle générale, elle s'attaquait à des hommes mariés, mais le principe restait le même pour les célibataires. Ce tour de passe-passe s'appelait « la literie écarlate ».

Roberts n'aimait pas ça. On les avait engagés pour une mission précise, se justifia-t-il. Pas question de se disperser.

Jackie, de son côté, avait l'impression de discuter avec un gamin. Elle reprit ses explications avec un soupir : « Attends un peu… Imagine qu'on lui fiche la frousse, imagine qu'il se mette à cogiter sur ce qui a pu lui arriver ; il ne pensera plus aux micros qu'on a pu installer dans sa chambre, tu vois ? Ça nous facilite la tâche. »

Elle vit distinctement Roberts commencer à fléchir. Il lui adressa un regard vacillant et elle poussa son avantage : « Il nous file du pognon, ton client aussi : on fait d'une pierre deux coups. Enfin, c'est toi qui décides.

— Tu veux éclabousser sa chambre de sang ?

— Rien de plus simple.

— Du sang humain ?

— Non, imbécile. Du sang de cochon. Écoute, il sera dans les vapes, tu prendras des photos… » Elle forma le carré d'un objectif avec ses doigts. « Un cliché de nous deux allongés ensemble sur le matelas. Je me barbouillerai de rouge, je gonflerai la poitrine pour accentuer le caractère horrible de la scène, genre boucherie. Un autre cliché avec le couteau dans sa main. Ensuite, on branche les micros et on s'en va. Tu l'appelles, tu lui annonces que mon corps est enterré quelque part. S'il veut éviter que la police ne pose des questions, il paye. Ne t'inquiète pas, il est plein aux as. On peut lui réclamer un million, cinq millions même. Bon, disons deux cent cinquante mille pour faire simple. On partage. Sans compter que tu as ton enregistrement en fin de journée.

— Et le client ? Il ne sera pas très content d'avoir une histoire de chantage sur son fichier audio.

— Tu sais quand même utiliser un logiciel de montage, non ? Tu coupes, tu colles, tu coupes, tu colles. On fait cinquante cinquante, qu'est-ce que tu en dis ? Avec cent vingt-cinq mille, je vis comme une princesse pendant un mois. Pour toi, ça représente un an, voire deux ans de salaire. »

Roberts inclina le visage, se gratta la nuque. Elle l'observait sans prononcer un mot, le laissait réfléchir. Lorsqu'il leva enfin les yeux, elle vit une étincelle malicieuse dans son regard. « Tu es la femme la plus dingue que je connaisse.

— Voilà pourquoi tu m'as contactée. Tu m'adores. »

Il insista cependant sur un point : l'argent serait collecté par d'autres personnes qu'eux. « Sinon, l'opération est trop risquée. Aucune envie que mon nom soit rattaché à une affaire pareille, surtout dans la région de San Francisco où tout le monde se connaît. » Il suggéra de faire venir deux complices de Californie. Deux anciens détenus de Stockton baptisés Danzig et Denver Mike. Roberts les avait rencontrés à la pénitentiaire de San Luis Obispo, où il tirait trente mois pour une histoire de stupéfiants. Les autorités l'avaient placé en régime surveillé à cause de ses antécédents dans les forces de l'ordre. Il refusa de dire pourquoi les deux autres avaient bénéficié du même traitement, mais Jackie supposait qu'ils appartenaient soit à la catégorie des mouchards, soit à celle des pédophiles.

Ils arrivèrent en Californie juste après que Jackie eut rencontré Semion Gurevich. Leur peau portait déjà des traces de coups de soleil. Ils passèrent leur temps à l'extérieur de l'hôtel, à se bécoter et à se tenir la main, toujours nantis de bières et de clopes bon marché. Jackie n'avait aucun problème avec ce genre d'individus, mais elle persistait à les trouver vulgaires. Ils étaient grands et gros, tout comme Roberts. À les voir tous les trois, on les aurait pris pour des maçons au chômage. Lorsqu'ils buvaient, leurs yeux devenaient rouges. Roberts changeait d'attitude en leur présence, si bien que Jackie se demanda s'il ne leur avait pas fait quelques câlins quand il séjournait en prison.

Les deux hommes louèrent un pick-up blanc. Le jour dit, ils étaient censés donner l'argent à Jackie, prélever leur part – vingt-cinq mille dollars, soit dix pour cent de la somme totale –, avant d'emmener la voiture à Fort Lauderdale et de prendre le premier avion pour revenir en Californie. Ni vu ni connu. Roberts, de son côté, devait contacter Semion et enregistrer les échanges.

Jackie attendit la fin des opérations dans une chambre d'hôtel qu'elle occupait depuis le début de matinée. À 10 h 25, Danzig et Denver débarquèrent avec le fric. Ils étaient complètement allumés. Denver commença à chanter à tue-tête dès l'instant où il mit le pied dans la chambre. « T'aurais dû voir sa tronche. Yo ! Tout ce pognon, ça veut dire que dalle, il se prend pour Jay-Z, mais c'est qu'un morfal… »

Danzig rejoua la scène d'une voix tonitruante : « File-moi l'argent ! On aurait dû le dépouiller encore plus. On aurait pu ! »

Ils étaient cuits, leur haleine empestait la bière, la cigarette et les amphétamines. Jackie en eut la chair de poule. Elle fit de son mieux pour se tenir droite et paraître plus imposante qu'elle ne l'était en réalité. Où était passé Roberts ? Elle s'empara du sac, le jeta sur le lit et en examina le contenu, à la recherche d'un quelconque appareil de localisation.

« On se lève tous pour les champions ! » hurla Danzig. Il attira son camarade à lui, scruta son visage. Ce geste d'ivrogne cupide contribuerait à graver la scène dans leur mémoire. Jackie avait connu des hommes comme eux toute sa vie. Elle referma le sac. Où diable Roberts était-il fourré ?

Plus tard, quand elle examinerait la situation avec du recul, la jeune femme se poserait toute une série de questions : un détail crucial lui avait-il échappé ? Avait-elle négligé un signe avant-coureur ? Une ombre était-elle passée devant les stores ? Le parquet de la véranda avait-il craqué ?

Elle posa le sac par terre. Les visages rubiconds et mal rasés de Danzig et Denver se touchaient presque. Ils continuaient à jacasser sans arrêt. Soudain, la porte s'ouvrit à la volée, des hommes s'engouffrèrent dans la chambre. Jackie pensa au FBI car ils portaient des vêtements sombres. Elle se jeta au sol, les mains sur la tête. Elle ne vit pas d'armes, mais elle entendit les hoquets sourds et violents de silencieux à l'ouvrage : *pop, pop, pop, pop*. Danzig et Denver s'écroulèrent, le plancher vibra. Un sang noir s'écoula de leur tête. Le monde de Jackie se réduisit à un désir élémentaire : celui de survivre.

L'instant d'après, des mains gantées la soulevaient de terre. Elle regarda alors le visage de ses assaillants. Tous des Asiatiques.

Ils la poussèrent sans ménagement contre le mur, lui attachèrent les mains dans le dos avec du ruban adhésif. Le canon d'un pistolet ne quittait pas sa tempe. Les hommes parlaient peu, et quand ils le faisaient, ils s'exprimaient en chinois. L'un d'eux se baissa pour ramasser les douilles éparpillées au sol. Un deuxième individu fouilla les vêtements des morts, dénicha un portable et ouvrit les fichiers. Il prit plusieurs clichés de l'écran avec son propre appareil, puis photographia les cadavres. Il fut obligé de redresser la tête de Danzig pour l'orienter vers la lumière. Son téléphone produisait un déclic chaque fois qu'il prenait une photo. Ils transportèrent ensuite les dépouilles jusqu'au placard de la chambre, laissant dans le sillage des victimes de grandes traînées de sang. Ils durent forcer pour caser les deux amants l'un sur l'autre dans le compartiment. La porte du placard ne fermait plus : ils la laissèrent entrebâillée.

L'un des Chinois écarta le store, les yeux fixés sur le parking. Il tapota sa cuisse du bout du doigt ; un tic nerveux. Au bout d'un moment, il prononça quelques mots. Les Asiatiques placèrent un blouson sur les mains entravées de Jackie et la poussèrent à l'extérieur. Ils l'escortèrent sur le parking brûlant, jusqu'à une camionnette. Elle distingua un groupe de Noirs de l'autre côté de la rue, mais elle avait bien trop peur pour crier.

La lumière du jour l'éblouissait. Elle plissait les paupières, les larmes aux yeux. Le conducteur de la camionnette mit pied à terre pour ouvrir la portière latérale. On l'obligea à s'asseoir sur le bord du véhicule tandis qu'un des hommes lui soulevait les jambes et la poussait à l'intérieur. Le panneau coulissant fut rabattu d'un coup sec. Deux secondes de solitude, puis toutes les portières s'ouvrirent pour laisser monter l'escouade.

Un homme vint à l'arrière pour coller du ruban adhésif sur sa bouche et autour de sa tête. Assise dans une position inconfortable, les mains derrière le dos, Jackie sentait ses épaules devenir douloureuses. La bande adhésive n'avait aucun goût particulier, cependant elle ne pouvait s'empêcher de saliver. Le véhicule se mit à rouler.

Elle n'aurait jamais dû convenir d'un rendez-vous dans cette chambre d'hôtel, songea-t-elle avec amertume. Un boulot d'amateur, une initiative stupide. Pourquoi ne l'avaient-ils pas tuée sur place ? L'idée qu'ils puissent la vendre à un réseau de prostitution lui traversa l'esprit. L'angoisse la tourmentait désormais sans relâche.

Ils se garèrent à l'arrière de Ground Zero, où ils patientèrent une dizaine de minutes. L'un des hommes dit quelque chose qui devait être une plaisanterie puisque le reste de la troupe émit quelques rires étouffés. Jackie aurait voulu pleurer mais il ne lui restait plus une goutte d'eau dans le corps. Peut-être allait-elle simplement crever de soif dans ce véhicule ? Quelle mort ridicule ! Ses ravisseurs parlaient à voix basse. Elle savait qu'ils attendaient Semion. Lorsqu'elle fermait les yeux, elle percevait le murmure lointain des voitures sur l'asphalte.

Semion apparut au volant de sa Range Rover blanche, celle-là même avec laquelle Jackie avait fait la tournée des grands-ducs. Il vint se garer près de la camionnette. L'un des Chinois sortit pour l'accueillir. Elle voyait leurs jambes mais pas leur tête. Le son grave de leur conversation parvenait jusqu'à ses oreilles, sans qu'elle puisse en saisir le sens. Elle essaya de se concentrer. Quelque part dans son esprit obscurci par les brumes du chaos, elle devina que la bonne manière de s'y prendre avec Semion consistait à le provoquer. Implorer la clémence ou jouer sur la fibre affective ne fonctionnerait pas. Il fallait lui rentrer dedans. Seules les insultes et l'humiliation le feraient fléchir.

Elle se dit, avec une détermination d'actrice en répétition : *Tu es en colère, tu es furieuse. Il a abusé de toi, il t'a obligée à coucher avec lui… Qu'il aille au diable, au diable, au diable…*

La portière coulissa. Lumière aveuglante. La peur du trépas déferla en elle. Elle ouvrit la bouche et les invectives fusèrent. Les traits défaits de Semion la rendirent encore plus méchante. *Au diable, au diable, au diable…*

Il la laissa partir.

Elle courut jusqu'à un poste d'essence, six rues plus loin. Ses poumons la brûlaient. Elle appela Roberts d'une cabine à l'intérieur de la station-service. Cernée par les sachets d'amuse-bouche multicolores, elle le supplia de venir la chercher. Il déboula en voiture dix minutes plus tard.

« Que s'est-il passé ?

— Où tu étais, putain ?

— Je me suis perdu ! »

Elle le dévisagea. L'ancien flic paraissait affolé, il avait besoin d'un bon rasage. La voiture puait la cigarette. Elle ferma les paupières un bref instant puis attacha sa ceinture. Roberts se tourna sur son siège pour scruter la lunette arrière. Elle avait de nouveau envie de pleurer mais parvint à se contrôler. Ils s'éloignèrent de la station.

« Ils sont morts, annonça-t-elle. Effacés. Ces connards les ont tués.

— Qui ça ? Qu'est-ce qui est arrivé ? »

Elle lui parla des Chinois, lui expliqua comment Semion l'avait relâchée.

« Pourquoi il t'a épargnée ?

— Parce qu'il a récupéré son argent. » Elle observa Roberts tandis qu'il encaissait la nouvelle, avant d'ajouter : « Et aussi parce qu'il est faible.

— Bordel de merde, fit Roberts en frappant le volant. Tout ça, c'est à cause de toi ! Ce sont tes oignons, à toi de te démerder. On ne me paye pas assez pour me mêler de ce genre d'histoire. Tu as laissé tes empreintes partout dans la chambre ? Et les Chinois, qu'est-ce que tu leur as raconté ? »

Elle compta à rebours, de dix à zéro, ainsi qu'on le lui avait enseigné en cours de sophrologie. « Je n'ai rien touché à l'hôtel. Et je n'ai pas prononcé un mot. J'avais du ruban adhésif sur la bouche. Semion s'est pointé, il m'a enlevé le bâillon, je lui ai dit "laisse-moi partir", point barre.

— Et l'argent ?

— Fini. Ils l'ont embarqué. »

Roberts demeura silencieux.

Jackie reprit la parole : « Disparu pour de vrai. Jusqu'au dernier centime. » Lorsqu'elle fermait les yeux, des images brutales s'imprimaient sur ses rétines. Du sang noir par terre, des yeux sans vie posés sur elle. *Tu oublieras ces visions comme tu as oublié les précédentes. Favorise le calme. Encourage la compassion, l'empathie, la paix. La prochaine fois, tu formeras ta propre équipe. Uniquement des femmes.*

Aux environs de Pinewood, Roberts bifurqua sur le parking d'une autre station-service. Il la fouilla, à la recherche d'un micro éventuel. Il lui palpa le ventre, les jambes. Elle parvint à masquer son dégoût, acquiesçant comme s'il effectuait une démarche de bon sens et guettant par anticipation le moment où elle pourrait se débarrasser de lui.

Finalement, il s'adossa à son siège. « Alors comme ça, ils

ont le pognon ? » Il lui adressa un regard de flic, du genre à connaître le degré de sincérité d'un prévenu dès le premier coup d'œil. Le parking ondulait de chaleur. Une grosse femme, engoncée dans un bustier jaune, les considéra avec insistance tandis qu'elle regagnait sa voiture. Les yeux de Roberts s'emplirent de larmes.

Il a de la peine parce que ses copains sont morts, médita Jackie. *Mets-toi à sa place, soutiens-le dans l'épreuve.*

« Nous voilà revenus au point de départ, dit-elle. L'appartement est toujours sur écoute. Il parlera tôt ou tard. »

Les épaules de Roberts s'affaissèrent. « On doit se débarrasser des corps. »

Ils se rendirent dans un magasin de bricolage. Roberts acheta plusieurs mètres de chaîne métallique, des cadenas, deux bâches et deux rouleaux de bande adhésive, auxquels il ajouta une boîte de cutters, des sacs-poubelle, un bidon d'eau de Javel, des éponges ainsi qu'une formidable quantité de serviettes en papier. En chemin, il fit également l'acquisition de deux haltères de vingt kilos.

La porte de la chambre n'était pas fermée à clef. La pancarte *Ne pas déranger* que Jackie avait accrochée à la poignée était toujours en place. Roberts extirpa ses amis du placard. La rigidité cadavérique avait déjà commencé à s'emparer des corps. Une odeur d'excréments stagnait dans la pièce. Roberts avait le visage congestionné d'un homme qui se prépare à pleurer, mais ses yeux demeuraient secs. Jackie, elle, se sentait étrangement sereine.

Ils roulèrent les dépouilles dans les draps, comme des burritos, puis entourèrent leur macabre paquetage de bande autocollante. Roberts s'assit sur le lit, prit son téléphone, et chercha sur Google Maps un endroit où balancer les cadavres. Il désigna un espace vert à l'est de Miami. « Ici.

— Et pour le sang ? »

Roberts s'empara de la boîte de cutters. Soufflant comme un bœuf, il se pencha pour découper les parties souillées de la moquette. Jackie le regardait faire. Elle se demandait quand il craquerait. La chambre était dans un état épouvantable. Le revêtement de sol mutilé ressemblait désormais à une carte des grands lacs, avec un long canal à l'endroit où l'on avait traîné les corps. Au moins le sang n'avait-il pas traversé la moquette, sauf au niveau du placard. Roberts nettoya l'intérieur du compartiment avec les serviettes humides, jusqu'à ce que l'hémoglobine prenne l'apparence de traces boueuses. Il jeta la moquette et les serviettes dans les sacs-poubelle.

Le soleil n'avait pas encore disparu à l'horizon ; il était moins de 18 heures. Ils conduisirent le pick-up près de la porte du motel. Jackie lorgna les petites taches rouges qui apparaissaient sur les draps, telles les alvéoles d'une ruche, tandis qu'ils soulevaient les corps incroyablement lourds pour les déposer sur les bâches. Ils s'assurèrent que personne ne se baladait sur l'aire de stationnement avant de transporter les corps roulés dans la toile cirée jusqu'au plateau arrière du véhicule. Même par cette chaleur, Roberts frissonnait. Il était très pâle et de grandes auréoles humides se dessinaient sous ses bras.

« Je vais conduire. Suis-moi.

— Essaye de te calmer un peu. Ne roule pas trop vite. »

Ils empruntèrent l'autoroute 41 pour rejoindre Naples. Jackie vit des publicités pour les sorties en aéroglisseur, les fermes d'élevage d'alligators, les agences de tourisme Buffalo Tiger. Ils firent plusieurs haltes le long des marécages, de manière à ce que Roberts puisse se débarrasser en différents endroits des portefeuilles, des téléphones et des armes, sans oublier les sacs remplis de moquette découpée et de serviettes sales. Enfin, il trouva un emplacement qui lui parut idéal pour abandonner les corps.

Les marais s'étendaient de part et d'autre de la chaussée. Les voitures continuaient à passer dans la plus grande indifférence alors qu'ils déchargeaient les macchabées. Roberts ceintura chaque corps d'une bonne longueur de chaîne, y fixa les haltères, et passa ses bras autour du premier candidat à l'immersion. D'après Jackie, il s'agissait de Danzig. Sans enlever ses chaussures ni retrousser son pantalon, il s'enfonça dans l'eau fangeuse sur quatre ou cinq mètres, avant de se délester de son fardeau. Il répéta l'opération avec Denver. L'eau n'était pas très profonde. Le bleu des bâches ressortait sur l'onde noire aussi nettement que deux drapeaux. *Qu'importe*, pensa Jackie, *les alligators feront disparaître toute trace d'eux.*

« Tu veux dire une prière ? »

Roberts la regarda comme si elle était folle. « Non. » Puis il hésita et changea d'avis. Penché en avant, il prononça une brève oraison : « Accueille ces âmes dans ton paradis, Jésus. C'étaient des hommes bien. Qu'ils reposent en paix.

— Amen », conclut la jeune femme.

Le motel où ils séjournaient depuis une semaine s'appelait le Sunny Palms Inn. Il se situait à une quinzaine de kilomètres de celui où Danzig et Denver avaient trouvé la mort.

Lorsqu'ils revinrent de leur expédition dans les Everglades, Jackie écrasa deux Xanax sur le buffet, divisa la poudre en six rails distincts. Les deux premiers s'engouffrèrent dans ses narines par la grâce d'un billet de vingt. *Mon cœur baigne dans la tranquillité et la sagesse.* Roberts avait apporté une bouteille de rhum ainsi qu'un pack de Coca-Cola. Il alluma la télévision, branchée sur les informations régionales. Ils pensaient que l'on y parlerait des meurtres, mais aucun bulletin n'en fit mention. Roberts demeurait mutique et renfrogné. Son gobelet de rhum ne désemplissait pas.

Jackie laissa les Xanax opérer. Focalisée sur Semion Gurevich, elle n'avait pas considéré la situation dans sa globalité. Elle quitta l'écran de télévision des yeux pour étudier Roberts. La poitrine de l'ex-flic se levait et s'abaissait au rythme de sa respiration. Il avait refusé de divulguer l'identité du commanditaire, se contentant d'un laconique « tu ne le connais pas ».

Un indice que Denver avait laissé échapper un soir de cuite dans leur chambre d'hôtel lui revint toutefois en mémoire. « Quelqu'un a décidé de sauter une étape dans la chaîne des intermédiaires. » Cette déclaration faisait sens. Semion Gurevich était impliqué dans le trafic de drogue, elle l'avait su dès qu'elle l'avait vu. Au cours de son existence, elle avait croisé suffisamment de gens qui gravitaient autour de la came pour les reconnaître au premier coup d'œil. Alors, si elle avait dû émettre une supposition, elle aurait dit que celui qui avait engagé Roberts projetait d'acheter une cargaison à Semion, ou bien de la lui voler. Le client avait dépensé un sacré paquet d'oseille pour financer ce petit voyage.

Elle réfléchissait à la façon de manœuvrer avec son complice. *Quand tu veux quelque chose, demande le contraire.* Elle prit une inspiration et baissa les yeux sur son portable, comme si un message urgent venait de tomber. « Je dois partir demain. »

Roberts l'observa sans rien dire.

« Tu as remboursé Harvey ? demanda-t-elle.

— Ouais.

— Super. Tu m'accompagneras à l'aéroport ?

— On n'en a pas encore terminé ici. »

Parfait, exulta-t-elle. « Terminé quoi ?

— Je vais peut-être encore avoir besoin de toi pour une ou deux bricoles. »

Il plongea son regard dans le sien. D'une mimique, elle lui signifia qu'il n'y avait vraiment pas de problème : s'il voulait qu'elle reste, et même plus, elle était à sa disposition. Il détourna les yeux. *Il est homosexuel*, songea-t-elle. *Aucun doute, il est homo, mais c'est un type très seul.*

« Quand est-ce que je pourrai m'en aller ?

— Inutile d'employer ton accent brésilien avec moi.

— J'aime cet accent. Il me donne un cachet exotique. Tu sais que tu es chiant, parfois ?

— Écoute, tu dois du pognon à Harvey et Harvey me doit du pognon. Je me rembourse. Pour l'instant, j'ignore ce que je vais te demander, mais il faut que tu restes dans les parages. J'ai horreur de me fermer des portes. »

Elle s'excusa de sorte à le culpabiliser. Roberts changea de sujet : « On m'a vu avec Danzig et Denver. Lorsque leurs minois passeront au JT, les témoins diront : *Ils étaient souvent avec un autre type, un chauve. Ils étaient trois.*

— Et une jolie fille. N'oublie pas la jolie fille.

— Tu es sûre que les Chinois ont pris des photos de leurs portables ? Des photos des numéros d'appel, des textos ? »

Elle répondit par l'affirmative. L'image de l'Asiatique orientant la tête de Danzig vers la lumière lui traversa l'esprit.

« Qui crois-tu que ces deux ahuris ont appelé toute la semaine ? s'inquiéta l'ancien flic.

— Toi.

— Oui, moi. Ils m'ont téléphoné à la minute où ils ont mis les pieds ici. Merde, je les ai eus au bout du fil pratiquement tous les jours. "Où est le magasin de spiritueux ?" ; "Où peut-on manger mexicain ?" ; "Tu peux nous apporter des cigarettes ?" À ton avis, qu'est-ce que les Chinois vont faire avec ces images ? »

Jackie fit celle qui ne comprenait pas. « Aucune idée. Ton portable est enregistré sous un faux nom.

— Le problème n'est pas là. Maintenant, ils connaissent mon existence, ils ont mes coordonnées. Qui sait ce qu'on peut dégotter avec dix chiffres ? Il y a mille façons de… »

À cet instant, le portable qu'il tenait à la main se mit à vibrer. Roberts pâlit. « Qu'est-ce que je t'avais dit ? » L'appareil continua à vibrer. Jackie se leva du lit, s'approcha de l'ancien policier. Tous deux fixèrent l'écran. Numéro inconnu. La jeune femme sentait le rhum dans la respiration de son complice. Lorsque l'écran s'éteignit, elle posa une main sur son épaule.

« Je suis désolée.

— Bon sang ! J'aurais dû te donner l'appareil. Ils savent que tu es déjà dans le coup et… »

Le téléphone s'activa de nouveau. « Décroche », ordonna Roberts en poussant le portable vers elle.

Elle s'exécuta. « Allô ? »

De l'autre côté de la ligne, une femme avec un accent étranger. « Qui est à l'appareil ? »

Jackie se dirigea vers la fenêtre comme pour regarder à l'extérieur. « Que puis-je pour vous ?

— Passez-le-moi », ordonna la femme.

Roberts était dans un état de panique intense. Il secoua énergiquement la tête lorsque Jackie l'interrogea du regard.

« Il ne viendra que s'il connaît l'identité de son correspondant.

— Dites-lui que c'est Gloria.

— Nom de famille ?

— Connasse. Gloria Connasse. Maintenant, laissez-moi lui parler. »

Jackie sourit. Cette femme lui plaisait. « À votre service. » Elle brancha le haut-parleur et murmura : « Gloria. »

Il prit aussitôt l'appareil. « Allô ?

— Tout va bien ? » La voix résonna dans la chambre. Roberts désactiva le haut-parleur avec une grimace.

« Oui, tout va bien. Qui ? Non, c'est juste une pute que je vais dérouiller à coups de ceinturon quand j'aurai raccroché. »

Jackie haussa les sourcils, l'index pointé sur elle-même. Roberts lui fit signe de s'éloigner.

« Oui, d'accord. On verra. Je te préviendrai, mais ça risque de prendre un peu de temps. Sois patiente. Ces choses-là ne se règlent pas d'un claquement de doigts. Bien sûr, pas de problème. » Il raccrocha.

« Tu ne m'as jamais parlé d'elle, dit Jackie.

— Non, pourquoi je l'aurais fait ?

— C'est ta femme ? » Jackie savait bien que Gloria et Roberts n'étaient pas mariés, mais elle posait la question juste pour le plaisir d'entendre la réponse.

Roberts s'essuya le front. « Merde. » Il s'assura que son téléphone était bien éteint et secoua la tête.

La jeune femme n'avait pas besoin d'en savoir davantage. Elle se laissa tomber sur le lit et se mit à rêver tout éveillée, mue par le sentiment d'avoir débusqué un fameux lièvre.

« Est-ce que tu te sens seul ? Pas sexuellement, mais en général. »

Roberts la regarda. Il était assis au bureau de la chambre tandis qu'elle demeurait sur le lit, dans la même position que la veille. Il haussa les épaules. « Arrête ton char. Je n'ai pas envie d'aborder le sujet.

— Je voulais dire, avec les amis. Moi, je me sens parfois seule, tu sais. Il me faut des gens autour, pour danser, bavarder. Sinon, qu'est-ce que je fabrique là, hein ? » Un blanc, puis : « Pourquoi tu veux que je reste ?

— Je te le répète pour la millième fois : tu as une dette envers Harvey, et Harvey m'en doit une. D'une certaine manière, tu es ma débitrice. Non que ce soit une réflexion misogyne ou quelque chose dans le genre, mais il se pourrait que j'aie besoin de tes services à un moment ou à un autre. Ton joli petit cul pourrait m'être utile.

— J'ai la possibilité de revenir en avion. Lorsque tu seras décidé.

— Ben voyons. »

En vérité, elle pouvait partir n'importe quand. Elle avait ses papiers, sa carte bleue. Rien ne l'empêchait d'aller et venir à sa guise, même si elle passait ses journées au bord de la piscine de l'hôtel, un bassin en forme de rein. Au pire, Harvey réclamerait ses dix-huit mille dollars.

Roberts revenait de chez Gurevich. Il s'était garé devant son immeuble, comme la veille, et avait enregistré des tonnes de données en provenance des émetteurs qu'il avait dissimulés dans les détecteurs de fumée. Il lui fallait moins d'une heure pour archiver une journée d'enregistrement. Les photos que Jackie avait prises lors de sa première visite lui avaient permis de savoir où placer son matériel. Il disposait, ainsi qu'il aimait s'en vanter, du nec plus ultra en matière d'écoutes clandestines. Denver Mike l'avait accompagné lorsqu'il avait installé ses micros. Danzig, lui, était resté en faction à l'extérieur, prêt à appeler à la moindre alerte. Les deux hommes avaient pénétré dans l'immeuble par la porte d'entrée, le visage caché par des casquettes. Ils s'étaient annoncés à la réception. L'employé avait appelé l'appartement de Semion, et Jackie avait décroché pour donner son feu vert. À ce moment-là, l'Israélien était plongé dans l'inconscience. À l'aller, Denver portait un gros sac rempli de bouteilles de deux litres. À l'intérieur de celles-ci, du sang de cochon. Au retour, les deux hommes transbahutaient le même sac, dans lequel était enfermée Jackie.

À présent, dans la chambre d'hôtel, Roberts n'avait plus envie de discuter. Après avoir mis ses écouteurs, il s'était tourné vers son ordinateur et avait entrepris d'éplucher les enregistrements de la journée. Des courbes sinusoïdales oscillaient sur l'écran d'ordinateur, semblables au tracé d'un électrocardiogramme. Celui de Semion, peut-être.

« Qu'est-ce que ça raconte ? s'enquit Jackie.

— La télé, grogna Roberts. Cet imbécile est tout le temps planté devant. »

La nuit suivante, Roberts se redressa sur son siège. Jackie détourna les yeux de la télévision. L'ancien flic ramena le curseur en arrière et fit de nouveau défiler le passage qui avait éveillé son attention. Il répéta l'opération plusieurs fois avant d'ouvrir un tableur qui lui donnait différentes informations : temps écoulé, source, contenu de la conversation… Semion avait fini par parler.

« Qu'est-ce qui se passe ? » interrogea la jeune femme.

Roberts paraissait excité. « Il se passe que je viens de trouver un sens à ma vie. »

Il se leva, débrancha l'ordinateur pour l'emporter avec lui dans la salle de bains. C'était la première fois qu'il se comportait ainsi. Elle l'entendit uriner bruyamment.

D'un geste rapide, elle sortit un sachet de sa poche. Trois Xanax en poudre, qu'elle versa aussitôt dans la canette de Coca de son partenaire. Certes, la quantité n'était pas très importante, mais comme Roberts ne prenait jamais de cachetons, Jackie supposait que cette dose ferait l'affaire. Elle remua le liquide brun. Dans la salle de bains, le jet d'urine s'interrompit, puis reprit avant de s'arrêter de nouveau. Elle entendit la chasse d'eau.

« Va donc faire un tour, proposa-t-il à son retour dans la chambre. J'ai besoin de passer un coup de fil. »

Elle obéit sans se donner la peine d'écouter à la porte. De

toute façon, elle obtiendrait les renseignements qu'elle voulait d'ici à quelques heures.

Quand elle revint, Roberts déclara : « Je te déposerai à l'aéroport demain.

— Enfin ! Mais je ne vais pas te mentir, j'ai apprécié mon séjour. Quinze jours de vacances aux frais de la princesse, que demande le peuple ?

— Douze jours. » Il se pencha pour prendre une liasse de billets de cent. « Voilà dix-huit mille dollars.

— Avec le temps que j'ai passé dans les transports ?

— Je n'ai jamais mentionné les transports, grinça-t-il.

— Tu charries. Je suis restée ici douze jours, à bosser comme une malade, je t'ai permis d'entrer dans l'appartement… Sans moi, tu n'y aurais jamais mis les pieds. » Elle laissa passer un instant de silence avant de reprendre : « Je l'ai baisé, tu es au courant j'espère ? Tu crois que j'en avais envie ? Mince alors, je me suis cogné toutes les corvées et je ne gagne que des clopinettes. »

Roberts ne répondit pas. Elle prit l'argent, compta les billets d'un air à la fois scrupuleux et renfrogné, pendant que son complice retournait au bureau. Du coin de l'œil, elle le vit boire son Coca, se resservir, puis remettre ses écouteurs.

Il resta éveillé plus longtemps que prévu, mais à 2 h 10, il s'effondra sur le lit. L'ordinateur glissa sur sa panse rebondie. Elle lui enleva ses chaussures, étudia son visage serein, sa respiration calme. Satisfaite, elle le soulagea de son PC. Encore une minute, les yeux braqués sur lui, puis elle se rendit à la salle de bains. Sans attendre, elle tapa le mot de passe qu'elle l'avait vu composer la veille.

Les photos de l'appartement de Semion s'affichèrent à l'écran. Elle cliqua sur l'une d'elles et se trouva brièvement transportée à la première nuit où il l'avait invitée. Elle ferma le fichier, en ouvrit un deuxième, et ainsi de suite jusqu'à ce qu'elle trouve le tableur. Elle se livra à un rapide examen des time codes puis retourna dans la chambre pour prendre les écouteurs. Roberts dormait toujours.

Retour à la salle de bains. Elle ouvrit la dernière piste audio. Après avoir tâtonné avec le curseur, elle entendit des bruits qui faisaient penser à un affrontement physique. Le bruit étouffé d'un silencieux, le choc sourd d'un corps au sol, un grognement, deux autres coups de feu. Quelques secondes après, d'autres hommes entrent dans la pièce. Une voix dit : « Mettez le corps dans la baignoire. Moisey, viens ici. Du calme, chut, du calme, Misha… » Des choses que l'on bouge, des meubles que l'on déplace, des exclamations en chinois. Et la première voix qui intervient de nouveau, en hébreu. Elle comprit qu'il devait s'agir d'Isaak. Celui-ci repassa à l'anglais : « Et alors ? Ça fait deux cents kilos, mec ! Cette salope de San Francisco nous achète la totalité. » Quelqu'un marmonna, Isaak poursuivit : « Tu emménages ici et on partage la cagnotte. Vingt / quatre-vingts. La fortune. Dans deux ans, tu prends ta retraite. Ne sois pas si défaitiste, Misha. »

L'estomac de Jackie se contractait. Avaient-ils supprimé Semion ? Elle se revit en train de l'embrasser, de l'enlacer. Son corps chaud se serrait contre elle, son souffle lui chatouillait l'oreille. Une goutte de sueur coula sur son flanc. Elle l'avait connu vivant et maintenant il était mort. Les larmes lui vinrent aux yeux mais elle réprima ses sanglots.

Dans la chambre, elle remit l'ordinateur à côté de Roberts. Celui-ci continuait à dormir. Elle s'empara de son téléphone, retourna à la salle de bains. Il lui suffit de quelques manipulations pour ouvrir l'historique. Il avait appelé Gloria dans la soirée, juste après avoir demandé à Jackie d'aller prendre l'air. Elle enregistra le numéro sur son propre appareil. *Qui sait ce qu'on peut dégotter avec dix chiffres ?*

Elle consulta également les messages qu'il avait reçus. Rien de la part de Gloria. Beaucoup d'échanges entre lui et Danzig. Des remarques sans intérêt. *Je n'ai plus de batterie* ; *N'oublie pas le briquet* ; *Connerie* ; *Ah, ah, très drôle* ; *Denver trouve que tu ressembles à un Arabe*. Elle ressentit une impression étrange en lisant les messages d'un mort. Semion s'imposa de nouveau à son souvenir, l'image de son visage se forma dans son esprit et elle la repoussa aussitôt.

Après avoir essuyé l'écran avec sa chemise, elle tira la chasse d'eau puis sortit de la salle de bains. Roberts n'avait pas bougé. Elle reposa le téléphone sur le bureau, là où elle l'avait pris.

Allongée sur son propre lit, avec son propre portable, elle interrogea Google : *Combien pèse une dose d'ecstasy ?* Quatre-vingts milligrammes. Elle calcula le nombre de doses dans un kilo. Total : douze mille cinq cents doses. Elle multiplia la quantité par deux cents : deux millions et demi. À vingt dollars la dose, on parvenait à cinquante millions.

Elle refit le calcul en respirant doucement. Exact. Un chargement de MDMA correspondant à une valeur de cinquante millions était en route pour San Francisco.

CINQUIÈME PARTIE

Arthur Meehan, numéro d'écrou 17073 à la MAD de Tracy, en Californie, avait monté toute l'affaire entre Gloria Ocampo et Semion Gurevich. Gloria et Arthur naviguaient dans le business de la drogue depuis presque vingt-cinq ans : ils avaient collaboré, s'étaient concurrencés… Leur relation professionnelle et amicale se teintait d'une certaine méfiance.

Arthur avait directement parlé de cette opportunité à l'intéressée depuis les murs de sa prison, sur un téléphone cracké. Il lui avait expliqué qu'on l'avait approché pour écouler des stocks réguliers d'ecstasy. « Par réguliers, j'entends tous les mois. Et en grande quantité. J'ai tout de suite pensé à toi. » Gloria demeurait prudente, mais elle était disposée à écouter les arguments d'Arthur.

« Voilà comment ça se présente, expliqua celui-ci. Tu achètes la came aux Israéliens dont je t'ai parlé, et tu la revends à l'un de mes partenaires : Shadrack Pullman. Tu le connais ? » À cette époque, elle n'avait jamais entendu parler de lui. Elle nota son nom sur un morceau de papier.

Ses yeux, semblables à ceux d'un reptile, papillotaient tandis qu'elle écoutait parler son correspondant. Cette transaction n'avait aucun intérêt. Pourquoi ne mettait-il pas directement les Israéliens en contact avec Shadrack ?

« Ils refuseront tout net de l'approcher, dit Arthur. Il leur faut quelqu'un de professionnel, comme toi. » La communication s'interrompit pendant une seconde. Arthur s'exprimait un peu à la façon d'un type de la campagne, d'un cow-boy.

« Et toi ? voulut-elle savoir. Qu'est-ce que tu en retires ?

— Dix pour cent de ce que te paye Shadrack.

— Tu délires ? Dix pour cent, c'est une commission d'intermédiaire. » Elle se tapota la cuisse du bout du doigt.

« Écoute, il te suffit d'entreposer la marchandise pour une nuit, deux nuits maximum, et de la refiler à Shadrack. Tu peux pratiquement doubler la somme. Et ils promettent une livraison par mois. Tu devrais plutôt t'estimer heureuse que je ne réclame pas vingt-cinq pour cent. Je t'offre ce deal sur un plateau d'argent. »

Gloria demeurait perplexe. Comment être sûre que Shadrack n'irait pas tout balancer aux flics s'il se faisait pincer ? Elle se demandait s'il avait les reins assez solides. En fait, elle ignorait tout de lui.

« Voilà pourquoi je prends dix pour cent. Shadrack va se figurer que tu travailles pour moi. Il va saisir que prononcer ton nom est une entreprise aussi risquée que de prononcer le mien. Crois-moi, il connaît le danger. Il a fait de la taule avec moi. Il redoute ma colère autant que le chat craint l'eau froide. » Gloria resta silencieuse. Arthur ajouta : « C'est l'instinct de survie. »

La Philippine devait bien avouer que la combine paraissait tentante. Réceptionner, entreposer, et doubler la mise.

Arthur lui conseilla de contacter l'intermédiaire des Israéliens à San Francisco, afin d'organiser une entrevue. Il lui donna les coordonnées de David Eban. Quand il décrocherait, elle devrait lui dire : *Bonjour, j'ai eu votre numéro par Uri.* Il demanderait comment allait Uri et elle lui répondrait : *Malheureusement, il est souffrant.*

« Pas un mot de plus, pas un mot de moins, fit Arthur. Il te donnera une adresse. »

David et elle dînèrent dans un grill, Chez Harry. Elle en repartit impressionnée par l'intelligence d'Eban, largement au-dessus de la moyenne. Au fil des quelques années qui suivirent, elle acheta toutes les livraisons qu'il proposait. Chaque mois, elle envoyait l'un de ses fils déposer les dix pour cent chez une femme, dans le quartier de Sunset. Arthur touchait entre cinquante-cinq et soixante mille dollars selon les arrivages.

L'arrangement contentait tout le monde. Chacun y trouvait son compte jusqu'à ce que, sans raison valable, Arthur décide d'intervenir.

Il appelait de temps à autre pour vérifier que tout allait bien. Rien d'inhabituel : il désirait simplement se tenir au courant. Elle le rassurait invariablement. Mais durant l'une de leurs conversations, environ un mois avant que Raymond Gaspar ne débarque à San Francisco, Gloria mentionna l'excentricité de Shadrack. Ce n'était pas un problème pour elle, elle ne demandait rien, mais quelques jours plus tard, Arthur la rappela. Il envoyait quelqu'un pour jeter un coup d'œil, éventuellement remettre Shadrack sur les rails.

« Ce n'est pas nécessaire, argua Gloria. J'ai simplement dit qu'il était bizarre, rien de plus. Je n'ai pas besoin d'aide.

— Mon homme va juste examiner la situation, arrondir les angles s'il le faut. »

Gloria entendait les cris des prisonniers en fond sonore. Il lui fallut un moment pour trouver ses mots. Avoir quelqu'un dans les pattes, c'était vraiment la dernière chose qu'elle désirait. Elle s'arma de courage et dit d'une voix aussi ferme que possible : « Non, Arthur. On se débrouille très bien sans lui.

— C'est un bon garçon, s'obstina le truand. Il sera là dans trois semaines. » Et puis il raccrocha. Gloria contempla le combiné muet. Inutile de lui faire un dessin : les guerres ne commençaient pas toujours avec des hurlements, des insultes ou des balles. Parfois, l'engrenage se mettait en branle sans tapage : *C'est un bon garçon. Il sera là dans trois semaines.*

Il allait se débarrasser d'elle, cela semblait évident à Gloria. Il voulait prendre le contrôle des opérations.

Le lendemain, elle appela Tom Roberts. Elle avait déjà utilisé ses services l'année précédente, afin de trouver pour qui travaillait David Eban. Roberts s'était introduit dans son appartement à Oakland, avait posé quelques micros... Il l'avait suivi dans ses déplacements, avait fouillé ses poubelles, ses ordinateurs, sa correspondance et Dieu sait quoi encore, jusqu'à obtenir l'information demandée. L'employeur d'Eban s'appelait Semion Gurevich, un gérant de boîtes de nuit. Gloria avait vu des photos de lui sur Internet. Il ne ressemblait pas à un truand. En dépit de ses costumes tape-à-l'œil, il paraissait faible et triste.

Elle décida qu'il était temps de recueillir les confidences de Semion à propos de toute cette histoire. Elle ne comptait pas l'appeler directement, bien sûr, mais avec un peu de chance, il mentionnerait innocemment les projets d'Arthur. Même s'il se contentait de prononcer son nom, cela lui donnerait une indication.

Elle annonça à Roberts qu'elle le payerait quatre mille dollars par jour. Il devait partir à Miami et mettre Gurevich sous surveillance.

Gloria était assise devant la télévision du salon lorsque Roberts appela.

« C'est la merde.

— Dis-moi tout. » Elle s'empara de la télécommande pour couper le son. Les célébrités qui dansaient sur l'écran continuèrent d'évoluer en silence.

« Je veux bien être damné si je n'ai pas entendu, hum… quelqu'un se présenter à l'appartement de notre homme. Il semblerait que celui-ci ait eu un sérieux accident. » Roberts partait toujours du principe que la ligne était sur écoute. Il s'exprimait en conséquence.

Gloria ferma les yeux pour écouter plus attentivement la conversation. « Que s'est-il passé ?

— Il a eu un accident, répéta Roberts. Je t'en dirai plus quand on se verra. » L'excitation qu'elle détectait dans sa voix l'agaçait. Il lui faisait penser à un enfant immature. Son timbre baissa d'un cran lorsqu'il poursuivit : « Un chargement de vin arrive. On dirait qu'il y a dix fois plus de bouteilles que d'habitude. Au moins deux cents caisses…

— Rends-moi service, Tom. » Elle avait l'impression d'être une institutrice en train d'expliquer un problème complexe à l'un de ses élèves. « Est-ce que tu pourrais mettre un message dans ma boîte ? Je vérifierai demain, parce que aujourd'hui je ne suis vraiment pas d'humeur à parler de vin, d'accord ? Je te remercie. » Elle jura intérieurement : *Putang tanga*. Cet imbécile croyait-il vraiment qu'elle avait besoin de ses explications pour comprendre ce qui était arrivé à Semion ?

Plus tard, elle écouta le fichier audio qu'il lui avait envoyé, le cœur au bord des lèvres. Entendre quelqu'un se faire tuer, entendre ses hoquets désespérés, représentait toujours une épreuve. Elle tendit l'oreille quand ils la traitèrent de salope. *D'accord, je suis une salope*, se dit-elle. *Une salope qui a posé des micros chez vous. Une salope qui ne perd pas une miette de ce que vous racontez.*

Elle examina la situation : Semion Gurevich était mort, cependant les Israéliens continuaient leur trafic, et celui-ci décuplait. Elle était certaine que l'homme d'Arthur rappliquait à cause de ces changements. Quelle conduite insultante ! *Envoyer quelqu'un maintenant. Envoyer quelqu'un et voir ce qui se passe.*

Le surlendemain, elle reçut un appel de David Eban. Il demanda à la voir. Ils convinrent de se rencontrer chez Harry, comme d'habitude. Eban avait perdu du poids, il s'était laissé pousser les cheveux. Ses vêtements chatoyaient. Il avait l'air d'être en fonds. Après avoir embrassé Gloria sur les joues et l'avoir laissée s'installer, il se pencha vers elle. « Est-ce que tu veux acheter davantage de marchandise ? »

Elle feignit la surprise.

« Dix fois la quantité initiale, précisa l'intermédiaire. Entre deux cents et deux cent cinquante kilos. » Il paraissait nerveux, presque aux abois. Gloria continua son numéro d'actrice : elle secoua la tête, les lèvres pincées… Il fallait qu'elle réfléchisse, elle ne pouvait pas lui donner de réponse immédiate. Avant la fin du repas, elle adopta néanmoins un air résolu : « D'accord, je marche. On se lance. Dis à tes amis d'attaquer les livraisons. »

Quand il lui annonça le prix, elle ne s'offusqua pas. Ils se serrèrent la main par-dessus la table. Eban semblait très soulagé. Ils commandèrent un autre verre pour fêter les nouveaux termes de leur collaboration.

« On va être riches », chuchota l'Israélien.

Deux jours plus tard, elle contacta Shadrack Pullman. Rendez-vous dans le bureau qu'elle possédait sur Mission Street.

Il y avait une laverie automatique à l'intersection de Mission Street et de la Trente-Deuxième. Un escalier à l'arrière conduisait à une porte fermée. Une caméra surveillait les allées et venues. Derrière cette porte, douze machines de poker électronique monopolisées par une poignée de retraités philippins. Un dollar la mise. Les machines acceptaient les cartes de crédit.

Au fond de cette pièce s'élevait un second escalier menant à une autre porte, également fermée et soumise à l'œil scrutateur d'une nouvelle caméra. Shadrack n'avait jamais été invité à Mission Street. Il se demanda s'il avait fait quelque chose de mal.

Le battant s'ouvrit avant qu'il n'atteigne le haut des marches. Un Philippin en jean et sweat-shirt, aussi jeune qu'un étudiant, lui fit signe d'entrer. Dès qu'il franchit le seuil, le Philippin ordonna : « Face au mur. » Shadrack obéit : les mains contre la paroi, il se laissa fouiller.

« Donnez-moi votre téléphone, dit le jeune homme. Je vais le garder. »

Shadrack s'exécuta. Le Philippin glissa l'appareil dans sa poche. « Désolé, mon vieux. » Il escorta l'invité jusqu'à un bureau au bout d'un couloir recouvert de linoléum.

Gloria l'attendait derrière un secrétaire en bois massif, disposé face à la porte. Avec son tailleur, son collier de perles et ses lunettes, elle ressemblait à une avocate.

Shadrack demeura sur le palier, clignant des yeux. Il distinguait une pile de classeurs sur sa gauche, contre le mur. La pièce lui semblait bien chauffée. Elle sentait le carton.

Gloria se leva avec un grand sourire. « Pullman ! Tu ne passes plus beaucoup par ici. »

Il n'était jamais venu dans cet endroit. Quand ils voulaient se parler, elle le prenait en voiture, ils tournaient dans le quartier puis elle le déposait. Jusqu'à aujourd'hui, il ne savait même pas qu'elle avait un bureau en ville.

Elle lui serra chaleureusement la main, le regard franc. À les voir ainsi face à face, on aurait cru un couple de danseurs. Shadrack sentit sa peau devenir moite. Il n'avait pas l'habitude de traiter ses affaires en plein jour et encore moins de tenir la main de Gloria dans la sienne, les yeux dans les yeux.

« Quoi de neuf ?

— Rien de spécial. Tout va bien. La routine, tu vois. » Il libéra sa main en douceur.

Gloria indiqua une chaise en reprenant place derrière son bureau. « Assieds-toi, je t'en prie. »

Shadrack lissa son pantalon, s'essuya le nez du dos de la main, puis s'installa. « Ton appel m'a un peu inquiété. Je pensais que tu étais énervée, que tu allais me crier dessus.

— Pourquoi ferais-je une chose pareille ?

— Je veux dire, rouspéter pour modifier notre petit train-train.

— Eh bien, maintenant que tu en parles… » Elle haussa les sourcils, l'index pointé vers lui : « Finalement, tu n'es pas aussi bête qu'on le dit. » Son accent rendait le sarcasme encore plus cruel. Elle lui adressa un nouveau sourire, le menton levé. « Puisque tu es si intelligent, explique-moi donc ce que j'aimerais modifier dans l'absolu. »

Elle avait déjà augmenté les prix l'an passé. Si elle remettait ça, il se verrait dans l'obligation de protester, et il n'en avait pas envie. Il haussa les épaules, signifiant qu'aucune idée ne lui venait à l'esprit.

« Détends-toi, susurra Gloria. Mon appel n'avait rien d'hostile. Je te trouve tout crispé. » Elle ferma les poings comme un homme se préparant à la bagarre, les muscles contractés, le visage plissé. « Il faut te relaxer. »

L'Indien prit une profonde inspiration. *D'accord, se relaxer.*

Gloria fit claquer ses lèvres. « Maintenant, dis-moi vraiment… *vraiment vraiment*, comme diraient mes enfants, ce que tu voudrais changer si tu étais moi. Pas toi. »

Une pensée traversa l'esprit de Shadrack ; une pensée sinistre qu'il s'empressa de chasser. La meilleure façon de négocier avec cette garce, se répéta-t-il pour la énième fois, consistait à jouer les benêts. Ses lèvres s'ourlèrent d'un faible sourire. « Je ne sais pas. J'ai beau chercher, rien ne me vient. Tout se passe bien, non ? Comment pourrais-je deviner ce que tu voudrais transformer ? » Il leva un bras, le laissa retomber. « Je te fais confiance. »

Gloria ôta ses lunettes, se massa l'arête du nez. La musique poussée à fond dans une voiture circulant trois étages plus bas, leur parvint en sourdine. *Boum ! Boum !*

« Rappelle-moi comment on s'est rencontrés.

— Comment on s'est rencontrés ?

— Les circonstances dans lesquelles on s'est connus.

— Arthur nous a mis en rapport. » Malgré sa réticence, il était bien forcé de prononcer ce nom-là : Arthur.

« Et ensuite ? »

Shadrack resta silencieux. Gloria : « J'ai une proposition à te faire. Comme visiblement tu as trop peur pour t'exprimer, je vais te faciliter la tâche. Après quoi tu pourras dire "oui, ça m'intéresse" ou "non, je refuse". » Elle le regarda un moment avant de reprendre : « Arthur envoie quelqu'un pour jeter un coup d'œil à nos petites affaires. Il arrive bientôt, je ne sais pas quand. J'ai dit à plusieurs reprises : "On n'a besoin de personne, Arthur." Il a insisté. À ton avis, qu'est-ce que ça signifie ? » L'espace d'une seconde, Gloria baissa les yeux sur la bouche de Shadrack puis revint à ses yeux. Une ride se dessina sur le front de la Philippine, qui ressemblait au pli de compassion d'un médecin sur le point d'annoncer une mauvaise nouvelle à son patient. « Ça signifie qu'il compte se débarrasser de toi. Je le connais depuis presque trente ans, je sais comment il fonctionne. À l'heure actuelle, il est probablement dans sa cellule, en train de ruminer : *Dix pour cent, ce n'est pas assez. Je pourrais avoir la totalité de la somme.* »

L'Indien branla involontairement du chef. Gloria renforça son propos : « Des rumeurs sur ton caractère excentrique sont parvenues jusqu'à Tracy. Moi, je t'ai défendu : "Non,

Shadrack ne pose aucun problème. Il paye tous les mois. Il est fiable." Et lui : "J'envoie juste un gars pour le surveiller un peu." Je lui ai répété que c'était inutile, qu'on s'en sortait très bien tout seuls, mais il n'en a pas démordu : "J'envoie quelqu'un pour t'aider à contrôler ce foutu Shadrack." Il veut passer à la vitesse supérieure.

— Alors peut-être qu'il envisage de se débarrasser de *toi.* » L'Indien n'avait plus une goutte de salive dans la bouche.

Un éclair de colère passa dans les yeux de Gloria, mais céda aussitôt la place à un amusement discret. *Se débarrasser de moi ? Quelle drôle d'idée !*

« Je lui demanderai, décréta l'Indien qui faisait de son mieux pour conserver ses moyens.

— À ta guise, on est dans un pays libre. Mais si j'étais toi, j'éviterais. » Elle mit les coudes sur le bureau, dans l'attente d'une réaction de sa part. Son conseil sonnait comme un avertissement. Shadrack sentait la fureur monter en lui. Il s'épongea le front, un juron aux lèvres.

« Calme-toi et écoute, fit Gloria. Mon père me disait souvent qu'il est plus facile de se déplacer dans le noir les yeux fermés. Tu suis le raisonnement ? » Pas de réponse. « En acceptant la cécité, tu ne peux plus te tromper de chemin, compris ? »

Non, Shadrack ne comprenait pas. Il sentait tout de même qu'elle changeait de registre. Elle lui demanda d'une voix douce s'il était d'accord avec elle au moins sur ce point : la venue d'un émissaire constituait de fâcheuses prémices.

« Oui », convint l'Indien. Il agita la main comme pour chasser une mouche. « Mais si Arthur envoie un homme, peut-être que celui-ci va m'étaler direct. Bye-bye, au revoir les enfants. Comment savoir ?

— Tu ne peux pas le savoir. Personne ne le peut. Les mesures expéditives adviennent toujours par surprise, n'est-ce pas ? Mais j'ai été très claire avec Arthur : tout acte d'agression envers toi serait considéré comme une attaque personnelle. Une attaque vis-à-vis de mon organisation. »

Shadrack ignorait s'il pouvait se fier à elle. Il accordait peu de crédit à son apparente bienveillance. *Écoute ce qu'elle raconte, prends note, mais ne donne rien en échange.* Il tenta de déchiffrer son expression : elle semblait parfaitement détachée.

La Philippine s'adossa à son siège, les mains derrière la tête. « Il vaut mieux prendre quelques précautions. Admettons que tu reçoives la visite d'un inconnu, eh bien tu vérifies s'il est armé, non ? S'il l'est, tu le renvoies chez lui. Est-ce que tu as un pistolet ? Ce serait plus judicieux. Pour l'instant, Arthur n'expédie qu'un seul homme, pas toute une équipe, mais tu nages en eaux troubles. Tu n'es plus à Eureka. » Sa voix devint sourde. « On se prépare à recevoir une quantité dix fois supérieure à la normale. Un sacré lot. Arthur ne va pas y aller avec des gros sabots, il ne va pas t'éliminer d'entrée de jeu, non. Il mandate juste quelqu'un pour fureter, prendre la température. S'il trouve une faille, alors il passera à l'action. »

Shadrack observait son interlocutrice, se demandant à quelle sorte de faille elle pouvait faire allusion. Elle continua : « Arthur compte nous mettre un type dans les pattes sous le prétexte que nous aurions des difficultés à travailler ensemble. » Elle secoua les doigts à la manière d'une femme qui se sèche les ongles. « Alors voilà ce que je te propose : au lieu de minimiser nos prétendus différends, nous allons les accentuer. » Elle marqua une pause. Il l'incita à continuer d'un signe de tête. « On fera mine de ne pas s'entendre… Le mec qu'il va nous envoyer, ce trouble-fête, on va le balader, le dresser tantôt contre l'un tantôt contre l'autre, le forcer à s'impliquer dans des disputes sans importance. » Shadrack voulut intervenir, mais elle poursuivit : « Je sais comment m'y prendre avec les hommes, ne t'inquiète pas. Dès qu'il arrive, on s'occupe de lui : on l'incite à se défoncer, on l'empêche de dormir, on lui trouve mille choses à faire… Et quand il sera à point, là on passera aux choses sérieuses. »

Shadrack ne risquait aucun commentaire ; il scrutait son visage : derrière ses traits impassibles, il voyait qu'elle éprouvait du plaisir à échafauder ce traquenard. Elle prenait son pied, elle montait au septième ciel.

« Arthur veut se mêler de nos affaires ? Très bien, alors il est peut-être temps pour lui de passer la main. Ses dix pour cent, c'est une véritable arnaque. Qui les paye ? Toi. Non, il doit abandonner la partie. Mais on ne se débarrasse pas d'un homme tel qu'Arthur sans raison valable. » Elle se frotta les mains. « Laisse-moi te poser une question : et si le type d'Arthur décidait de nous arnaquer ?

— Pourquoi ferait-il une chose pareille ?

— Imagine que les apparences jouent contre lui. On pourrait dire : *Désolés, chef, mais les dix pour cent, c'est terminé. Ton gars nous a piqué le magot.*

— Comment tu comptes t'y prendre ?

— Force-le à adopter la conduite d'un type qui prépare

un mauvais coup. Fournis-lui des faux papiers, demande-lui d'acheter un billet pour le Mexique, incite-le à se procurer des armes, je ne sais pas. Fais en sorte qu'il ne puisse plus communiquer avec son patron, qu'il se sente obligé de mettre ses proches à l'abri. Le plus important – et il faut que l'on soit d'accord là-dessus –, c'est de dire à Arthur que son protégé s'est enfui avec le pactole. De cette manière, quand les Israéliens nous réclameront des explications, on pourra se justifier. Ils sauront pourquoi on a rayé Arthur de l'équation. »

L'Indien avait du mal à cacher son irritation. « Et moi, dans tout ça ? Si je déconne avec Arthur, je vais me retrouver avec un contrat sur la tête. Un matin, je vais me réveiller et des types de la Fraternité aryenne seront dans la chambre, un couteau à la main et un préservatif sur la queue. Non merci ! Tu ne sais pas ce que tu racontes. Doubler Arthur ? Personne ne double Arthur.

— Arrête de te faire du mouron, il ne va rien t'arriver. Tu n'as qu'à te contenter de rester fidèle à toi-même. Shadrack le dingue, celui qui prend du LSD, qui achète des diamants. Le type allergique aux douches, toujours vêtu d'habits sales. Le Shadrack normal, quoi. Continue à te comporter comme d'habitude. Arthur ne va pas te tuer pour ça.

— Et le mec qu'il nous envoie ? »

Gloria forma un pistolet avec sa main. *Pan !* « Enterré. Fini. On n'a plus jamais entendu parler de lui. Il s'est enfui au Mexique avec notre livraison. Disparu dans la nature. »

Ils se regardèrent en silence pendant un long moment.

« Et ensuite, je fais quoi ? éclata soudain Shadrack. Tu veux que je joue au siphonné, mais je ne suis pas acteur, merde !

— Il faut que tu rejettes la faute sur moi. Accuse-moi de tous les maux, mobilise toute ta colère, celle que tu ressens à cet instant même, et dirige-la contre moi. Sois sans pitié, vas-y de bon cœur. Ne t'inquiète pas, j'ai le cuir épais.

— Non, désolé, je passe mon tour sur ce coup-là. » Il mit les mains sur les genoux comme s'il s'apprêtait à partir.

« D'accord, trancha Gloria. Sans rancune. Mais dans ce cas-là, on ne collabore plus. Je te tourne le dos, c'est terminé. Je ne te vends plus rien, ni vingt kilos, ni deux cents, le marché est annulé et tu peux aller au diable. Retourne vendre de l'herbe à Eureka. J'aurai les coudées franches. Je donnerai ton poste à l'homme d'Arthur. » Elle avait le visage empourpré, la respiration sifflante.

« Tu sais que tu es dure en affaires ? » dit Shadrack.

Gloria sourit.

Quatre jours plus tard, elle reçut un appel d'Arthur, qui lui confirmait l'arrivée de son ambassadeur. « Il s'appelle Raymond Gaspar. Il sera là dans moins de deux semaines. J'ai déjà travaillé avec lui, il me représente, tu saisis ? » Elle comprenait tout à fait le sous-entendu. « C'est un type bien, il en a dans la cafetière. Je veux que tu l'accueilles à bras ouverts. Tu peux lui faire confiance, il t'aidera à raisonner Shadrack. »

Gloria songea à tenter de le dissuader une dernière fois, mais renonça : elle l'avait déjà averti. Le fait qu'Arthur envoie son homme juste avant la grosse livraison confirmait ses soupçons. Le truand allait changer les règles du jeu, elle en était sûre.

Jackie Santos commença à surveiller Gloria dès qu'elle revint à San Francisco. La Philippine n'était pas dure à trouver. Elle possédait différents logements autour de la baie, mais habitait une modeste maison à un étage à Daly City.

L'un des amants occasionnels de Jackie, un vétéran appelé Johnson Lake, avait appartenu aux forces spéciales en Afghanistan. Il avait immortalisé cette époque en se faisant tatouer ces deux mots au-dessus du cœur : *Professionnel discret*. On l'avait aimablement congédié pour raisons médicales, après son arrestation à Kaboul alors qu'il était en possession d'un kilo d'héroïne. Il avait évité la prison grâce à un seul coup de fil. Son partenaire à la CIA avait débarqué au commissariat dans l'heure pour dissiper le malentendu. Johnson Lake était rentré en Californie nanti d'une barbe et d'une sale addiction à l'héroïne. Il avait raconté son histoire à Jackie dès la première nuit qu'ils avaient passée ensemble, deux ans avant qu'elle aille à Miami.

Quand Jackie lui proposa de travailler sur le dossier Gloria, Johnson monta une équipe de trois hommes, tous d'anciens soldats, en échange de la moitié des gains. Le marché était rude, mais elle l'avait accepté.

Elle continua d'épier la Philippine dans les semaines qui suivirent. Elle la guetta depuis sa voiture, migra avec elle au gré des endroits où elle se rendait et attendit, les yeux braqués sur des portes closes, que celles-ci veuillent bien s'ouvrir. Il s'agissait d'une besogne où l'ennui le disputait au désir ardent. Jackie avait tellement envie de réussir l'opération qu'elle ressentait comme un appétit vorace au creux de l'estomac. Mais quel était son plan ?

En vérité, elle n'en avait aucun. Pour l'instant, elle patientait, elle observait, prête à saisir la moindre opportunité. Pour cinquante millions de dollars, le jeu en valait la chandelle.

Au vingt-troisième jour de sa surveillance, Gloria quitta son bureau pour s'engouffrer dans le monospace qui la conduisait chez elle en temps normal. Il était 19 h 52, soit presque deux heures de plus que l'horaire habituel. Jackie s'apprêtait à prendre la direction de Daly City, au sud, mais le véhicule fit demi-tour et se dirigea à l'opposé, vers le centre-ville. Cette modification d'itinéraire, ajoutée au retard dans l'emploi du temps, suffit à lui donner une poussée d'adrénaline. Elle obtenait enfin ce qu'elle cherchait : une variation, un changement.

Elle suivit la fourgonnette à distance raisonnable sur Mission Street, prenant soin de laisser quelques véhicules entre elle et sa cible. Le chauffeur tourna sur la Dix-Neuvième et, après être passé devant un parking, revint s'y garer. Jackie continua à rouler. Elle fit halte une vingtaine de mètres plus loin, en double file. Elle se tourna sur son siège, juste à temps pour voir Gloria et le conducteur sortir du véhicule et sonner à l'entrée de l'hôtel Prita.

La jeune femme trouva un autre parking sur la Dix-Huitième. Elle se mira dans le rétroviseur, se recoiffa, mit une touche de couleur sur ses lèvres, puis entreprit de gagner l'hôtel à pied. Un dealer noir l'apostropha : « Quoi de neuf, ma belle ? J'ai du matos. Deux doses pour le prix d'une. » Elle ne lui prêta aucune attention et poursuivit sa route.

Arrivée devant le Prita, elle sonna, entra dans le sas entre les deux portes. *Cet endroit ressemble à une prison du tiers-monde*, se dit-elle. Elle appuya sur le bouton d'appel. La réception consistait en un guichet équipé d'une vitre pare-balles, au bas de laquelle on avait aménagé une fente horizontale. Une femme d'origine indienne se tenait assise derrière le comptoir. Jackie sentait une odeur de nourriture exotique.

« Combien pour la nuit ?

— Trente-cinq. » La réceptionniste tendait le cou pour voir Jackie. Elle ne souriait pas.

Jackie apercevait le registre de l'autre côté de la paroi transparente. Gloria avait signé pour rendre visite à un certain Gaspar R., chambre 32.

« Qui est à la 32 ? Robert Gaspar ?

— Nous ne donnons pas d'informations sur les clients. »

Jackie sortit quarante dollars de sa poche arrière. Elle tint les billets bien en vue, avant de les glisser dans la fente. « Un type qui s'appelait Gaspar me harcelait. Je n'ai pas envie de prendre une chambre si c'est lui. Il est dangereux. »

L'Indienne se leva de son siège, empocha les quarante dollars. « Le client de la 32 s'appelle Raymond Gaspar.

— Sa date de naissance ? »

La réceptionniste ne répondit pas. Jackie glissa un autre billet dans la fente. « Ce pourrait être le frère de celui qui m'a harcelée. Allez, entre femmes, un petit geste. »

L'employée consulta un Rolodex sur le comptoir. « 22 mars 1980. »

Jackie conseilla à la femme de ne rien dire, pour sa propre sécurité, puis la remercia avant de quitter l'établissement.

Plus tard dans la soirée, elle tapa le nom de Raymond Gaspar sur son ordinateur. Une base de données privée que

Roberts avait installée sur son PC permettait d'établir que l'homme possédait un casier judiciaire, sans fournir d'autres précisions à ce sujet. Elle se connecta au site de géolocalisation criminelle de l'État de Californie. Gaspar avait été élargi cette semaine. Un sentiment d'excitation proche de celui qu'on ressent sous l'emprise de stupéfiants déferla dans les veines de Jackie.

Elle contacta Johnson Lake afin d'obtenir un renfort pour le travail de surveillance.

L'homme de Lake se chargea de Gloria tandis qu'elle prenait Gaspar en filature. Elle le suivit jusque chez Shadrack, sur Colby Street. Les deux individus se rendirent ensuite dans une maison située en bordure de Dolores Park. Elle étudia les fêtards qui entraient, puis se joignit à un groupe pour s'incruster dans la soirée. Elle tendit l'oreille pendant que Raymond discutait près de la cheminée. De toute évidence, il n'était pas dans son état normal. Lorsqu'il renversa un verre, elle l'aida à nettoyer.

Le lendemain, elle demandait à Lake de mettre également l'un de ses hommes sur Shadrack.

La nuit venue, elle rentra se reposer quelques heures. Elle eut du mal à trouver le sommeil. La nervosité agissait sur elle comme une infection. Ils approchaient du but, elle le sentait. Le chargement n'allait pas tarder à arriver. Cet enthousiasme aurait pu être tempéré par la surveillance constante, qu'un état de fébrilité incessant rendait plus pénible encore, mais elle n'y accorda pas d'importance tant la fièvre était puissante. Elle apprit à uriner dans une bouteille, activité périlleuse pour une femme. Chaque matin, elle apportait ses repas. Son dos la torturait à force de rester assise. Elle avait de plus en plus de difficultés à conserver une vigilance optimale, les jours se confondaient les uns avec les autres.

Un matin identique aux autres, elle arriva devant chez Gloria à 7 h 15. L'homme de Johnson Lake dont elle assurait la relève se trouvait trois maisons plus loin. Il actionna ses freins deux fois pour lui signaler qu'il quittait son poste. Comme d'habitude, Gloria émergea de son domicile à 8 h 20. La matinée se déroulait sans imprévu : le monospace était garé dans l'allée, le chauffeur était sorti trois minutes auparavant, pour attendre la Philippine debout près du véhicule, moteur au ralenti. Gloria s'installa dans la fourgonnette, qui recula dans l'allée puis s'éloigna.

Au moment où Jackie tournait la clef de contact, elle eut un mauvais pressentiment. Quelque chose clochait. Elle hésita un instant, songeant à abandonner sa filature pour aujourd'hui. Le monospace disparaissait au bout de la rue, elle devait prendre une décision rapide. Après avoir compté jusqu'à trois, elle trancha.

Alors qu'elle négociait le premier virage, elle eut la surprise de voir le monospace arrêté au milieu de la chaussée. Elle stoppa à une vingtaine de mètres et une voiture s'immobilisa derrière elle. Pas de coup de klaxon. Aucun mouvement de la part des occupants.

Jackie vit la porte du minivan s'ouvrir et le conducteur se diriger vers elle. La jeune femme aurait pu encore s'échapper, foncer sur le trottoir, les contourner, mais elle ne voulait pas se trahir. Elle se trouvait dans un quartier résidentiel typique de la baie, elle avait parfaitement le droit de circuler, alors elle résolut de se tenir bien droite et de jouer les innocentes. Juste le temps de respirer un grand coup et de se composer une physionomie d'ingénue confuse.

L'homme qui s'approchait n'était pas le chauffeur habituel de Gloria, mais Jackie l'avait aperçu occasionnellement ces dernières semaines. Il était mince, avait la soixantaine, la peau marquée par la petite vérole et les yeux masqués par des lunettes de soleil. Il portait un pantalon aux reflets soyeux et sa démarche élastique ne dénotait aucune hostilité. Jackie lança un coup d'œil dans le rétroviseur. La voiture dans son dos était conduite par un jeune Asiatique qui ne bougeait pas d'un pouce. Elle baissa sa vitre de quelques centimètres, afficha un sourire timide et demanda au sexagénaire s'il avait besoin d'aide.

L'homme lui rendit son sourire. Les feux de marche arrière du monospace s'allumèrent et le véhicule recula jusqu'à elle. À présent, elle était tout à fait bloquée. Elle se tourna vers le chauffeur. « Vous désirez quelque chose ? »

L'homme essaya d'ouvrir sa portière. Par chance, Jackie avait verrouillé l'habitacle. Elle remonta sa vitre en toute hâte. L'homme ôta ses lunettes, les suspendit au col de sa chemise, puis mit les mains en visière sur le pare-brise. Il pencha le visage vers elle, dans l'attitude d'un aïeul cherchant à amuser sa petite-fille, mais l'effet n'était pas du tout le même. Son sourire dévoila une rangée de dents en or.

Elle pouvait encore percuter la fourgonnette. L'espoir de s'en sortir en douceur la retint. Elle porta les mains à sa poitrine en un geste d'authentique embarras.

Le conducteur exhiba un pistolet noir, avec le canon duquel il tapota la vitre. *Toc, toc, toc.* Un son horrible, froid, désincarné. « Ouvrez. »

Ensuite, ce fut le flou. L'homme inspecta les environs pour vérifier qu'il n'y avait pas de témoin, puis vissa un silencieux sur son arme. Il pointa le pistolet sur sa tête, si bien qu'elle fut obligée de déverrouiller l'habitacle.

« Que se passe-t-il ? piailla-t-elle quand il ouvrit la portière. Qu'est-ce que j'ai fait ?

— Vous êtes de la police ? » Le vieil homme avait l'accent philippin et paraissait sincèrement préoccupé. L'arme pendait à son flanc.

« Non, hésita Jackie. Je… je vais simplement au travail.

— Ah bon ? Vous travaillez dans quoi ?

— Une école. Je suis institutrice. »

L'homme orienta le canon du pistolet sur sa montre. « Vous êtes en retard, non ? Les enseignants partent de chez eux à 7 heures et demie. Il est plus de 8 h 30.

— J'ignore pour qui vous me prenez… » Elle instilla un soupçon de véhémence dans sa voix. « … Mais votre conduite est inqualifiable, vous…

— Je n'ai jamais rencontré d'institutrice qui suive une femme pendant des semaines », coupa l'Asiatique.

Jackie eut un blanc. « Vraiment ? »

Il approcha son visage du sien. Elle détecta une odeur de cigarette, de café et de savon. « Je vais m'asseoir à côté de vous, prévint-il en indiquant le siège passager. Je suis sûr qu'il s'agit d'une méprise. Vous m'expliquerez tout et ensuite je vous raccompagnerai à votre école. Pas de geste inconsidéré, je vous prie. » Il referma sa portière, fit le tour du véhicule.

Jackie regarda de nouveau dans le rétroviseur. Il lui aurait sans doute été possible de klaxonner, d'écraser la pédale d'accélérateur, si la peur ne l'avait pas tétanisée. Le sexagénaire ouvrit la portière, s'installa.

« Bien. » Il se pencha pour appuyer doucement sur l'avertisseur. La voiture de derrière libéra le passage. « Demi-tour.

— Je n'ai aucune idée de ce que vous avez en tête mais…

— Rien, soyez tranquille. Reculez. »

Elle dut se tourner sur son siège pour effectuer la marche arrière. Son passager, lui, resta face à la route, une lueur effrayante dans les yeux. Tandis qu'elle faisait sa manœuvre, elle articula soigneusement, afin d'accentuer l'innocence dans sa voix : « Vous devez vous tromper de personne, je vous en supplie. Jamais je ne vous ai suivi, et si j'en ai donné l'impression, je vous présente mes excuses… » Elle parlait avec l'accent américain. Une pure Californienne.

L'homme désigna une allée. « Par là. Vous allez au bout et vous tournez. Tout va bien se passer. Je vous assure qu'il n'y a pas de quoi s'inquiéter. » Il montra la fourgonnette. « Ma patronne désire simplement s'entretenir avec vous. Rien de méchant. Ensuite nous appellerons la police. » Un geste vers la maison de Gloria. « En avant. »

Jackie ne parvenait pas à refréner le tremblement de ses mains, son souffle oppressé se frayait difficilement un chemin dans ses bronches.

« Garez-vous là », ordonna le Philippin lorsqu'ils furent devant la maison de Gloria.

Jackie stoppa le véhicule dans l'allée qu'elle surveillait depuis des semaines. La voiture qui avait bloqué sa retraite s'arrêta dans la rue et le monospace désormais conduit par Gloria vint se coller à son pare-chocs.

Le sexagénaire se massa les tempes comme s'il avait la

migraine. Jackie baissa les yeux sur son arme. Elle s'imagina rafler le pistolet mais fut incapable du moindre mouvement. La porte du domicile de Gloria s'ouvrit. Un jeune homme en pyjama, qui semblait à peine réveillé, apparut. Il parlait dans un téléphone sans fil. Arrivé devant la voiture de Jackie, il la dévisagea à travers la vitre. Il s'exprimait en tagalog : la jeune femme ne comprenait pas un traître mot de ce qu'il racontait. Un coup d'œil dans le rétroviseur lui indiqua que Gloria parlait également dans un portable : elle communiquait vraisemblablement avec lui.

Jackie secoua la tête, les paumes au ciel. « Cette histoire est ridicule.

— Je sais », approuva le vieux Philippin. Il semblait aussi mécontent qu'elle.

« Je vais être en retard. C'est un scandale. » Elle frappa le volant du plat de la main. L'homme dehors raccrocha et scruta encore le visage de la jeune femme. On aurait dit qu'il cherchait dans sa mémoire où il l'avait déjà croisée.

Jackie éleva la voix pour se faire entendre à travers la vitre. Les phrases sortaient de sa bouche avec fureur, elle paraissait outrée. « J'ignore ce que vous me voulez, mais c'est insensé. Je vais appeler la police. Si vous ne me laissez pas partir, je vais vraiment m'énerver. Vous allez être poursuivi pour séquestration, vous entendez ? »

Le jeune homme en pyjama se redressa, regarda autour de lui puis ouvrit la portière, l'invitant d'un geste du menton à mettre pied à terre. Jackie refusa de bouger. Le sexagénaire ôta la clef de contact de son logement, la déposa dans son sac à main. « Pas de bruit, s'il vous plaît. Ne dites rien. » Il mit la main sur son épaule et la poussa à l'extérieur. Quand à son tour il eut rejoint l'homme en pyjama, il fit signe à Jackie d'avancer : « Après vous. »

Jackie jeta un regard par-dessus son épaule. Gloria observait la scène depuis son monospace. Son visage neutre donnait l'impression qu'elle s'égarait dans quelque rêverie. Jackie aurait volontiers crié mais la peur d'être frappée, ou pire, brida son élan. La rue était déserte. Elle marcha jusqu'à la porte d'entrée. « Votre comportement est inacceptable, murmura-t-elle. Mon père est un ténor du barreau de San Francisco. Un fameux avocat, vous comprenez ?

— Après vous », répéta le chauffeur.

L'homme en pyjama les avait précédés. Il maintenait la porte ouverte. Jackie avança dans la maison. Un agréable parfum de bouillie de flocons d'avoine au poulet l'accueillit. Le vieux Philippin l'incita en douceur à pénétrer dans le salon. Des photos d'enfants aux murs, une bibliothèque, un bar. Un funeste sentiment s'empara d'elle.

Une minute plus tard, Gloria entra dans la pièce. « Bonjour. » Elle s'adressa en tagal au chauffeur. Celui-ci fouilla Jackie sans ménagement, souleva sa chemise, palpa son ventre, ses reins. Il posa les mains sur ses hanches ; elle se dégagea. « Qu'est-ce que c'est que ce cinéma ? » Elle regarda Gloria. « Je ne sais pas ce que vous croyez, madame, mais je ne… je n'ai pas… » Elle feignit de se reprendre. « Écoutez, je suis désolée. J'ignore totalement ce qui se passe. »

Gloria lui intima le silence. Le chauffeur déversa le contenu de son sac à main sur la table du salon. Jackie perçut le cliquetis de la petite monnaie, le tintement des clefs. Elle esquissa un mouvement pour récupérer son sac. « Donnez-moi ça. » Mais l'autre homme la retint par le bras. « Seigneur ! Qu'est-ce que vous fabriquez ?

— Taisez-vous ! » coupa Gloria.

Le chauffeur dénicha son permis. Il le tendit à Gloria, qui s'en saisit et lut à voix haute : « Candy Hall-Garcia. » Jackie entendit son prénom dans une phrase en tagal. Les hommes pouffèrent de rire.

« Vous n'avez pas le droit, s'insurgea-t-elle. C'est un kidnapping. Vous pourriez avoir de graves ennuis. La Californie n'est pas…

— Dernier avertissement. Ne parlez que si l'on s'adresse à vous. » Gloria ne plaisantait pas.

Le chauffeur trouva le portable. Il le confia à sa patronne. « Code PIN ?

— Je ne suis pas…

— Frappez-la jusqu'à ce qu'elle nous donne les chiffres. »

Le sexagénaire brandit le poing dans une posture menaçante et Jackie se déballonna immédiatement. « D'accord, d'accord. Un – neuf – huit – cinq. » Elle se souvint trop tard des textos qu'elle avait échangés avec Johnson Lake. Ces textos où ils mentionnaient Gloria en toutes lettres. Ils s'étaient également envoyé des messages où ils parlaient de Raymond et de Shadrack. Jackie vit avec un peu trop de clarté ce qui l'attendait. Gloria demeura longtemps immobile, sans un mot, à lire sa correspondance.

Lorsque enfin elle leva les yeux, son visage manifestait une colère froide. Elle prononça une longue tirade en tagal. L'un des hommes disparut dans un escalier menant au sous-sol.

Gloria désigna le canapé. « Asseyez-vous. » Jackie obéit.

La Philippine interpella ses hommes : « Rentrez sa voiture au garage.

— J'ai de l'argent, fit Jackie. Je peux vous payer. »

Gloria, toujours à ses hommes : « La prochaine fois qu'elle l'ouvre, vous lui cassez un doigt. » Elle dressa l'annulaire. « Celui-ci. *Crac.* »

Elle s'installa sur une chaise en face de Jackie, les mains jointes dans une posture de pénitente. Le chauffeur se tenait à ses côtés, mutique. Incapable de maintenir le contact visuel, Jackie baissait les yeux à intervalles réguliers. Gloria, elle, ne cillait pas. Le temps s'étira.

Jackie sentit les larmes couler le long de ses joues. Elle renifla discrètement. Un sèche-linge ronronnait dans une autre pièce. Finalement, le Philippin au sous-sol rompit le silence. « C'est prêt ! »

Gloria se cala dans son siège. Elle poussa un soupir puis claqua dans ses mains. Un geste vers la chaîne hi-fi, à côté de laquelle se tenait l'homme en pyjama. « Allume-la. »

Il s'exécuta. Une publicité tonitruante déferla dans le salon. Gloria secoua la tête. L'homme changea de station. Nouvelle désapprobation. Il capta finalement une radio diffusant du rock évangélique et Gloria hocha la tête, satisfaite. « Monte le son. » La musique s'amplifia. « Plus fort. »

À présent, le chant saturait les baffles. *Nous marchons avec toi, Seigneur, nous chantons avec toi. Nous dansons avec toi, nous nous battons pour toi.*

Jackie continuait à pleurnicher en silence.

« Levez-vous. »

La jeune femme fit ce qu'on lui demandait. « La police sait où je suis. Je les ai prévenus. »

Gloria s'approcha jusqu'à ce que leurs visages se touchent presque. « Je vous ai dit que l'on vous briserait un doigt si vous parliez sans autorisation. Vous n'êtes pas très maligne. Allez, venez avec nous. »

Le sexagénaire l'empoigna par les épaules. Il était beaucoup plus fort qu'il n'en donnait l'impression. Il la guida vers l'escalier, puis jusqu'au bas des marches sans qu'elle oppose la moindre résistance. La musique poursuivait ses hurlements à l'étage.

Jackie avança sur un sol de béton. Son escorte lui fit franchir une porte et ils se retrouvèrent dans une vaste cave éclairée par des néons. Des boîtes remplies de jouets et de livres s'empilaient contre les murs. Le jeune homme qui était descendu en premier se tenait au centre de la pièce, à côté d'une poutre en métal qui s'élevait du sol au plafond. On avait disposé une chaise devant cette poutre, et sous cette chaise, une bâche en plastique.

L'homme posa une main sur le dossier. « Je vous en prie. »

Un désir irrépressible d'éclater en sanglots submergea Jackie. Elle se mit à suffoquer.

« Asseyez-vous, allez-y », insista le vieux Philippin.

Elle fut contrainte d'accepter. Le responsable de l'installation prit un tuyau d'arrosage vert, qu'il enroula autour du thorax de la jeune femme, l'obligeant à se redresser. Il tira fermement sur le tube flexible, qu'il noua dans son dos.

Gloria parla en tagal ; le vieux chauffeur retira sa ceinture. Il s'approcha de Jackie et se servit de la lanière en cuir pour assujettir sa tête à la poutre, si bien que l'arrière de son crâne touchait désormais le métal glacé.

« S'il vous plaît… Je vous en supplie. »

L'homme serra la ceinture au maximum.

« Je vais vous poser la question une fois, avertit Gloria. Qui sont vos complices ?

— Personne. Je n'ai pas de complices. »

De nouveaux ordres en tagal. L'un des hommes gagna le fond de la cave. Il sortit du champ de vision de Jackie mais elle l'entendit fouiller dans ce qui ressemblait à un carton bourré d'outils métalliques. À l'étage, on percevait le bruit étouffé des chansons évangéliques. L'homme réapparut armé d'un petit sécateur. Il tendit l'ustensile à sa patronne. Celle-ci avança, fit jouer les lames devant le visage de sa prisonnière. *Clac, clac, clac*, les cisailles produisaient un affreux crissement tranchant.

« Non, souffla Jackie. Assez, on arrête de jouer.

— Elle veut arrêter de jouer », s'amusa Gloria en se tournant vers le sexagénaire. Il paraissait absolument horrifié, ce qui eut pour effet d'accroître la peur de Jackie.

Gloria tapota les pointes du sécateur sur le nez de sa captive, un sourire froid aux lèvres. « Dernière chance.

— Je travaille pour mon compte, geignit la jeune femme. J'ai quatre hommes avec moi mais ils sont à mon service. Ils vous surveillent… Ils vous surveillent tous : Shadrack, Gaspar, tout le monde. J'ai commis une erreur. Une épouvantable erreur. Excusez-moi. Je vous promets… » Elle hoqueta. « Je vous promets que cela ne se reproduira pas.

— Ces hommes à votre service, ce sont ceux avec qui vous avez échangé des messages ?

— Oui.

— Que cherchez-vous ?

— Je voulais faucher votre marchandise. C'était une idée stupide, je suis désolée.

— Elle est désolée », fit Gloria en regardant son vieux chauffeur. Celui-ci hocha la tête à l'intention de Jackie, comme pour l'encourager. Gloria reprit : « Comment êtes-vous au courant de l'existence de cette marchandise ?

— Roberts. Il m'a emmenée avec lui à Miami. Il avait besoin d'accéder à un appartement. Il ne m'a pas parlé de vous, mais je lui ai piqué son téléphone, j'ai fouillé dans son ordinateur. C'est moi de A à Z, personne d'autre. Je ne sais pas quelle mouche m'a piquée, je n'ai jamais rien fait d'aussi bête.

— Ah, Tom Roberts. Je vous ai déjà eue au bout du fil, n'est-ce pas ?

— Oui.

— Je vois. » La Philippine se passa la langue sur les dents avant d'interpeller l'un de ses hommes : « Appelle Roberts. Dis-lui de venir ici en urgence. »

Elle se pencha vers Jackie. « Eh bien voilà, rien de tel que l'honnêteté. On ne peut pas avancer sans respect mutuel, vous saisissez ? »

Jackie voulut opiner, en vain. « Je peux avoir de l'eau ? » Elle tenta de nouveau de bouger la tête sans succès.

Quand on apporta une bouteille, Gloria versa l'eau dans la bouche de sa prisonnière. Pour finir, elle lui caressa brièvement la tête et s'éclipsa. Jackie resta seule avec le vieux chauffeur, armé de son pistolet. Celui-ci se cala dans un épais fauteuil et sortit son téléphone pour jouer. La radio à l'étage se tut. Jackie tendit l'oreille, mais en dehors des bruits de pas et du murmure étouffé des conversations, elle ne distingua pas grand-chose.

Ses paupières devenaient lourdes. Elle ferma les yeux. Les *bip-bip* du jeu vidéo auquel s'adonnait son geôlier fonctionnaient comme une berceuse.

Au bout d'un moment, on ralluma la chaîne stéréo. Quand Jackie ouvrit les yeux, Gloria se tenait devant elle en compagnie de deux hommes et de Roberts. La physionomie du détective changea dès qu'il vit son ancienne complice : sa bouche s'affaissa, il branla du chef. De toute évidence, il ne s'attendait pas à la trouver dans cette cave.

Il pivota vers Gloria : « Attends un peu. C'est quoi, cette histoire ?

— À toi de me le dire.

— Qu'est-ce qui se passe, bordel ? » Il se tourna vers la jeune femme : « On peut savoir dans quel merdier tu t'es fourrée, Jackie ?

— Ton amie nous a suivis, expliqua Gloria.

— Oh, non, non, non, laissez-moi en dehors de cette magouille. »

L'homme paniquait, ses traits se plissaient, enlaidis par la colère. Il pointa le doigt sur Jackie : « J'ignorais que tu étais là, qu'est-ce que tu as fabriqué ? » Puis à Gloria : « Qu'est-ce qu'elle a fabriqué ?

— Ce que je t'ai dit. On n'en sait pas beaucoup plus. »

Roberts reporta son attention sur la jeune femme.

« Espèce de garce, tu ignores où tu as mis les pieds, cette fois. Qu'est-ce qui t'est passé par la tête ? » Il prit Gloria à témoin. « Je n'ai rien à voir avec cette nana. » Il leva les mains, regarda les autres hommes avec des yeux de bête traquée.

« Rien, vous entendez ? Tu vas te débrouiller toute seule, Jackie. Merde ! Faites d'elle ce que vous voulez. »

Un infime sourire se dessina sur les lèvres de Gloria. Elle adressa un mouvement de tête à l'un de ses hommes. Celui-ci tendit un pistolet à Roberts.

« Occupe-t'en, dit-elle. Montre-nous que tu es étranger à cette affaire. »

Roberts soupesa l'arme. Ses épaules s'arrondirent.

Jackie se débattit, lutta contre le tuyau et la ceinture qui l'entravaient. « Non, je vous en prie, non. Je peux vous être utile, je peux… »

Gloria posa un doigt sur sa bouche. *Chut*. La jeune femme renonça brusquement, découragée. Elle avait perdu. C'était fini.

Roberts, lui, paraissait dévasté. Sa bouche ployait anormalement. Il murmura quelques mots en s'approchant d'elle, peut-être une prière. Ensuite il leva l'arme, appuya le canon contre sa tempe. « Bon sang, Jackie. Pardonne-moi. »

La jeune femme ferma les yeux. Mille sirènes gémissaient dans son esprit. Elle entendit un déclic, puis plus rien. Elle entrouvrit les paupières. Roberts pressa de nouveau la queue de détente. *Clic*. L'arme buta contre le côté de sa tête. Nouvelle tentative. *Clic*.

« Il vaudrait mieux avoir des balles », observa Gloria.

L'homme à côté d'elle présenta un simple projectile, entre l'index et le pouce. La vague d'effroi qui avait submergé Jackie retomba. Elle retrouva l'usage de la parole, celui de la supplique intérieure : *Oh mon Dieu, si tu m'aides juste cette fois, si je m'en sors grâce à toi, je serai ton éternelle adoratrice.*

Notre Père qui êtes aux cieux, Allah, Jésus, Bouddha, maman, aidez-moi, je vous en conjure…

L'homme fit signe à Roberts d'apporter l'arme. Celui-ci obéit, résigné. L'homme prit le pistolet, lui tourna le dos une seconde, et pivota soudainement sur ses talons, l'arme braquée sur la tête du détective. Roberts ne broncha pas. Jackie ne voyait pas son visage, juste son échine voûtée.

L'homme appuya sur la détente. Encore un déclic. La joyeuse troupe de Gloria se mit à rire. Roberts tremblait de tous ses membres.

« Je ne perdrais pas une balle pour toi, expliqua Gloria, tu es trop bête. Et si ton corps pâle et dégoûtant pissait le sang dans ma cave, tu ne pourrais pas me rembourser le voyage à Miami. Soixante mille, plus les faux frais. Regarde-moi. » Roberts obtempéra. « Tu as quarante-huit heures pour me rendre l'argent. Maintenant, va-t'en avant que je change d'avis. »

Roberts baissa les yeux sur Jackie. Ses traits exprimaient une colère intense, mais en vérité il ressentait de la honte, pas de la colère. Il n'avait pas réussi à la tuer. Chaque événement, depuis son enfance jusqu'à aujourd'hui, avait concouru à cet échec. Il irait au paradis car l'enfer, c'était ici.

« Allez », insista Gloria.

Il grimpa les marches, suivi par deux Philippins. La musique s'intensifia lorsqu'ils franchirent la porte.

Gloria détacha la ceinture autour de la tête de Jackie, balaya les cheveux de son front puis fléchit les genoux pour être à sa hauteur, une main sur son épaule. « Nous voilà seules maintenant, chuchota-t-elle. Alors terminés les mensonges, terminés les faux-semblants. Tu as vu mon visage, tu me connais, tu m'as suivie, tu sais où j'habite. » Elle dévisagea Jackie un long moment. « Dis-moi qui a participé à cette opération. Quatre hommes, pas plus ?

— Oui.

— Ces hommes ignorent que tu es ici ?

— Oui.

— Tu les as engagés ? Ils travaillent pour toi ?

— Oui.

— Tu as couché avec eux ?

— Non.

— Ils t'obéissent ?

— Oui.

— Dis-moi ce que tu sais sur eux. Dis-moi tout. »

Deux jours plus tard, Raymond Gaspar trouva la mort dans une maison de Willow Avenue, tué d'une balle par le jeune chauffeur de Gloria. Shadrack ferma les yeux pour ne pas assister au meurtre.

Il était arrivé une heure auparavant, les bras chargés de deux sacs – cinq millions six au total –, qu'il avait cachés dans l'armoire d'une des chambres. Ensuite, il avait disposé la bâche au sol selon les instructions de Gloria. Ses gestes étaient mécaniques, tout lui paraissait irréel. Il n'arrêtait pas de se dire que l'on trouverait une solution, que l'assassinat n'aurait pas lieu.

La maison était dépourvue de meubles. Après qu'il eut installé la bâche, il parcourut les pièces, se rendit à la salle de bains pour s'examiner dans le miroir, vérifia le contenu du réfrigérateur, vide. Ensuite il s'allongea par terre dans le salon, les yeux au plafond, et attendit les autres.

Les Philippins arrivèrent en premier. Ils étaient deux : un vieux avec des cicatrices sur les joues et un jeune que Shadrack connaissait comme chauffeur. Ils sentaient la cigarette. Le jeune avait déjà préparé son arme. Il ne lui restait qu'à visser son silencieux. Leur souffle court laissait supposer qu'ils avaient couru depuis la voiture jusqu'à la maison.

« Où est-ce que ça va se passer ? » interrogea le jeune qui avait terminé de fixer son silencieux. Il semblait branché sur du deux cent vingt. Shadrack désigna une chambre du fond. Il ignorait le nom de ces hommes et n'avait aucune envie de le connaître. Ils l'effrayaient.

John et Raymond apparurent quelques minutes plus tard, pile à l'heure. Shadrack étudia le visage de Raymond lorsque celui-ci franchit le seuil de la maison. L'émissaire d'Arthur paraissait accablé. Sa peau blême, ses traits tirés accusaient un épuisement profond. Il agissait comme s'il devinait l'issue de ce rendez-vous. Un crève-cœur.

Shadrack avait déjà côtoyé la mort : il avait vu des gens se prendre des coups de couteau, d'autres se faire tirer dessus dans les rues d'Eureka. Certains de ses amis héroïnomanes avaient péri d'overdose. Mais il n'avait jamais participé d'aussi près à un meurtre. La maison vacilla sous ses pieds quand le flingue expulsa son ogive meurtrière.

Il contempla la scène, une main sur sa poitrine. Le sang écarlate s'écoulait de l'orifice dans la tête de Raymond, se répandait sur la bâche en une flaque sombre. « Bon Dieu de merde », souffla-t-il en regardant John. Le Noir branlait du chef. On aurait dit qu'il était sur le point d'éclater en sanglots. La maison redevenue silencieuse paraissait plus bruyante que jamais.

Le jeune Philippin, celui qui avait éliminé Raymond, se baissa pour toucher le corps. « Mort. » Il fouilla les poches de sa victime, prit la petite monnaie, le téléphone et les papiers. Il balança la carte d'identité à Shadrack après y avoir jeté un coup d'œil. Sur la photo, Raymond affichait une espèce d'optimisme résolu. Le Philippin mit la main sur la clef du garde-meuble et le morceau de papier que Gloria avait donnés à Raymond. « Tiens », dit-il à Shadrack.

L'Indien avait peur d'approcher. Le jeune chauffeur dut s'en apercevoir car il se leva pour lui apporter la clef et la feuille déchirée.

« L'argent est dans l'autre chambre », indiqua Shadrack. Il baissa les yeux sur le bout de papier : une adresse rédigée à la main, Lemon Street, à Vallejo. On avait souligné le numéro deux fois. Il empocha la note et la clef. « L'entrepôt est gardé ?

— Oui, répondit le jeune. Le vigile est prévenu de ton arrivée. Tout ce que tu as à faire, c'est de signer le formulaire, de montrer tes papiers et d'aller au box indiqué. Tu as l'habitude. »

L'autre homme, le vieux, entra dans la pièce. Il examina le cadavre et prononça une ou deux phrases en tagal.

« Tout est réglo ? » demanda Shadrack. Comme personne ne répondait, il ajouta : « Vous feriez mieux de ne laisser aucune trace du corps. Sauf si vous voulez qu'Arthur s'en prenne à vous. »

Toujours pas de réponse. Shadrack répéta : « Tout est réglo ?

— Tu as apporté la totalité de la somme ? s'enquit le vieux.
— Oui, allez-y, vérifiez. »

Deux autres Philippins entrèrent dans la maison. Toute l'équipe se rendit dans la chambre où était caché l'argent. Ils sortirent les liasses des sacs, comptèrent les billets. Lorsqu'ils eurent terminé, ils se redressèrent, lissèrent leur pantalon. Le vieux avança vers Shadrack et lui serra la main en lui donnant une tape sur l'épaule. Il fit de même avec John, comme s'il les consolait l'un et l'autre d'avoir assisté à cette exécution.

Quand, enfin, Shadrack et John furent en sécurité dans leur camionnette, l'Indien soupira : « On a eu droit à la totale, mec.
— Tu l'as dit, approuva John.
— Quelle bande de tarés !
— Donne-moi l'adresse. Je vais l'entrer dans le GPS. »

Shadrack lui confia le morceau de papier. Sa main tremblait. John tapa les coordonnées sur son téléphone.

L'Indien se tourna vers l'extérieur. Il relâcha doucement son souffle, les yeux levés en direction du firmament. « Ils ont obligé le jeune chauffeur à s'en charger. Raymond était un bon gars. Je suis dégoûté.
— Ouais, il a été pris entre le marteau et l'enclume.
— Je l'aimais bien, merde. Ça donne à réfléchir, mon pote. Qu'est-ce qu'on fout là, hein ? »

John secoua la tête. « C'était un bon gars, oui. Un bon gars né sous une mauvaise étoile. »

Au 556 Lemon Street, le gardien examina attentivement le permis de John avant d'ouvrir la barrière. John roula jusqu'au box 342, un local de la taille d'un garage, muni d'un volet roulant. Ils restèrent une minute dans la camionnette, à inspecter les environs. L'endroit paraissait désert.

« Donne-moi le flingue », dit John. Shadrack ouvrit la boîte à gants, qui renfermait une arme de poing dans un holster.

Après être descendus du véhicule, ils introduisirent la clef dans la serrure et firent coulisser le volet. Au fond du box, contre la cloison, six bidons de quinze litres.

« Referme le volet, conseilla l'Indien. On a une sacrée quantité. »

On avait sécurisé l'ouverture des bidons avec de la bande adhésive. Shadrack sortit un couteau de sa poche, découpa la bande sur l'un des couvercles, dévissa celui-ci et regarda à l'intérieur du récipient. L'ecstasy était conditionné dans des sachets d'un kilo sous vide. Vision enchanteresse.

« Voilà qui me botte, murmura Shadrack. Voilà qui me botte vachement. »

John manœuvra la camionnette de façon à ce que l'arrière touche pratiquement le volet. Ils abaissèrent la banquette, chargèrent les bidons et dissimulèrent le tout sous une couverture. Shadrack rabattit le volet, ferma le verrou.

Le gardien dans sa petite guérite les vit approcher de loin. John lui adressa un V pacifiste, l'index et le majeur dressés, au moment où ils franchirent la barrière.

« On pourrait mettre un peu de musique, suggéra Shadrack.

— Papa veut que tu restes concentré.

— Oh, s'il te plaît, mets-la en veilleuse avec tes *papa*. Tu me fais le coup à chaque fois.

— Papa veut rentrer à la maison. Papa a faim.

— On n'a qu'à passer au drive.

— Merde», dit John, mais il souriait, le regard dans le rétroviseur.

Ils tournèrent à droite sur Lemon Street. L'horloge indiquait minuit vingt. Personne d'autre qu'eux dans la rue. Le paysage se composait d'entrepôts obscurs et de clôtures hérissées de fil barbelé. Les lampadaires projetaient une lueur orangée sur l'asphalte. Un nuage de brume commençait à se former.

Shadrack avait à peine commencé sa phrase – « Ils vont… » – qu'un terrible choc se fit entendre. Le bas de caisse oscilla. « Bordel ! Qu'est-ce qu'on a touché ? »

John arrêta la camionnette. Les deux hommes restèrent assis, éberlués. De la fumée émergeait du capot. John voulut passer la première mais le véhicule émit un bruit d'agonie.

« Putain ! » s'énerva-t-il. Comme il regardait toujours dans le rétroviseur, Shadrack se tourna sur son siège pour tenter d'apercevoir ce qui le tracassait. Un 4 × 4 de couleur sombre, le toit équipé d'un gyrophare, avait stoppé une quinzaine de mètres derrière eux. Un projecteur les éclaira.

John sortit le pistolet, le donna à Shadrack. « On les arrose ? » voulut savoir ce dernier.

Son comparse fit un nouvel essai pour démarrer, mais cela ne servait plus à rien.

Deux autres lumières attirèrent leur attention à l'avant, sur la route : deux torches fixées sur des fusils. Les tireurs approchaient rapidement.

« Allume ton téléphone, souffla l'Indien. Enregistre ce qui

se passe, cette arrestation n'a rien de légal. » John était trop terrorisé pour esquisser le moindre mouvement.

Les tireurs étaient pratiquement sur eux quand Shadrack et son complice levèrent les mains. Ils n'avaient guère le choix. L'un des assaillants s'approcha de la vitre conducteur, qu'il brisa avec un outil quelconque. Une averse de Securit leur tomba dessus. Une fraction de seconde plus tard, la seconde vitre explosait. Les fusils ne quittaient pas leur cible.

« Ouvre le coffre », ordonna l'homme du côté de John. Les tireurs étaient vêtus de noir, le visage masqué par des passe-montagnes. Shadrack voyait toutefois aux contours de leurs yeux qu'ils étaient blancs de peau.

« Trois, deux…

— D'accord », bredouilla John. Il se pencha pour déverrouiller le loquet du hayon. L'homme dressa le poing et le projecteur du 4 × 4 s'éteignit. Il sembla à Shadrack que le tout-terrain faisait demi-tour. Il pensa qu'il allait s'éloigner, mais il effectua une marche arrière pour se garer au cul de leur camionnette. La portière conducteur s'ouvrit. Un troisième homme descendit, ouvrit le panneau arrière. Les tireurs avaient toujours Shadrack et John en ligne de mire.

« Dix secondes, annonça celui qui se tenait près de John.

— Ce ne sont pas des flics, chuchota celui-ci.

— On est bons ! » signala le troisième larron.

Le premier tireur toisa Shadrack et John. « Faites gaffe. Je ne voudrais pas avoir à vous tuer. »

Ensuite, les malfaiteurs rejoignirent le 4 × 4 au trot. L'Indien et le Noir les suivirent du regard dans le rétroviseur. Ils claquèrent les portières et le véhicule disparut dans la nuit.

« C'était quoi, cette embrouille ? s'interrogea Shadrack.

— On vient de paumer la marchandise.
— Je n'ai rien compris.
— On s'est fait dépouiller, mec.
— Ils ont bousillé la camionnette avec une mine ?
— J'ai cru que c'étaient les Fédéraux.
— Et moi, j'ai cru qu'ils allaient nous flinguer.
— Putain, c'est dingue ! »

Ils restèrent immobiles un moment avant de se décider à détacher leur ceinture et à sortir pour évaluer les dégâts. Les roues avant s'inclinaient de façon déplaisante. Le pare-chocs avait sauté.

« On ferait mieux de se débarrasser du pistolet, dit John. Les flics ne vont pas tarder à se pointer.
— Tu sais qui c'était ? Devine qui se cache derrière cette sale petite entourloupe.
— Aucune idée.
— Arthur. J'en mettrais ma main au feu. »

Gloria frappa à la porte de la chambre. Une pause et elle entra. Jackie se redressa sur le lit où elle était allongée. Un petit poste de télévision allumé en sourdine projetait ses lumières depuis la table de nuit.

Ils la séquestraient depuis trois jours. En dehors du fait qu'elle était enchaînée au montant, on la traitait avec certains égards : elle mangeait régulièrement, elle pouvait utiliser les toilettes quand elle en avait besoin, elle avait même pris quelques douches. Cependant, la peur ne la quittait pas. Ce sentiment la rendait malade.

Le deuxième jour, Gloria s'était glissée dans sa chambre à minuit passé. Elle avait enfilé une robe de chambre blanche qui aurait pu appartenir à sa grand-mère : un vêtement trop ample et trop cher. Son regard avait quelque chose de distant. Jackie s'était assise sur son lit, attendant que sa geôlière prenne la parole. L'haleine de Gloria empestait le vin blanc, elle avait les yeux injectés de sang. Sans dire un mot, elle s'était installée près de Jackie, avait posé sa main moite sur la sienne, puis avait entrepris de lui vernir les ongles.

Jackie l'avait laissée appliquer la couche translucide et brillante au bout de ses doigts. Comment y échapper ? Lorsque Gloria avait indiqué qu'elle voulait passer à l'autre main, Jackie avait obéi. La Philippine avait commencé à parler : « Ne t'inquiète pas, ça va aller, tu vas t'en sortir, tu verras. Tout va bien, tout va bien. » Des propos censés être apaisants.

Elle avait plongé son regard dans celui de Jackie, lui avait serré la main. Est-ce qu'elle allait mieux ? Ensuite elle s'était levée et lui avait souhaité bonne nuit avant de disparaître.

Les deux femmes n'avaient plus évoqué cet épisode. Jackie passait son temps à dormir ou à regarder la télévision. Dans son esprit, les pensées étaient devenues confuses, répétitives. Elle avait l'impression d'avoir vieilli de dix ans en quelques jours.

Gloria portait maintenant un tailleur. « Bonjour. » Elle marcha jusqu'à la télévision, éteignit le poste. Jackie essaya de décoder son attitude. Hormis un certain entrain, les gestes de Gloria ne révélaient rien. La jeune femme s'assit, les pieds au sol. La chambre où on l'avait enfermée appartenait de toute évidence à une enfant. La couleur du papier peint, pêche et crème, ne plaidait pas en faveur d'un garçon.

« Est-ce que tu as mangé ? demanda Gloria.

— Oui, merci. »

Un détail la frappa alors. Gloria semblait heureuse. Elle dévisageait sa prisonnière avec des yeux pétillants. « Il a écrit. » Elle agita son portable sous le nez de Jackie comme un hochet. « *C'est du sel*, dit-elle d'un air entendu. Il a juste marqué *C'est du sel*. Rien de plus. »

La jeune femme acquiesça. Gloria vint s'asseoir près d'elle. « Tu as réussi.

— Ils ont réussi, rectifia Jackie un brin gênée.

— Oui, mais grâce à toi. Voilà le secret. » Elle baissa la voix : « Les pousser à réussir en restant dans l'ombre. »

Jackie prit son timbre le plus enjôleur. « Et maintenant ? Vous allez me relâcher ?

— Chose promise, chose due. » Gloria sortit une clef, la détacha. Jackie se massa le poignet. La possibilité de sauver sa peau devenait concrète. Elle poussa un soupir, retenant à grand-peine des pleurs de soulagement.

Gloria avait adressé plusieurs messages à Johnson Lake avec le portable de Jackie. Elle faisait lire les mots à la jeune femme avant de les envoyer. Plus tard, elle obligea Jackie à appeler le vétéran. D'une voix fébrile, la jeune femme expliqua à son complice qu'elle savait quand arrivait la marchandise. Lorsque Lake voulut en savoir plus, elle lui demanda d'attendre ; elle devait encore recouper deux ou trois informations.

« Bien joué », la complimenta Gloria en reprenant le téléphone.

Les jours suivants, la Philippine alimenta la ligne de textos réguliers. *C'est pour bientôt. Dis à tes hommes de se tenir prêts. Mardi soir. Récupération de la marchandise dans un garde-meuble de Vallejo.*

Le jour J, Gloria força de nouveau la jeune femme à contacter l'ancien militaire. Jackie confirma tous les renseignements ; elle avait soi-disant obtenu ces tuyaux d'un Philippin. Non, ils ne pouvaient pas se voir car elle devait rester avec son mouchard. Pour vaincre les dernières réticences de Lake, elle ajouta : « Au moindre doute, vous décrochez. Mais je suis sûre de mon coup. » Elle faisait de son mieux pour charmer le vétéran. À mesure qu'elle argumentait, elle comprenait qu'elle aimait la dimension manipulatrice de l'échange. Gloria l'observait avec un sourire aux lèvres.

Plus tard dans l'après-midi, celle-ci passa montrer le portable à sa prisonnière. Elle donnait à Lake et à son équipe les ultimes précisions. « Tu le formulerais comme ça ? » Jackie lut deux fois le message. Son zèle démontrait sa bonne volonté. Elle indiqua que le texto semblait crédible.

Gloria y détaillait les trajets de John et Shadrack, décrivait la camionnette, les hommes, la maison sur Willow Avenue et le garde-meuble de Lemon Street. Dans son mot, elle conseillait à Lake d'intervenir après leur visite au dépôt.

Les anciens militaires piégèrent la camionnette devant la maison de Willow Avenue. Ils placèrent une charge de C-4 sous l'essieu avant pendant que John et Shadrack assistaient au meurtre de Raymond Gaspar.

Gloria, elle, piégeait tout le monde. Les bidons entreposés dans le garde-meuble étaient des leurres. Les sachets sous vide ne contenaient que du sel.

L'ecstasy était en réalité dissimulé dans sa cave. On l'acheminerait à Las Vegas dans deux jours. Là-bas, elle connaissait un homme qui lui prendrait l'intégralité du lot. Elle avait même monté le prix à six millions deux. Cinq millions six plus six millions deux égale onze millions et huit cent mille dollars.

Shadrack ne la soupçonnerait jamais. Dans son esprit, il se serait fait braquer par des Blancs. Et même s'il nourrissait des incertitudes, il n'oserait pas passer à l'action. Il était marron et il le savait. Dès qu'un nouveau chargement se présenterait, il s'empresserait de l'acheter. Avec un peu plus de prudence cette fois. Peut-être qu'il lui demanderait un prêt, mais il se porterait acquéreur et le cycle se poursuivrait. La course aux profits reprendrait.

En ce qui concernait Lake et ses amis, Jackie leur expliquerait qu'elle aussi avait été dupée. Qu'y pouvait-elle ? Elle leur avait donné les informations dont elle disposait. Parfois on gagnait, d'autres fois on perdait. Gloria n'avait pas prévenu Jackie qu'elle comptait supprimer les quatre hommes ; c'était inutile, du moins pour l'instant. Ils en savaient trop.

Tom Roberts, de son côté, était désormais sous la coupe de Gloria. Il allait mener l'enquête sur la mort de Raymond. Il trouverait les faux papiers, le billet d'avion pour le Mexique, le déménagement de sa mère pour la mettre à l'abri. Tous ces renseignements, Gloria les transmettrait à Arthur, de même que l'histoire de Shadrack, selon laquelle Gaspar avait disparu avec l'argent. L'Indien confirmerait, il n'avait pas le choix. Quelle serait la réaction d'Arthur ? Déclencherait-il une guerre pour dix pour cent ? Gloria se demandait même si le détenu était au courant de l'augmentation du volume de commande. Peut-être ne l'apprendrait-il jamais. Quand il sortirait du trou, la situation aurait changé à San Francisco. Le monde évoluait rapidement. Difficile de rester à la page derrière les barreaux.

Toutes les conditions étaient réunies pour assurer la prospérité de Gloria. Il lui suffisait de donner satisfaction aux types de Miami et de continuer comme avant.

Elle sourit à Jackie. « Je suis arrivée en Amérique à douze ans. Aux Philippines, je n'avais jamais été à l'école, et même ici j'ai travaillé directement. Pendant cinq ans, j'ai fait la plonge dans un restaurant indien de Tenderloin. Maintenant, regarde-moi : j'ai une famille, je suis entourée de gens qui m'aiment, j'ai neuf petits-enfants et je suis propriétaire. La ville me décerne des récompenses pour mon investissement citoyen. Je paye mes impôts. Tu me suis ?

— Je crois. » Jackie n'avait pas la moindre idée de ce que racontait cette illuminée. Elle s'appliquait à caler sa respiration sur celle de Gloria. Quand la responsable inspirait, Jackie inspirait, quand elle expirait, Jackie expirait.

Gloria étudia le visage de sa jeune interlocutrice. « On a pris un mauvais départ, toi et moi. Je parierais qu'on a eu des trajectoires similaires. » L'espace d'un instant, une larme perla au coin de ses yeux. « Ce monde ne nous a pas gâtées. Beaucoup de haine, beaucoup de violence. Plus jeune, j'étais aussi séduisante que toi. Et je n'avais qu'une idée en tête : m'amuser. C'était l'époque du disco, tu sais… » Elle bougea les épaules. « Danser, flirter, boire, chanter. Mais les choses ne restent pas toujours telles qu'elles sont, des événements se produisent. On ne peut pas virevolter sur la piste toute sa vie. Il faut aussi gagner sa croûte. »

Jackie marqua son approbation. Son angoisse diminuait.

Sans réellement savoir pourquoi, elle commençait à apprécier la compagnie de Gloria.

Comme si elle lisait dans les pensées de Jackie, la Philippine poursuivit : « Les femmes doivent s'entraider. Rien n'est plus important. Les hommes sont dangereux, ils gâchent tout. »

Jackie remua la tête, ses propres yeux se recouvraient d'un voile humide. Les paroles de Gloria reflétaient à la perfection sa conception des rapports humains.

« J'ai un travail pour toi, proposa finalement la responsable.

— Ah oui ?

— Quelqu'un m'a raconté que Shadrack payait avec de l'argent qui ne lui appartenait pas. Les cinq millions six cent mille proviendraient d'un nouvel associé. Un imbécile qui bosse dans l'informatique, un diable blanc qui aime se faire passer pour un baron de la drogue. Alors on va lui montrer de quoi on est capables et lui souhaiter la bienvenue à San Francisco. »

Jackie devinait de qui parlait Gloria : Brendan Moss, l'organisateur de la soirée à laquelle Raymond et Shadrack s'étaient rendus. Elle avait déjà commencé à prendre quelques notes à son sujet.

« Mon petit doigt m'a également appris que Shadrack a laissé une mallette pleine de pierres précieuses à ce diable blanc. Une sorte de caution. » Elle énuméra différentes variétés de gemmes : « Des saphirs, des émeraudes, des rubis… La totale. »

Le sourire de Jackie s'élargit.

Et Gloria de conclure : « S'introduire chez les gens, c'est ta spécialité, non ? »

Ce matin-là, le vieux chauffeur de Gloria, celui avec les cicatrices sur les joues, gara sa fourgonnette au sud du Yacht Club de San Mateo. Il s'appelait Salvador Luis Macaraeg et voyageait avec son neveu, Mario Ocampo, qui travaillait également comme chauffeur pour Gloria. Après avoir fouillé dans la boîte à gants, il dénicha un tube d'huile solaire. Il se lubrifia le nez, le front, et même le début de calvitie au niveau des tempes. Mario resta dans la fourgonnette tandis que son oncle descendait, examinait le parking puis se dirigeait vers le club pour louer un chariot de pêche.

Retour à la fourgonnette. Mario ouvrit le hayon. Les deux hommes montèrent à l'arrière et soulevèrent une plaque d'égout de cent vingt kilos enveloppée dans un gros sac-poubelle. Ils firent ensuite coulisser la porte latérale, derrière laquelle reposait un volumineux sac à sapin de Noël. Le colis pesait son poids. Ils eurent du mal à balancer le cadavre de Raymond Gaspar sur le chariot. À l'intérieur du sac, sa dépouille était couverte d'une bâche, elle-même entourée de bande adhésive. La plaque d'égout servirait à faire couler le corps, et surtout à le maintenir au fond de l'eau.

Il faisait un temps idéal. Pas un nuage dans le ciel. Salvador Luis Macaraeg croyait fermement aux vertus de la clarté solaire pour effectuer les sales besognes. « Personne ne te voit lorsque tu opères sans te cacher, aimait-il professer. En plein jour, tu peux tout te permettre. »

Les deux hommes firent rouler le chariot jusqu'au quai, direction l'emplacement C-17, où les attendait le *New*

Moon, un walkabout de huit mètres amarré au ponton. Le moteur Diesel tournait déjà. Chi Xingyou, le capitaine, eut un rictus amer en voyant les deux hommes approcher avec leur chargement. Il avait soixante et un ans, une carrière de pêcheur derrière lui. Les services que Gloria lui réclamait, il ne pouvait les refuser. Elle lui donnait mille dollars à chaque excursion.

Luis et Mario déposèrent le corps sur le gaillard d'avant. Un plaisancier à la peau rougie, accompagné d'une blonde, les salua en passant. Chi lui rendit son salut, un sourire crispé aux lèvres. Les deux Philippins retournèrent au chariot. Il fallait maintenant apporter la plaque, ce qu'ils firent difficilement, les muscles noués, le dos courbé, les joues gonflées. Ils déposèrent le disque massif à côté du corps, puis ouvrirent le sac à sapin et s'escrimèrent à y glisser la plaque. Lorsque, enfin, elle reposa sur la dépouille de Gaspar, Luis ferma le sac. L'enveloppe hermétique ressemblait à un gros serpent nourri d'une proie trop volumineuse pour lui. L'oncle et le neveu halèrent l'imposant ballot jusqu'à la poupe. Luis emprunta un couteau de pêche au capitaine et perça plusieurs trous dans le sac, de manière à ce qu'il s'emplisse d'eau le moment venu.

Mario resta à quai ; il avait le mal de mer. Il demanda à son oncle de l'appeler quand il aurait terminé, puis s'éloigna avec le chariot pour le ramener au hangar. Chi et Luis larguèrent les amarres. Le capitaine se posta à la barre. Luis, assis à l'arrière, regarda la rive s'amenuiser. La baie n'était pas assez profonde pour se débarrasser du corps. Ils contournèrent l'aéroport, naviguèrent sous Bay Bridge. Alcatraz apparut à tribord, puis Presidio. Ils dépassèrent le Golden Gate, cap à l'ouest, au large du Pacifique.

Après trois quarts d'heure en pleine mer, Chi coupa le moteur. Le bateau oscillait sur la houle paisible. L'eau possédait des reflets turquoise. Le capitaine rejoignit Luis à la poupe du *New Moon*. Ils laissèrent leur regard errer à l'horizon. À l'exception d'un tanker dans le lointain, il n'y avait aucune embarcation en vue. Luis ôta ses lunettes de soleil, qu'il déposa dans un porte-gobelet fixé au bastingage, puis s'empara du sac à sapin, immédiatement épaulé par Chi. Les deux hommes soulevèrent leur fardeau en silence, le firent rouler sur le plat-bord. La housse hermétique percuta les flots. Sans un regard en arrière, le capitaine regagna sa cabine, où il s'enferma. Deux forces contradictoires s'exerçaient sur le sac bercé par les vagues : celle de son contenu et celle de l'air qu'il renfermait encore. On aurait pu croire qu'il allait rester à la surface. Luis regarda l'enveloppe se remplir lentement d'eau salée, puis couler sans autre forme de procès.

Remerciements

Durant la rédaction de ce livre, j'ai été aidé sous de multiples formes : on m'a nourri, logé, blanchi. On m'a donné des chaussettes et des souliers ; on m'a guidé sur le terrain ; on a relu mon manuscrit ; on a répondu à mes questions, n'hésitant pas à me signaler quand je m'égarais ; on m'a encouragé ; on m'a donné des idées ; on a préparé ma copie ; on a fait une couverture. Mille fois j'ai trouvé l'inspiration. Je tiens donc à remercier mon agent, Charlotte Sheedy. Merci également à Morgan Entrekin, Allison Malecha, Deb Seager, Charles Rue Woods, Judy Hottensen, Julia Berner-Tobin, Paula Cooper et tout le monde à Grove Atlantic. Mon entière gratitude à Jordan Bass, Walter Green, Eli Horowitz, Eric Rosenblum, Jason Schwartz, Jason Blaylock, David Hoffman, Jane Rogers, Chesa Boudin, Kent Lam, Amelia Hassani, Jason Richman, Andrew Koltuniak, Barbara Poldino, oncle Jimmy, Brigid Hoffman, Ali et Becca Nelson, Nigel Philips, Tim O'Brien, Nate Thayer, Phearith Tit, Mey Sopheakdei, Kris Kelder, Nick Berry, Andrew Tsui, Stacey Crevello, Sarah Lannan, Simon Evans, Bear et Shem Korngold, Willow Schraeger, Violeta Garcia, Billy McEwan, Megan Winters, Avi Lessing, Dante et Ashley Ortiz, Kent Simpson, Ben Roberts, Basho Mosko, Brendan Morse, Nathan Burazer, Gina Macaraeg, Ed Loftus, Stevie Infante, les gens de chez BMFB, Jet Martinez, Kelly Ording, Maggie Otero, Jonathan Holland, Heather Hickman, Dan Johnson Lake, Carlos Garcia, Alexis Georgopoulos, Brendan Francis Newman, Ezra Feinberg, Caroline Paul, Wendy McNaughton, la bibliothèque Center for Fiction, Tomo Yasuda, Pat, Kerim et Cem Harmanci. Par-dessus tout, je tiens à témoigner ma reconnaissance à Reyhan Harmanci, soutien indéfectible et muse incomparable, sans qui je n'aurais rien accompli.

Pour Lucas Goettsche, repose en paix.

Déjà parus dans la même collection

Éric Maravélias, *Au nom du père*
Thomas Cantaloube, *Requiem pour une république*
Sergey Kuznetsov, *La peau du papillon*
Nick Stone, *Le verdict*
Lindsay Hunter, *Mauvaises graines*
Mons Kallentoft – Markus Lutteman, *Bambi – Zack III*
Antoine Chainas, *Empire des chimères*
Jo Nesbø, *Macbeth*
Tom Piccirilli, *Les derniers mots*
Marin Ledun, *Salut à toi ô mon frère*
Patrick Pécherot, *Hével*
Noah Hawley, *Avant la chute*
Jørn Lier Horst, *Les chiens de chasse*
Caryl Férey, *Plus jamais seul*
Bryan Reardon, *Jake*
Attica Locke, *Pleasantville*
Jean-Bernard Pouy, *Ma ZAD*

Composition : APS-Ie.
Achevé d'imprimer
sur Roto-Page
par l'Imprimerie Floch
à Mayenne, le 20 janvier 2019.
Dépôt légal : janvier 2019.
Numéro d'imprimeur : 93847.

ISBN 978-2-07-274396-2 / Imprimé en France.

322637